Une nouvelle chance pour Layla

L'amour d'un été

JANICE MAYNARD

Une nouvelle chance pour Layla

Traduction française de
SOPHIE LECOQ

PASSIONS

HARLEQUIN

Collection : PASSIONS

Titre original :
STAKING A CLAIM

HARPERCOLLINS FRANCE
83-85, boulevard Vincent-Auriol, 75646 PARIS CEDEX 13
Service Lectrices — Tél. : 01 45 82 47 47 - www.harlequin.fr
ISBN 978-2-2804-7551-8 — ISSN 1950-2761

Composé et édité par HarperCollins France.
Imprimé en août 2022 par CPI Black Print (Barcelone)
en utilisant 100% d'électricité renouvelable.
Dépôt légal : septembre 2022.

FSC www.fsc.org
MIXTE
Papier issu de sources responsables
FSC® C159065

Pour limiter l'empreinte environnementale de ses livres, HarperCollins France s'engage à n'utiliser que du papier fabriqué à partir de bois provenant de forêts gérées durablement et de manière responsable.

À Anastasia, Ainsley, Allie, Levi et Hattie.

Vous êtes les meilleures !

Je vous souhaite de rester toujours aussi proches que vous l'êtes aujourd'hui…

- 1 -

Layla Grandin détestait les enterrements. Se tenir aux côtés d'amis endeuillés était habituellement une épreuve, mais aujourd'hui…

Son ciel était encore plus sombre.

Victor Grandin Sr, le grand-père que Layla aimait tant, avait tiré sa dernière révérence.

Sa mort n'avait rien de tragique, bien sûr. Il venait de fêter ses quatre-vingt-treize ans : autant d'années riches et bien remplies. Il avait même eu de la chance, pour ainsi dire : la mort l'avait fauché alors qu'il montait à cheval.

Il était mort – d'une crise cardiaque – comme il avait vécu, fier et altier.

Cette pensée ne la consolait que bien peu. Son grand-père allait terriblement lui manquer.

Après les funérailles, auxquelles s'était rendue une assemblée nombreuse, tout le gratin de Royal s'était retrouvé au ranch pour soutenir la famille dans ce moment difficile. Layla observait ce petit monde avec cynisme.

Les Grandin étaient fortunés et elle voyait se dérouler devant elle le petit ballet intéressé des bonnes gens qui, immanquablement, étaient attirés par l'argent et la perspective de grappiller ou de profiter d'une part de l'héritage.

C'était le prix à payer quand on était riche : ne jamais pouvoir se fier à quiconque. L'affection ou l'attention des uns et des autres pouvaient s'avérer factices. Les gens étaient bien trop souvent intéressés.

Layla se tenait donc volontairement à l'écart dans un coin de la pièce, pour mieux se faire oublier. Sa grand-mère, Miriam, désormais veuve, semblait si frêle et perdue.

Son fils, le père de Layla, jouait fièrement son rôle d'hôte, ravi d'avoir enfin les coudées franches et de ne plus évoluer à l'ombre d'un père si charismatique.

Layla aurait tellement voulu que son père s'intéresse à elle, autant que l'avait fait son grand-père, un homme un peu rêche parfois, mais aimant.

Malheureusement, Victor junior ne portait qu'un intérêt modéré à sa fille. Victor, troisième du nom, le fils héritier, était le fruit de toute son attention.

Son père préparait Vic, ainsi qu'on le surnommait, à reprendre un jour les rênes de l'entreprise familiale, alors même qu'il était le cadet de Layla et de sa sœur aînée, Chelsea.

Cette dernière traversait justement la pièce ; elle s'approcha de Layla.

— Ça y est, je sature.

Elle balaya le salon du regard.

— Tout le monde s'en fiche de grand-père. Je suis même à peu près sûre que certains sont venus alors qu'ils ne le connaissaient même pas.

Layla grimaça.

— Tu as tellement raison. Bon, au moins Vic et Morgan ne font pas semblant, leur chagrin est bien réel. Grandy aimait vraiment tous ses petits-enfants.

— Et toi plus que les autres. Tu étais même la seule à pouvoir l'appeler ainsi.

Layla rougit. Elle pensait que les autres n'avaient jamais remarqué. Coincée entre deux sœurs et un petit frère chouchou de leur père, elle s'était souvent sentie invisible.

Elle aperçut son père, en grande conversation avec un homme qu'elle reconnut aussitôt.

Baissant la tête et la voix, elle se pencha vers sa sœur.

— Qu'est-ce que papa traficote avec Bertram Banks ? Oh ! et pourquoi ils se tournent vers moi, là ?

— Eh bien, je te propose d'aller voir ça.

Chelsea était la fonceuse de la fratrie. Elle saisit sa sœur par le bras et l'entraîna de l'autre côté de la pièce. Layla aurait préféré fuir au calme dans la cuisine, mais il était trop tard.

Lorsqu'elles arrivèrent à sa hauteur, leur père les accueillit avec un grand sourire, qui détonnait légèrement en cette journée qui n'avait rien de réjouissant.

Victor junior décocha un clin d'œil à Bertram Banks.

— Voici mes deux aînées. À vous de choisir.

Chelsea leva un sourcil interrogateur.

— Je ne suis pas sûre de te suivre, papa.

Bertram gloussa.

— Ne vous méprenez pas.

Cette humeur badine entre les deux hommes agaçait passablement Layla. Tous deux étaient de fins manipulateurs sans vergogne.

Elle connaissait la famille Banks depuis toujours. Elle avait joué avec les jumeaux de Bertram, Jordan et Joshua, toute son enfance, à courir dans les champs, monter à cheval et pédaler dans les chemins de terre.

À cette époque, elle était plutôt garçon manqué et n'affichait pas les centres d'intérêt qu'on prêtait habituellement aux filles. Les années passant, elle avait développé un sentiment amoureux pour Jordan. Ce simple souvenir l'embarrassait encore à présent.

Elle se tourna vers son père.

— Il faudrait nous en dire plus, dans ce cas.

Chelsea se taisait, ce qui ne lui ressemblait pas. Bertram sourit à Layla, de façon plus sincère cette fois-ci, lui sembla-t-il.

— J'ai deux places pour aller voir Parker Brett en concert demain soir.

— Félicitations, j'ai entendu dire qu'il jouait à guichets fermés et qu'il était impossible de trouver une place.

Bertram bomba imperceptiblement le torse.

— J'ai quelques relations. Quoi qu'il en soit, Jordan a proposé de t'y emmener, Layla, pour te changer un peu les idées. Nous savons tous combien tu aimais ton grand-père.

Elle ouvrit de grands yeux et Chelsea se mordit la lèvre pour ne pas rigoler.

Elle savait tout de l'amour transi et déçu de sa sœur pour le fils Banks.

Layla doutait quant à elle fortement que Jordan ait pu avoir une telle attention à son égard. De ce qu'elle en savait, il n'aimait même pas la musique country.

— C'est gentil à vous, vraiment, mais je n'ai pas envie d'aller à un concert. La semaine a été plutôt éprouvante.

Son père intervint immédiatement :

— Ça te fera du bien, Layla. Et tout le monde sait que tu es amoureuse de Jordan depuis des années.

Un silence embarrassant s'ensuivit.

Il n'a pas fait ça, quand même ? Oh ! que si, mon père vient de prononcer ces mots devant tout le monde. Layla sentit le rouge lui monter aux joues. *Reprends-toi, Layla, vite ! Réfléchis !*

— J'étais une gamine, papa. L'eau a coulé sous les ponts, depuis.

Chelsea tenta de venir à son secours.

— Papa, je t'en prie. Layla a eu des tonnes de petits copains depuis, et même un fiancé.

Elle s'arrêta net, consciente de sa propre maladresse.

— Oh ! pardon, Layla. Je suis désolée.

Layla se força à sourire. Ses fiançailles avaient été rompues deux ans plus tôt et le sujet était encore sensible. Il résonnait comme un douloureux échec dans sa vie.

— T'inquiète.

Elle se retourna vers les deux quinquagénaires postés devant elles.

— Je suis certaine que Jordan pourra trouver une fille pour aller voir Parker Brett.

Bertram afficha une expression neutre, trop innocente pour être honnête.

— Oui, et ce sera toi, jeune fille. Il t'enverra les informations par SMS tout à l'heure.

Layla regarda autour d'elle.

— Ah, il est déjà reparti ?

— Oui, il avait des rendez-vous cet après-midi.

Victor, le père de Layla, semblait ravi.

— Eh bien, c'est une affaire qui roule. Si vous voulez bien nous excuser, mesdames, Bertram et moi devons aller serrer quelques mains.

Une fois que les deux hommes se furent éloignés, Layla se tourna vers sa sœur.

— Chelsea ! Tu aurais pu me soutenir.

— Si je peux me permettre, papa n'a pas tort. Tu as toujours eu un faible pour Jordan Banks. Et ça te ferait du bien de sortir un peu de la maison. Entre ton renoncement aux hommes après ta déception il y a deux ans et la mort de grand-père, je pense que tu peux t'offrir un peu de répit. Et c'est juste un concert.

Layla soupira mollement. Sa sœur avait peut-être raison.

— J'espère juste que Jordan ne se fait pas d'illusions. Je n'ai aucune envie qu'il y ait la moindre ambiguïté entre nous.

— Bien entendu.

Le regard moqueur de sa sœur ne lui avait pas échappé.

Elle décida de changer de sujet.

— Viens, on va manger un peu. Maman a commandé

plein de bonnes choses, autant noyer notre chagrin dans les petits fours.

— Bonne idée.

Leurs assiettes bien remplies, les deux sœurs allèrent s'installer dans une petite alcôve ensoleillée.

La vaste demeure luxueuse avait de quoi impressionner les convives. Pour Layla et Chelsea, il n'en était rien : elles étaient ici chez elles, dans leur environnement ô combien familier.

Profitant de la douce chaleur des rayons du soleil, Chelsea inspira profondément.

— Je n'arrive pas à croire qu'on sera en mai dans quatre jours. Et bientôt ce sera l'été.

Layla s'effondra.

— Grandy adorait l'été, les jours sans fin, la chaleur accablante. Et les pastèques et le maïs ! Ce sera tellement différent cette année, sans lui.

Elle observa l'assemblée.

— On aurait dû proposer à Morgan de se joindre à nous.

Chelsea avait trente-cinq ans, Layla trente-deux. Morgan, leur sœur cadette, était encore dans sa vingtaine.

Chelsea planta sa fourchette dans une crevette.

— Elle est avec Vic. Je t'ai dit que l'autre jour, pour changer, elle a pris son parti ? Ils se liguent toujours contre moi, ces deux-là.

Vic était le troisième de la fratrie, mais occupait la première place dans les yeux de leur père.

Chelsea était visiblement remontée.

— Elle se met systématiquement de son côté.

J'aimerais bien pouvoir compter sur elle au moins une fois. En même temps, ils n'y sont pour rien si papa pense que je suis incapable de prendre la tête du ranch. Ça me met tellement en rogne. J'aime ce ranch autant que vous. Sa direction devrait me revenir. Ou à toi et moi.

— Eh bien, ce ne sera pas le cas, tu ferais bien de t'habituer à l'idée. Et si la longévité est héréditaire, papa va vivre encore une bonne trentaine d'années. Autant faire une croix sur ce ranch et trouver une autre occupation.

Chelsea afficha une mine sombre.

— Tu as raison.

Elle déposa son assiette sur la table basse et grimaça.

— Je déteste les enterrements.

Layla éclata de rire. Sa sœur la regarda avec étonnement.

— J'ai fait de l'humour sans le savoir ?

— Pas spécialement. Mais je me suis dit la même chose toute la journée. Le jour où je meurs, tu me mets sous terre et tu plantes un arbre, ça suffira très bien. Je n'ai aucune envie que des gens viennent traîner leurs guêtres ici en essayant de grappiller une part du butin.

— Il faudrait déjà que tu aies un butin, ma chère sœur.

— Ce n'est pas faux.

Layla réfléchit plus sérieusement à la remarque de sa sœur. Après ses études, elle s'était investie dans le ranch, aidant sa mère à préparer fêtes et soirées, participant au dressage des chevaux et au bon fonctionnement de l'établissement.

Et même si son père semblait parfois nier ses compétences, elle avait fait d'assez longues études pour veiller à la santé financière de l'entreprise familiale.

Son grand-père avait été fier d'elle et de ses idées, de sa fine compréhension du ranch et des enjeux organisationnels et financiers de l'établissement.

Il était malheureusement de la vieille école et n'imaginait pas une femme à sa tête. Les filles et épouses étaient bonnes pour cuisiner, faire le ménage et s'occuper des enfants. Une femme devait rester au foyer.

Il s'était toujours montré affectueux avec elle et l'avait soutenue dans ses aspirations, mais il portait en lui toute la tradition patriarcale du Maverick County et avait validé les choix de son fils. Vic, l'unique petit-fils, était tout désigné pour diriger le ranch un jour.

Layla se trouvait à un carrefour. Sa vie amoureuse était au point mort. Et si Vic était parti pour hériter du ranch Grandin, l'heure était peut-être venue pour elle de penser à un autre avenir.

Beaucoup de ses amies étaient mariées, avec des enfants. Layla n'était pas pressée.

La perspective de fonder une famille n'avait pas été la priorité de son ex-fiancé, Richard.

Il voulait se concentrer sur sa carrière, disait-il.

Layla avait découvert qu'il souhaitait surtout s'envoyer en l'air avec le plus grand nombre de femmes possible.

S'il s'était dit prêt à lui passer la bague au doigt, c'était uniquement dans l'espoir de s'associer à l'empire Grandin.

Layla portait en elle la cicatrice de cette histoire.

Comment pourrait-elle se fier de nouveau à son jugement après s'être si facilement laissé berner ?

Les invités prirent progressivement congé. Layla et Chelsea se levèrent pour aller remercier toutes ces personnes d'être venues.

La réception avait été un succès, si l'on en jugeait par les tables de buffet absolument vides et les chaises disposées çà et là dans le salon.

Hazel et Augustus Lattimore, deux proches amis du défunt, venaient de partir. Lui perdait la mémoire et ils peinaient tous deux à se déplacer seuls.

La grand-mère de Layla, Miriam, épuisée et secouée par le départ de son cher époux, se retira dans sa chambre.

Par chance, Bertram Banks avait disparu.

Layla n'avait aucune envie de devoir de nouveau s'entretenir avec lui. Elle comptait bien régler cette histoire de concert avec Jordan.

Il ne lui fallait qu'une excuse suffisamment solide pour le décourager d'insister.

En bonne Texane, elle n'avait rien contre la musique country, et Jordan serait sûrement de bonne compagnie.

Mais elle était vidée, trop bousculée par ses émotions. Elle ne s'était jamais vraiment remise du traumatisme de sa rupture avec Richard, et maintenant la mort de son grand-père…

À présent, il ne restait plus dans la pièce que les proches de la famille.

Il était 18 heures. Layla pensa qu'elle pouvait s'autoriser à prendre congé, quand on sonna à la porte. Sa mère revint, suivie d'une personne en uniforme tenant dans la main une enveloppe officielle.

Le silence se fit. Le jeune coursier semblait nerveux.

— J'ai un pli à remettre aux héritiers de M. Victor Grandin Sr.

Le père de Layla s'avança.

— C'est moi. Je signe où ?

Quelques questions fusèrent autour de lui, mais Victor se contenta de hocher la tête d'un air absent. Il sortit le courrier de l'enveloppe et pâlit brusquement.

— On nous assigne en justice au sujet de l'exploitation de gisements de pétrole sur nos deux ranchs.

Chelsea leva les deux mains, incrédules.

— Mais qui ça, « on » ?

Elle s'approcha et tenta de lire le courrier par-dessus l'épaule de son père. Celui-ci parcourut la suite du document et annonça :

— Heath et Nolan Thurston.

Ben Lattimore, associé de la famille Grandin, fronça les sourcils.

— Pourquoi n'ai-je rien reçu de mon côté ?

— Le courrier t'attend peut-être chez toi.

Victor agita la feuille de papier qu'il tenait dans la main.

— C'est vraiment très élégant de faire ça un jour d'enterrement.

— Peut-être une coïncidence.

Ben Lattimore se passa la main sur le visage.

— Nos propriétés sont clairement menacées. Nous

sommes des éleveurs, bon sang. Nous avons besoin de ces terres pour le bétail. S'ils se mettent en tête de chercher des gisements de pétrole ici, ils pourraient détruire tout ce que nous avons construit.

Vic avança vers son père.

— Je croyais qu'il n'y avait pas de pétrole ici, hein, papa ? C'est sûrement une très mauvaise blague. Ne t'en fais pas. Nous allons d'abord nous renseigner.

— Tu ne crois pas si bien dire. Je connais un détective privé, Jonas Shaw. J'irai le voir. Mais d'abord, je dois parler avec ma mère.

Layla leva une main.

— Non, papa. Elle n'est vraiment pas en état. Mieux vaut la prévenir quand nous n'aurons plus le choix.

Son père n'appréciait guère d'être contredit et le montra. Il se résigna toutefois à acquiescer.

— J'imagine que tu as raison.

Il se tourna vers son frère, Daniel.

— En revanche, toi, je vais vraiment avoir besoin que tu restes.

— Je repars demain pour Paris, Victor.

— Tu oublies. Personne ne quitte Royal avant que nous ayons vu notre avocat.

Layla vit Daniel hésiter puis baisser les bras.

Il se contenta de marmonner une vague réponse :

— Tout cela ne sent pas bon.

Dans la pièce, l'assemblée restreinte s'agita. Les deux familles se divisèrent en petits groupes pour mieux échanger sur l'étrange nouvelle qui venait de tomber.

Layla était surprise de voir Heath Thurston s'engager dans une telle bataille.

De ce qu'elle en savait, sans le connaître ni l'avoir jamais vu, c'était un homme respectable. Si lui et son frère s'estimaient en droit de faire fouiller le sol à la recherche de pétrole, ils venaient de prendre la décision qui s'imposait à leurs yeux.

Leur démarche n'en demeurait pas moins étrange : Heath et Nolan Thurston revendiquaient leurs droits sur les *deux* ranchs. Que pouvaient-ils bien avoir comme argument pour justifier une telle posture ?

Layla vit Alexa Lattimore prendre son sac à main et s'apprêter à partir. Elle lui avait parlé un peu plus tôt, mais trop brièvement à son goût.

— Ne pars pas tout de suite, Alexa. Tu m'as trop manqué.

L'aînée des Lattimore avait quitté Royal à la fin de ses études.

— Toi aussi tu me manques, Layla. Et ça m'a fait de la peine d'apprendre pour tes fiançailles. J'aurais voulu pouvoir être là pour toi, mais c'était la folie au travail, je ne savais plus où donner de la tête.

Layla soupira.

— Je n'ai pas franchement adoré être le sujet numéro un des potins de Royal, tu sais. Richard ne m'a pas brisé le cœur, je pense, mais il a clairement mis à mal ma fierté.

— Tu as été si courageuse.

— Après avoir été bien aveugle, tu veux dire ?

— Comment aurais-tu pu imaginer un tel scénario ? Tu as ouvert ton cœur, tu as été sincère. Tu ne pouvais pas savoir.

— Je ne sais pas… Peut-être aurais-je dû davantage me méfier. Je me dis que j'ai été trop naïve.

— Ne sois pas trop dure avec toi.

Layla fit signe à son amie de s'asseoir à côté d'elle sur le canapé.

— Je voulais te demander quelque chose.

Alexa prit place, la mine inquiète.

— Dis-moi ?

— J'espérais te voir rester un peu plus longtemps. Peut-être une prochaine fois. Nous serions ravis de te recevoir, et il semble que tes compétences d'avocate pourraient nous être utiles. À ta famille comme à la mienne.

Alexa se mordit la lèvre, évitant le regard de Layla.

— Je n'en sais rien, Layla. Je tenais à être présente pour l'enterrement de ton grand-père, mais c'est juste un aller-retour. Miami, c'est chez moi à présent. Il n'y a pas vraiment de place pour moi à Royal.

— Mon petit doigt me dit que tu as des tonnes de congés à rattraper, madame la grande bosseuse. Tu veux bien y réfléchir, au moins ?

— Promis.

— Merci. Je sais combien la vie à Miami est agréable et j'imagine que tu y as des attaches, désormais. Tes amis, ton travail. Mais si tu as besoin de souffler, ou simplement de retrouver tes amis texans, je suis là.

Layla parvint enfin à s'échapper pour retrouver le calme de sa chambre après cette longue et difficile journée.

Elle ôta sa robe noire et passa rapidement sous la

douche avant d'enfiler un pantalon de yoga noir et un sweat-shirt confortable.

Les larmes ne tardèrent pas à venir. Son grand-père était parti pour toujours…

Après un long moment perdue dans ses souvenirs, elle essuya le mascara qui avait coulé sur ses joues et rejoignit le reste de sa famille.

Avant de descendre, elle jeta un coup d'œil à son téléphone. Jordan allait lui écrire dans la soirée, avait annoncé Bertram.

Celui-ci devait, en cet instant, être en train d'insister auprès de son fils pour qu'il prenne contact avec elle. Il nourrissait certainement le rêve de voir Jordan épouser une Grandin, peu importait laquelle.

Sans nouvelle sous quelques heures, elle tirerait un trait sur ce rendez-vous arrangé.

Elle avait longtemps nourri une attirance pour Jordan, mais plutôt à la manière d'une groupie, davantage pour combler ses rêveries adolescentes.

Une fois fiancée, elle avait perçu la superficialité de ses sentiments.

La perspective d'une soirée en ville n'était cependant pas *si* terrible. Layla risquait même de faire des envieuses parmi les célibataires de Royal.

Quel mal y avait-il à se faire un peu plaisir ? Elle avait joué la carte du sérieux bien trop longtemps à son goût. Ses erreurs de parcours l'avaient empêchée par la suite de simplement vivre sa vie.

Jordan Banks n'était en rien son âme sœur, mais il avait un physique fort agréable et était – pour l'heure – disponible.

Et, d'après le souvenir qu'elle avait de lui, il était plutôt drôle et de plaisante compagnie.

Exactement ce dont elle avait besoin.

Ce rendez-vous improvisé n'allait pas la sauver de son célibat, mais c'était déjà un début.

Elle devait ouvrir la porte à des opportunités… à un peu de surprise.

Rien n'était écrit et le champ des possibilités était encore vaste.

- 2 -

Joshua Banks se sentait perdu comme rarement il l'avait été. Tous ses repères avaient été bousculés, sa vie mise sens dessus dessous.

Il était venu à Royal dans l'espoir d'y voir un peu plus clair et de savoir quelle voie suivre désormais.

L'heure du changement avait sonné.

Il était déterminé à prendre les rênes de son destin.

Cette journée passée à sillonner les routes du comté de Maverick avait relégué sa vie à Dallas au second plan.

Il avait fait le bon choix, à n'en pas douter. Il était rentré chez lui, sur ses terres. C'était certainement le meilleur moyen de retrouver ses racines.

Il avait rendez-vous avec son frère jumeau pour le dîner.

Jordan allait certainement insister pour qu'il dorme au ranch. Ils y avaient grandi et c'était encore chez lui, mais Joshua avait besoin de tranquillité, et de temps pour revenir sur son divorce et le poste qu'il avait abandonné dans un élan d'espoir : celui de commencer une nouvelle vie dans la ville de son enfance.

Trente minutes plus tard, il gara sa voiture devant un grill qu'il connaissait bien. La viande y était succulente, l'ambiance décontractée et la musique suffisamment basse pour s'entendre parler.

Lorsqu'il descendit de voiture, il vit son frère faire de même quelques mètres plus loin.

Rien d'étonnant : en tant que vrais jumeaux, ils partageaient une connexion particulière.

Ses années passées à Dallas l'avaient toutefois un peu éloigné de son frère. Ils menaient des vies aussi différentes que leurs caractères.

Jordan le serra dans ses bras.

— Qu'est-ce que je suis content de te voir, Josh !

Joshua se sentit submergé par une vague d'émotions.

— Moi aussi.

La serveuse les installa à leur table et leur apporta la carte. Quand ils furent seuls, Joshua ressentit un certain malaise.

Peut-être était-ce le prix à payer lorsqu'on portait en soi un lourd fardeau de secrets.

Sa famille ne savait rien des décisions qu'il avait prises.

Ils commandèrent un verre, puis Jordan bascula sa chaise sur deux pieds et étendit les jambes.

— Tu as bonne mine, frérot. Je commence à avoir un petit bidon à force de boire de la bière, toi tu es svelte comme jamais. Ce n'est pas juste.

— On appelle ça bosser comme un dingue, pas le temps pour les frivolités.

— Si tu le dis. Bon, je ne vais pas y aller par quatre chemins : pourquoi c'est toi et moi, ce soir, sans papa ?

Joshua grimaça et se frotta la nuque.

— Il s'avère que je vais bien avoir le temps de retrouver papa. J'ai quitté Dallas pour de bon. Je suis parti.

Les pieds de la chaise frappèrent le sol. Jordan le fixa.

— Sans déconner ? Et ton travail ?

— J'ai démissionné.

Il eut du mal à prononcer ces simples mots.

Quelle personne sensée quittait un poste bien payé pour plonger dans un avenir incertain ?

Jordan fronça les sourcils.

— Je croyais que tu adorais ton métier.

— C'est le cas. La plupart du temps. Mais Royal me manque. C'est bête, hein, moi qui avais toujours rêvé de fuir cette ville. Et aujourd'hui je t'envie.

— Papa sera plus que ravi de t'intégrer au ranch.

— Tu crois ?

— Il n'avait pas envie que tu partes, tu sais. Donc oui, j'en suis sûr.

— Je vais devoir avaler un paquet de couleuvres et entendre ses sempiternels « Je t'avais prévenu ». Il n'a jamais aimé Becky.

Son père n'avait pas eu tort, à vrai dire.

Son ex-épouse avait avant tout convoité la fortune des Banks et le statut qui allait avec.

Les problèmes n'avaient pas tardé à se manifester, peu après le mariage. Joshua avait été aveuglé par leur sexualité si grisante et cette manipulatrice hors pair.

Il ne pouvait s'en prendre qu'à lui-même. Il s'était persuadé de son amour pour Becky et l'avait épousée sans hésiter.

Il s'agissait de la plus grosse erreur de sa vie.

La serveuse déposa deux assiettes fumantes sur la table.

— Et comment ça se passe entre toi et l'ex-Mme Banks ?

— Je ne l'ai pas revue depuis le prononcé du divorce en février. J'ai dû lui céder la maison, donc j'ai trouvé un appartement et j'ai regardé droit devant moi, sans plus réfléchir au passé.

La séparation avait eu lieu près de deux ans plus tôt, mais les ennuis avaient commencé bien avant. Ce bourbier affectif l'avait marqué. Heureusement que son frère avait été là dans les moments de doute et de tristesse.

— Et me voilà, de retour à Royal. Et toi, quoi de neuf ? Toujours à t'échiner au ranch ?

— Pas aujourd'hui. Nous avons enterré Victor Grandin.

— Je le croyais déjà mort. Il était si vieux, je n'aurais jamais cru qu'il tenait encore debout.

— Ses petits-enfants sont dévastés. Et son épouse, bien sûr. Victor junior un peu moins. Il avait hâte de pouvoir reprendre les rênes du ranch, parce que son père ne voulait pas lâcher l'affaire, même à quatre-vingt-treize ans.

— J'imagine que les choses vont bouger, à présent.

Joshua regarda dans le vide, repensant à tous les bons moments passés sur la propriété des Grandin.

— Certainement.

Jordan finit sa bière et sourit. Un sourire en coin que Joshua connaissait par cœur. Son frère avait une idée derrière la tête.

— J'ai besoin d'un service, en échange d'un petit mot à papa en ta faveur, histoire de préparer le terrain.

— Tu es bien aimable. Que souhaites-tu en retour, mon cher frère ?

Joshua était sur ses gardes. Jordan était un type super, mais pas toujours digne de confiance.

— Trois fois rien : accompagner une belle femme à un concert de musique country. Rien de plus. Une soirée sans complication, et si tu veux remonter en selle, comme qui dirait, une nuit torride sans lendemain.

Joshua grommela :

— Je suis peut-être célibataire et au chômage, mais je n'ai pas besoin que mon jumeau m'arrange le coup avec une parfaite inconnue. C'est un grand non pour moi.

— Tu ne m'as pas laissé finir. Tu me rendrais un fier service, honnêtement.

— Et pourquoi donc ? Explique-moi, je suis curieux de savoir ce qu'il y a derrière tout ça.

— Tu te souviens de Layla Grandin ?

— Bien sûr que je m'en souviens. On a fait les quatre cents coups ensemble quand on était petits. Je ne l'ai pas revue depuis sept ou huit ans, je dirais.

Le regard de Joshua se perdit dans le vague.

— Elle était devenue un beau brin de femme, si mes souvenirs sont bons.

— Tout juste. Le problème, c'est que papa a absolument tenu à mettre son grain de sel. Il est allé à la réception après l'enterrement et a discuté avec elle. Tu le connais, il a toujours voulu réunir les deux familles.

— Oh ! que oui.

Joshua soupira :

— Mais j'ai épousé Becky et toi…

— Moi, j'aime la variété. Le truc, c'est que papa a pondu une histoire à Layla, lui racontant qu'il avait des billets pour un concert et ne pouvait pas s'y rendre et que je voulais l'y emmener à la place. Une belle histoire cousue de fil blanc, vois-tu.

— Il n'a pas de billets ?

— Si, mais je n'avais aucune envie qu'il me mêle à cette histoire.

— Mais emmène-la, pourquoi tu rechignes tant que ça ? C'est seulement pour la soirée.

— J'ai d'autres projets. Et puis je te rappelle que Layla était un peu amoureuse de moi, avant.

Joshua fit une moue dépitée.

— Ce sont de vieilles histoires, tout ça. Et je la croyais fiancée, en plus ?

— C'était le cas, il y a longtemps. Tu as vraiment du retard à rattraper sur les potins du coin, toi. Bref, je ne sais pas qui a rompu les fiançailles, mais je crois que Layla est plus ou moins restée célibataire depuis. Peut-être que ce garçon lui a brisé le cœur, va savoir.

Joshua était triste pour elle, mais pas suffisamment pour suivre son frère dans ses mauvais plans.

— Je viens juste de rentrer à Royal, j'ai un tas de choses à faire.

— Allez, Josh. Tu vas avoir besoin de moi, après. Et tu seras bien content de me trouver. Invite Layla au concert, fais-toi passer pour moi, sois aussi sympa que je le serais et ne la rappelle plus. Au moins, papa me fichera la paix. Layla comprendra qu'elle ne m'intéresse pas, et toi, tu seras bel et bien de retour à Royal. Ça va être chouette, promis.

— C’est trop compliqué. Qu’avez-vous convenu tous les deux ?

Jordan afficha une expression triomphante.

— Alors c’est là que tu peux te sentir totalement tranquille. Nous n’avions convenu de rien pour le moment. Tout ce que tu dois faire, c’est lui envoyer un SMS pour lui dire que tu passes la prendre à 18 heures. Tu l’invites à dîner, tu l’emmènes au concert, tu la déposes chez elle au retour et basta. Sauf s’il y a une ouverture pour passer sous la couette avec elle.

— Je ne vais pas faire de Layla Grandin un coup d’un soir.

Joshua secoua la tête. Son frère le désolait, parfois.

— Ne t’emballe pas, je plaisantais, pour le sexe. Alors, tu es d’accord ? Papa me tuera s’il apprend que je ne le suis pas dans sa super idée. Il a mis le badge VIP à mon nom, mais j’ai déjà rendez-vous avec quelqu’un de très spécial demain soir. Et je ne veux pas décevoir cette charmante dame, tu me connais.

Joshua se sentit prêt à craquer et à dire oui. Ils avaient eu l’habitude, enfants, de jouer des tours à Layla en se faisant passer l’un pour l’autre. Du moins d’essayer, car elle découvrait toujours le pot aux roses.

— Bon, très bien. Mais qu’est-ce qui te fait croire qu’elle ne va pas me reconnaître ?

— Layla et moi ne fréquentons plus les mêmes cercles de personnes. Je me suis rendu à l’enterrement aujourd’hui, mais pas à la réception, donc elle ne m’a pas vu. Tes cheveux sont à peine plus courts que les miens et tu n'as pas mon hâle, mais presque tout le monde pourrait tomber dans le panneau.

— Layla a toujours été plus intelligente que toi et moi. Je vais peut-être me faire démasquer, mais disons que ce sera drôle de tenter ma chance. Allez, je vais te couvrir, frérot. Mais, vraiment, tu aurais pu m'épargner ça.

Layla lut pour la vingtième fois le message qui s'était affiché sur l'écran de son téléphone.

Hâte d'aller au concert. Je passe te prendre à 18 heures, on ira dîner avant. J B

Jordan Banks. Son éternel béguin d'enfance. M. Banks était clairement derrière tout ça.

Jordan avait eu plus d'une fois l'occasion de l'inviter depuis toutes ces années. S'il avait été intéressé. Mais ce n'était pas le cas.

Sans la pression que son père avait dû exercer sur lui, il ne l'aurait jamais invitée à ce concert.

Elle le savait très bien, mais s'en fichait pas mal. Elle avait besoin de se changer les idées.

En fin d'après-midi, elle passa sous la douche, enfila une robe légère et les boucles d'oreilles en diamant que ses parents lui avaient offertes pour fêter son diplôme de fin d'études.

Elle était décidée à passer un bon moment.

Une fois qu'elle fut prête, Layla descendit l'escalier et sentit la tension monter en elle. Elle avait rendez-vous avec un homme, ce qui ne lui était pas arrivé depuis longtemps, et avec Jordan Banks, par-dessus le marché.

Grand, séduisant, charismatique.

Lorsqu'ils étaient enfants, les gens les pensaient souvent frères et sœur, tous les trois, avec leur complicité et leur blondeur. D'une certaine manière, elle avait effectivement eu le sentiment parfois de faire partie de la fratrie.

Ils l'accueillaient dans leurs jeux, lui avaient appris à grimper aux arbres et à jouer au base-ball. Son propre frère, Vic, avait seulement un an de moins qu'elle, mais Layla avait toujours préféré la compagnie des frères Banks.

Lorsqu'on sonna à la porte d'entrée, elle prit une bonne inspiration et ouvrit. Jordan Banks se tenait là, sexy en diable. Elle se sentit rougir et s'en voulut aussitôt.

— Salut, Jordan.

Elle l'avait peut-être accueilli avec un peu trop d'entrain. Elle le vit tressaillir légèrement.

— Bonjour, Layla. C'est sympa de te voir. Et… Je dois dire que tu es magnifique.

Son compliment, sincère, apaisa quelque peu sa tension.

— Merci.

Elle referma la porte derrière elle.

— J'espère que le concert va être bien. Je suis contente d'y aller.

— Moi aussi.

Il n'était pas convaincant, cette fois.

Il lui ouvrit la portière de sa voiture. Avant de monter, elle se tourna vers lui.

— Écoute, Jordan, je sais que l'idée vient de ton père. Si tu n'as pas envie d'y aller, on n'est pas obligés de faire semblant.

Il hocha la tête et lui jeta un regard qu'elle ne parvint pas à déchiffrer.

— Ne dis pas n'importe quoi. Tu es une amie, on se connaît depuis toujours.

Il se tut un instant.

— Je suis vraiment désolé pour ton grand-père. Je sais que tu tenais beaucoup à lui.

Layla sentit ses lèvres trembler. Ces mots l'avaient prise de court.

— Merci. J'accuse le coup, plus que je ne le pensais. J'imagine que je le croyais immortel.

Jordan tendit le bras pour essuyer la larme qui venait de couler sur sa joue.

— Il devait être si fier de toi.

L'espace d'un instant, l'air fut chargé d'une tension étrange. Layla frissonna. Elle avait toujours eu le béguin pour Jordan, mais là c'était différent. Sa tendresse la toucha en plein cœur, apaisant doucement sa peine.

Elle déglutit péniblement.

— Je ne vais pas m'écrouler, rassure-toi, et encore moins gâcher la soirée.

Il lui répondit par un sourire triste. Son bras gauche reposait sur la portière.

— Et quand bien même. Je ne vois pas où serait le problème.

Il lui fit signe de s'installer et prit place à son tour derrière le volant.

Elle l'observa et comprit. Tout était différent avec lui, dans le bon sens.

Il ne s'agissait pas de Jordan.

L'homme qui l'observait avec empathie était Joshua.

Elle était prête à le parier. Mais pourquoi ? Quel intérêt à mettre en place un tel subterfuge ? Faisait-elle erreur ?

Mais plus elle regardait l'homme assis à la place du conducteur, moins il ressemblait à Jordan. Physiquement si, bien sûr.

Pourtant rien qui transparaissait de cet homme ne laissait penser qu'il s'agissait de lui.

Là où Jordan était extraverti et fêtard, Joshua était tranquille et attentionné. Le genre d'homme silencieux. Sans pouvoir confirmer ses doutes, Layla se sentait vulnérable.

Si c'était une blague, elle était très mauvaise.

Elle se raidit dans son siège et se tourna vers lui.

— On démarre ?

Jordan sembla sortir soudainement de ses pensées et se redressa.

— Bien sûr. J'ai réservé chez Sheen.

— Parfait, j'adore ce qu'ils font.

Sheen était parfait pour ce type de rendez-vous galant qui n'en était pas un.

L'ambiance était chic et accueillante, mais les tables n'offraient pas l'intimité d'un restaurant romantique, qui les aurait tous deux mis mal à l'aise.

Une fois qu'ils furent installés, Layla se détendit un peu.

Si elle se trompait et que l'homme en face d'elle était Jordan, elle allait passer une bonne soirée.

S'il s'agissait de Joshua, il finirait bien par le lui dire.

Et elle comptait profiter pleinement de la soirée, comme d'un bon bol d'air.

— Ton père m'a dit que tu étais venu à l'enterrement. Merci. J'ai peur de ne pas t'avoir vu, il y avait tellement de monde.

— C'est normal. Je tenais à être là. Je suis navré de ne pas avoir pu rester après.

— Et comment ça se passe dans *ton* ranch ? Tout va bien ?

Elle le vit une nouvelle fois tiquer, imperceptiblement.

— La routine. Tu connais mon père, il explore sans cesse de nouvelles pistes, veut tester de nouvelles idées.

— Oui, je vois le genre.

— Et ça va être au tour de Victor junior dans votre ranch. Il a désormais les mains libres pour agir à sa guise.

— Clairement. Il a toujours été agacé par les méthodes de mon grand-père, qu'il trouvait dépassées. Il va sûrement nous sortir des choses de son chapeau, à présent. De nouveaux aliments pour le bétail, du matériel de pointe. Rien ne l'arrêtera plus.

Lorsque les plats arrivèrent, Layla pensa qu'elle avait bien fait de s'offrir une soirée de liberté. Et, elle en était désormais sûre, l'homme en face d'elle était Joshua.

Il était à l'écoute et plaisantait volontiers.

Leur discussion autour des livres, de la politique et du cinéma, laissait entrevoir une vraie ouverture d'esprit chez lui.

Elle était surprise de l'effet de cet homme sur elle. Physiquement. Sa virilité si affirmée réveillait en elle des sensations depuis longtemps éteintes.

La compagnie de Jordan était plaisante, mais d'une manière différente.

Il n'aurait pas hésité à blaguer lourdement, à draguer la serveuse et à lui lancer à elle des œillades charmeuses.

Mais pourquoi donc s'amusaient-ils à lui jouer le même tour que lorsqu'ils étaient enfants ? C'était à n'y rien comprendre.

Layla décida d'oublier ces pensées et de profiter de cette soirée pour se changer les idées.

Dans la salle de concert, Jordan (ou Joshua) passa un bras autour de la taille de Layla, la tenant contre lui au milieu de la foule compacte.

Le badge VIP qu'il portait autour du cou disait Jordan Banks, mais elle n'était pas du tout convaincue. En coulisses, elle se laissa tenter par le buffet de desserts et vit qu'il l'observait avec une tendresse amusée.

— Tu t'es mis de la chantilly sur le menton.

Avant qu'elle ait le temps de réagir, il prit une serviette en papier et se pencha vers elle pour l'en débarrasser.

Leurs visages furent bientôt si près l'un de l'autre qu'elle put plonger son regard dans les profondeurs bleutées du sien. Un regard de Texan. La couleur était plus claire au bord de l'iris, plus foncée en son centre.

Ils s'étaient assis sur des chaises pliantes dans un coin. L'endroit était bruyant… pourtant tous deux furent comme seuls au monde durant quelques courtes secondes.

Layla passait un très bon moment, mais comment oublier la possible supercherie des jumeaux ?

L'incertitude menaçait de gâcher la soirée. Il lui semblait percevoir une certaine alchimie entre eux.

Elle avait longtemps craqué pour Jordan. Était-elle à présent en train de flirter avec Joshua ? Elle décida de le mettre en difficulté afin de le tester.

Elle s'adressa à lui sur un ton léger et le plus détaché possible.

— Au fait, dis-moi, comment va ton frère ? Toujours à Dallas ? Tout va bien pour lui ?

Cette fois elle en fut certaine : elle vit le trouble se dessiner sur son visage.

— Eh bien… Hum, il va plutôt pas mal. Il est rentré à Royal il y a peu.

— Oh ! quelle excellente nouvelle. Je ne l'ai pas vu à l'enterrement, si ?

Jordan/Joshua rougit subitement. Il avala d'un trait le fond de son verre de vin.

— Il aurait voulu venir, mais il avait un rendez-vous important à la banque. Je crois qu'il veut acheter une maison.

— Joshua est de retour pour de bon ? Il n'était pas marié ? Je ne sais plus, je ne l'ai pas vu depuis tellement longtemps.

Il était visiblement désemparé. Layla décida de poursuivre ce petit jeu. Si les jumeaux Banks croyaient pouvoir se payer sa tête, ils allaient être servis.

Il était pâle à présent.

— Il a divorcé.

— Oh ! je suis vraiment désolée pour lui.

— Merci.

— Il doit être tellement triste et déçu.

Il haussa les épaules.

— Becky, son ex-épouse, n'était intéressée que par l'argent. Dès qu'il a été installé à Dallas et a refusé d'être soutenu par la fortune familiale, son comportement a changé. Elle a montré son vrai visage, en somme. Il a fait des efforts, personne ne veut voir son mariage terminer ainsi. Cela n'a servi à rien.

Layla se sentit troublée.

S'il s'agissait bien de Joshua, il se montrait étonnamment sincère avec elle. Layla comprenait sa peine, ayant elle-même été abandonnée devant l'autel, à l'orée d'un avenir heureux.

Elle consulta sa montre : le concert allait bientôt commencer.

Jordan/Joshua la regarda avec une intensité non feinte.

— Et toi, Layla ? As-tu quelqu'un dans ta vie ? Excepté moi ce soir, je veux dire.

Son petit sourire la mit en émoi.

— J'étais fiancée.

— Ce n'est plus d'actualité ?

— Mon fiancé laissait un peu trop traîner son regard sur les autres femmes.

— Aïe.

— Et pas que son regard, à dire vrai.

Jordan/Joshua grimaça.

— Je suis désolé pour toi.

— Merci, mais honnêtement, j'ai eu de la chance. Ce genre de mensonge fait mal, mais au moins je l'ai su avant de m'engager pour la vie.

Il ouvrit la bouche, hésita, puis se lança :

— Layla, il faut que je te dise quelque chose.

Autour d'eux, le noir se fit doucement, et une cloche sonna, invitant les détenteurs d'un passe VIP à aller prendre place.

Une fois de plus, Joshua/Jordan la protégea de la foule, plaçant son corps entre elle et le flot de personnes venues assister au concert.

Le chanteur fit son entrée sur scène et enchaîna les morceaux. Le public était enthousiaste, reprenant les refrains en chœur, applaudissant à tout rompre.

Le concert se termina par une ballade romantique, au cours de laquelle Jordan/Joshua glissa un bras autour des épaules de Layla. Sans la toucher, se contentant de le poser sur le dossier derrière elle. Pas de contact, mais une certaine proximité.

C'était un geste comme un autre, après tout. Les paroles racontaient l'histoire d'un amour naissant, la magie de l'étincelle entre un homme et une femme… Une pure coïncidence, rien de plus.

Layla se retourna vers l'homme assis à côté d'elle, scrutant son visage à la recherche de la vérité.

Qui était-il ? Pourquoi ne lui avait-il toujours pas avoué sa petite duperie ?

Ils se levèrent et suivirent le flot de personnes qui sortaient. La nuit était douce, seule une petite brise rafraîchissait l'atmosphère.

Layla s'arrêta et inspira profondément.

Elle se posta devant l'homme dont elle était certaine de connaître l'identité, sans parvenir à croire qu'il ait tenu si longtemps sans lui dévoiler la supercherie.

Elle ne put s'empêcher de trouver ce petit jeu puéril mais mignon.

— Merci pour l'invitation. C'était… incroyable.

- 3 -

Joshua vivait un enfer.

Il avait passé tout le concert à observer le visage si expressif de Layla.

Le chanteur était un artiste hors pair et avait su captiver la foule, mais Josh avait été incapable de détacher son regard de la femme qui l'accompagnait.

Un simple éclat de rire chez Layla le transportait ailleurs, entre désir et désespoir.

Son divorce avait mis sa libido en berne depuis un certain temps. Il avait aujourd'hui le sentiment d'être tiré d'un très long et douloureux sommeil.

Ils avancèrent en direction de la voiture.

Layla ne cessait de parler. Son délicat parfum lui parvenait par bouffées, il regardait le mouvement du vent dans ses cheveux.

Elle avait choisi une robe plutôt sobre, mais qui épousait les courbes de son corps et dévoilait ses longues jambes bronzées. Josh avait la bouche sèche.

Elle portait des sandales à talons et il ne put s'empêcher de penser que leurs tailles s'accorderaient parfaitement au lit. Ou même debout, serrés l'un contre l'autre.

Ils prirent place dans la voiture et leur promiscuité monta d'un cran.

— Je vais mettre la clim, il fait chaud.

Il devait lui dire la vérité.

Il le lui devait.

Mais il ne voulait pas que la soirée se termine sur une brouille entre eux.

Jordan lui avait dit de promettre un appel – qui ne viendrait pas. Layla allait avoir une piètre image de son frère et l'histoire s'arrêterait là.

C'était peut-être mieux ainsi.

Plus tard, il s'arrangerait pour tomber sur elle dans la rue et ils pourraient entamer une relation des plus normale, une relation purement sociale.

Mentir ainsi et jouer un rôle n'était cependant pas son fort.

Il fit démarrer la voiture et savoura l'air frais et bienfaiteur de l'air conditionné.

Il pensa soudain au déroulé de la soirée tel que prévu par son frère. C'était l'idée de Jordan, pas la sienne. Pourquoi donc avait-il cédé de la sorte ? Au lieu d'une soirée facile et sans lendemain, il lui fallait subir une torture sexuelle des plus déplaisante.

Josh continua de répondre machinalement à Layla, trop absorbé par ses pensées pour être attentif à leur conversation. Ils atteignirent enfin le ranch des Grandin.

— Nous sommes arrivés.

Tout était calme. Seule une lumière était allumée à l'étage. Josh avança dans l'allée et se gara devant la maison principale.

Layla se tourna vers lui.

— Merci de m'avoir emmenée à ce concert, *Jordan*. Je me suis bien amusée.

Les pensées se bousculaient en lui. Avait-elle volontairement insisté sur le prénom de son frère ? Avait-elle compris ?

Joshua ne voulait en aucun cas abuser de sa confiance et lui prouver que les hommes étaient tous des menteurs.

Il s'était amusé de l'idée, comme lorsqu'ils étaient enfants, mais cela n'avait plus rien de drôle à présent.

Je t'appelle. Trois petits mots, voilà tout ce qu'il avait à dire. Ses lèvres refusaient malgré tout de les prononcer. S'il n'avait pas quitté Royal et passé toutes ces années à Dallas, il aurait pu inviter Layla de façon plus officielle au lieu de se jouer d'elle.

Il fit enfin taire ses pensées et se concentra sur le moment présent. Il n'avait pas couché avec une femme depuis vingt mois, deux semaines et trois jours. Sa vie était un champ de ruines.

Layla était tout ce qu'il espérait pour une relation légère et sans engagement. Pourtant il ne pouvait se résoudre à lui jouer ce sale tour. Trois mots : *Je t'appelle.*

Elle lui jeta un regard étrange. Venait-elle de lui poser une question ? Il ne l'avait pas écoutée, perdu dans ses réflexions qui ne le menaient nulle part.

La mine de Layla s'assombrit. Elle qui était si gaie et amicale quelques instants auparavant lui parut soudain sérieuse. Elle arborait à présent un air méfiant.

— Tout va bien, Jordan ?

Elle inclina la tête et l'observa comme si elle se livrait à une expérience scientifique, une analyse détaillée de lui.

Il serra les dents lorsqu'elle l'appela Jordan. Il n'était pas Jordan. Il ne l'avait jamais été.

C'était le bon moment pour se rappeler que la jeune Layla Grandin avait eu le béguin pour Jordan Banks autrefois, non pour Joshua.

À vrai dire, c'était Jordan et pas Joshua qui jonglait avec deux ou trois jeunes filles ou femmes à la fois.

Elles accouraient vers lui. Il les faisait rire. Elles se sentaient différentes. Joshua n'avait pas son charisme.

Sa propre personnalité, difficile à saisir, attirait beaucoup moins les femmes. En cet instant, il aurait aimé avoir des miettes du pouvoir de séduction de son frère.

— Jordan ?

Si Layla Grandin prononçait ce nom encore une fois, il risquait de craquer.

Son sang bouillait dans ses veines.

Il était excédé par cette idée, la supercherie des jumeaux, alors qu'il était désespérément attiré par la femme avec laquelle il avait faussement eu rendez-vous.

— Layla ?

Il avait prononcé son nom d'un ton ferme. Il aurait aimé pouvoir dire la vérité. Mais mieux valait respecter le plan établi. Laisser se terminer cette relation avec Jordan. Joshua pourrait alors prendre le relais et faire table rase de ce faux départ.

— Oui ?

Son sourire était hésitant.

Le ton de sa voix l'avait peut-être alarmée. Difficile de garder son sang-froid alors qu'il désirait la femme assise à côté de lui de tout son être.

— Veux-tu dîner avec moi demain ?

Mais non ! N'importe quoi !

Impossible de laisser à nouveau *Jordan* sortir avec Layla.

Il sentit l'incertitude de Layla. Son comportement étrange l'effrayait lui-même. *Faites qu'elle dise oui.*

Son silence n'était pas bon signe.

Elle enroula une mèche de cheveux autour d'un de ses doigts et soupira.

— Honnêtement, je doute que tu aies passé une bonne soirée. Je sais que ce n'est pas toi qui as organisé ce rendez-vous, mais ton père. Alors pourquoi recommencer ?

À travers et au-delà de ses mots, Joshua devina la sensibilité et la vulnérabilité de Layla.

Son cœur se serra.

— Au contraire, j'ai passé un très bon moment. Je ne vois pas de quoi tu parles.

— Jordan, je…

Le prénom de son frère sur les lèvres de Layla le fit craquer.

Jordan avait toutes les femmes qu'il voulait. Mais il n'aurait pas celle-là. En outre, Jordan lui-même n'avait pas voulu passer la soirée avec elle.

Était-ce ainsi que l'on traitait une femme aussi charmante et sexy que Layla ?

— Je t'en prie, il faut qu'on parle.

Elle fronça les sourcils.

— Tu l'as déjà dit, juste avant que le concert commence.

Il s'était piégé lui-même.

Comment pouvait-il laisser Jordan s'éclipser si Joshua avait tant envie de discuter ? Avouerait-il la vérité à Layla s'ils se revoyaient ?

Elle effleura sa main, sans toutefois s'attarder.

— Je voudrais bien, mais je ne suis pas libre. Toute la famille a rendez-vous chez l'avocat pour régler des problèmes concernant la succession. C'était le seul moment où nous étions tous disponibles.

Joshua se rembrunit.

— Mardi soir, alors ?

Sans réfléchir, il se pencha vers elle, glissa une main dans ses cheveux et embrassa ses lèvres roses, douces et brillantes.

Il l'avait regardée remettre du gloss après le dîner, puis après le buffet dans les coulisses. Un geste simple, féminin – rien d'outrageusement érotique. La voir faire lui avait pourtant déclenché une érection.

Il découvrit que le gloss avait un goût de menthe. Il approfondit le baiser une demi-seconde, puis il s'écarta. Il ne voulait pas l'embrasser en étant Jordan, mais il n'avait pu patienter une minute de plus.

Il la regarda droit dans les yeux.

— Dois-je m'excuser ?

Layla passa une main distraite sur ses lèvres.

Un geste sensuel, délicat.

— Les excuses ne sont pas nécessaires.

Elle semblait toutefois hébétée.

L'avait-il choquée ?

Jordan n'aurait-il pas embrassé une belle femme dès le premier rendez-vous ?

Joshua n'avait plus les codes, ne les avait jamais eus,

semblait-il. Il aurait peut-être dû y réfléchir à deux fois avant de céder à sa pulsion. Qu'avait-il eu dans la tête ?

Mais cette femme lui faisait un tel effet.

Il réitéra malgré lui son invitation :

— Alors, pour le dîner ?

Elle observa un long silence. Il était sur des charbons ardents.

— Envoie-moi un SMS demain soir et je verrai si je suis libre mardi. Ça devrait être bon.

Sa vie personnelle était en panne depuis si longtemps que Joshua réalisa avec étonnement qu'il attendait enfin quelque chose.

— Ne change pas d'avis.

Elle grimaça.

— Cela fait un moment qu'on se connaît, *Jordan*. Suis-je du genre à changer d'avis ?

Cette fois, il fut sûr qu'elle avait insisté sur le mot Jordan.

Savait-elle à quel frère elle parlait ? Si c'était le cas, pourquoi ne rien dire ? Pour les mêmes raisons que lui ?

Peut-être étaient-ils tous deux sur leurs gardes ?

Un mariage raté. Des fiançailles rompues. Ni l'un ni l'autre ne brillaient dans le chapitre des relations amoureuses. Et ils ne rajeunissaient pas.

Layla prit son sac à main et sortit du véhicule. Il l'imita et la regarda par-dessus la voiture.

Au clair de lune, elle paraissait plus jeune.

— Bonne nuit, Layla.

Elle lui envoya un baiser.

— Bonne nuit.

Il aurait pu partir.

Mais il la regarda gravir les larges marches d'escalier menant au porche. Il soupira après qu'elle eut ouvert la porte et disparu à l'intérieur.

C'était la meilleure soirée qu'il avait passée depuis des lustres.

Et il avait tout gâché.

Joshua était résolu à tout arranger dès que possible.

S'il pouvait sortir avec élégance de cette histoire, il aurait peut-être une chance d'attirer Layla dans son lit.

Enfant, il cherchait à surpasser son frère par pure vantardise.

Aujourd'hui les enjeux étaient plus élevés… et plus personnels.

Layla trouva Chelsea installée devant un film, au salon.

— Où sont-ils tous ?

Après avoir ôté ses chaussures, elle s'assit et s'enfonça dans son fauteuil préféré.

— Tu es canon, sœurette. Papa et maman sont montés se coucher il y a une heure, comme grand-mère. Vic et Morgan sont sortis avec des amis. Comment c'était, le concert ?

— Très bien.

Layla sentit ses joues s'enflammer sous le regard inquisiteur de sa sœur aînée.

— Tu n'as pas regretté de te faire piéger par deux vieux ?

— Jordan était sympa. Le concert de Parker Brett était formidable. J'ai passé un bon moment.

— Pourquoi je perçois un « mais » là-dedans ?

— Tu vas penser que je suis folle.

— Pas plus que d'habitude.

Chelsea rit de sa propre blague.

— Que me caches-tu ? As-tu fait des cochonneries avec Jordan Banks ?

— À un premier rendez-vous ? Sûrement pas.

— Ce n'est pas si rare.

— Ce n'est pas mon cas.

— Alors, qu'est-ce qui te met dans tous tes états ?

Layla joua avec l'ourlet de sa robe.

— Je suis persuadée que l'homme avec qui je suis sortie ce soir est Joshua, pas Jordan.

Chelsea se redressa et éteignit la télévision.

— Tu plaisantes.

— Non, je t'assure. Je l'ai compris dès la première heure que nous avons passée ensemble. Je connais les jumeaux. Ils ont l'air identiques, mais leurs personnalités sont différentes.

— Tu as dit quelque chose ?

— Non, je n'étais pas sûre à cent pour cent. Je ne les ai pas vus depuis une éternité.

— Je croyais que Joshua vivait à Dallas et qu'il était marié.

— C'était exact, mais il est revenu. Il a divorcé, malheureusement.

Chelsea fit la moue.

— C'est dommage pour lui, mais j'ai l'impression que tu es contente qu'il soit à nouveau célibataire. Cela fait longtemps que je ne t'ai pas vue aussi fébrile.

— Je ne suis pas fébrile, qu'est-ce que tu vas chercher ?

— Si tu le dis…

Impossible de tromper une sœur qui vous connaissait depuis toujours…

Layla changea de sujet.

— Comment vont les uns et les autres après l'annonce qui nous a été faite ?

— Papa angoisse, bien sûr. Et il est fou de rage. Maman essaie de le calmer comme elle le peut. Vic et Morgan ne semblent pas affectés. Daniel devait rentrer à Paris, mais papa lui défend de partir avant que la question soit réglée.

— Non mais, c'est quoi cette injonction ? Bon sang, nous ne sommes pas la famille royale !

— Il faut croire que son nouveau statut de patriarche lui est monté à la tête.

— Et donc, Daniel reste ?

— Jusqu'à mardi matin seulement.

— Je n'ai pas envie d'aller m'asseoir dans le bureau de l'avocat. Ce genre d'endroit me donne la chair de poule.

— Je ne veux pas y aller non plus, mais c'est une représentation sur commande.

Layla se frotta la tempe. Elle commençait à avoir mal à la tête.

— Tu penses que notre famille est bizarre ?

Chelsea leva les yeux au ciel.

— À peine. Une bande de dingos, je te dis.

— Je suis sérieuse. Ce n'est pas curieux de tous vivre sous le même toit ?

— La maison fait mille cinq cents mètres carrés et la maison d'amis cinq cents. Nous disposons tous de notre propre suite.

— Certes. Mais regarde Vic. Il a toujours une femme dans sa vie. Est-ce qu'il ne voudrait pas plus d'intimité ?

— Hum…

Chelsea haussa les épaules.

— Je ne veux pas parler de la vie sexuelle de notre frère.

— Pourquoi reste-t-il ici ? Il n'a pas envie d'avoir son propre appartement pour y recevoir qui bon lui semble, sans être sous le regard de tous ?

Chelsea secoua la tête.

— J'oublie parfois à quel point tu es naïve. Crois-moi, Layla, je suis certaine que notre cher frère a acheté un bien quelque part en ville depuis un bon bout de temps.

— Pourquoi fait-il semblant de vivre ici, alors ?

— Cela lui plaît d'être le fils et petit-fils chéri. Il veut prendre le contrôle du ranch le moment venu. Le droit des squatteurs exige qu'il ne s'éloigne pas trop du champ de vision de papa, tu vois ?

— Tu as sans doute raison.

— Chacun de nous est riche et libre de partir. C'est ça, Lay-Lay ? Tu as besoin de voler de tes propres ailes ?

L'entendre prononcer le petit nom qu'elle lui donnait dans leur enfance donna à Layla envie de pleurer.

— Non, je ne veux pas partir. Du moins pas maintenant. Je suis comme Vic, je pense. J'espère encore que papa reconnaîtra finalement que toi et moi avons autant le droit de gérer le ranch que son cher fils.

— Je ne parierais pas là-dessus. Apparemment, avoir un pénis est la condition sine qua non pour être un vrai rancher au Texas.

La blague de sa sœur, ou le constat plutôt, fit sourire Layla.

— Ou au moins ici, à Royal.

— Et on ne sait pas encore ce que cette histoire de gisements de pétrole nous réserve.

— D'une certaine manière, je me dis que c'est mieux que tout ça arrive après le décès de grand-père. Tu imagines le choc pour lui ?

— Oh ! que oui. C'est à n'y rien comprendre.

Layla bâilla.

— Je suis crevée. Je vais prendre une douche, et au lit.

— Le film est presque fini. Je te suis dans un instant.

En montant l'escalier, Layla réfléchit à la question de Chelsea.

Voulait-elle son propre appartement ? S'éloigner de sa famille, de ses espoirs déçus, échapper aux petits mélodrames du quotidien ?

Elle se déshabilla dans la salle de bains et évita de se regarder dans la glace.

Elle se rappela la sensation de la main chaude de Joshua sur sa nuque. Fugace mais intense.

Joshua.

Car elle avait beau essayer, elle ne parvenait pas à se convaincre que l'homme assis à côté d'elle avait été Jordan Banks.

Mais pourquoi donc s'étaient-ils amusés à échanger leurs identités ? Bertram Banks avait parlé de Jordan.

Tout le monde avait eu droit à la petite sortie de son père sur ses sentiments d'adolescente pour lui.

Il était évident que le père des jumeaux n'avait aucune idée de ce que mijotaient ses fils.

Une fois au lit, lumière éteinte, Layla ne cessa de se retourner dans ses draps.

En fermant les yeux, elle voyait de magnifiques iris bleus, l'étincelle d'humour et le désir dans le regard de celui qui l'avait emmenée au concert.

Celui qui l'avait embrassée par surprise.

Elle devait prendre garde à ne pas se fourvoyer une nouvelle fois.

Ne rien s'imaginer, ne pas rêver à un avenir trop romantique.

Elle ne pouvait pas se permettre d'être aussi idiote une seconde fois.

Mais même après s'être sermonnée en silence, elle eut le sentiment qu'elle allait rêver de l'homme qui l'avait embrassée quelques heures plus tôt…

- 4 -

Les bureaux de l'avocat étaient presque aussi sinistres que les pompes funèbres.

Layla se rendit à la réunion en voiture. Elle avait bu un verre et dîné avec une amie avant de retrouver la famille là-bas.

À son entrée, l'atmosphère était glaciale, pesante. Chacun craignait le pire.

Layla prit place à côté de Chelsea, prête à s'ennuyer pendant une bonne heure. Elle avait encore un peu d'espoir sur ce que l'avocat avait à leur annoncer.

En inspectant la salle, elle constata qu'ils étaient presque tous présents, y compris sa grand-mère.

Elle remarqua l'absence d'oncle Trent et de tante Lisa. N'ayant sans doute rien à gagner ou à perdre, ils avaient décidé de ne pas venir.

— J'irai droit au but. J'ai pris contact avec l'avocat qui a préparé les papiers que vous avez reçus le jour des funérailles. Il s'est excusé de les avoir envoyés à un moment aussi difficile pour votre famille. Il prétend qu'il l'ignorait.

Le père de Layla frémit.

— Et vous le croyez ?

— Je n'ai aucune raison de remettre en cause ses propos. Je préfère croire à sa bonne foi.

L'avocat se tourna vers la grand-mère de Layla.

— Madame Grandin, votre mari a-t-il mentionné les droits pétroliers ?

Miriam se redressa sur sa chaise.

C'était une femme solide qui était restée dans l'ombre de son époux et de sa forte personnalité.

— Pas que je sache. Mais Victor avait ses propres conseillers. Si quelqu'un est au courant, ce ne peut être qu'Augustus Lattimore. Les deux hommes étaient liés comme les doigts de la main.

Une nouvelle fois, le père de Layla ne put cacher son mécontentement.

Layla le plaignit. Il avait dû souffrir d'être écarté de toutes les prises de décision.

Victor junior arrivait à l'âge où l'on commençait à envisager la retraite dans quelques années. Mais voilà qu'il venait d'accéder à la tête du ranch. Y resterait-il, comme son père, trois décennies supplémentaires ?

Vic prit la parole.

— Il n'y a rien d'inquiétant, n'est-ce pas ? C'est probablement une escroquerie ? N'importe qui peut fabriquer des documents avec une bonne imprimante numérique.

Chelsea hocha la tête.

— Et d'après Internet, on les vieillit en roulant le papier en boule et en le trempant dans le thé.

Bethany Grandin regarda sa fille.

— Grands dieux, Chelsea, tu te laisses emporter par ton imagination.

Sentant qu'il perdait le contrôle de la réunion, l'avocat s'éclaircit la gorge.

— Restons-en à ce que nous savons. J'ai demandé de plus amples informations sur la situation au conseiller juridique des Thurston.

L'avocat s'adressa à l'oncle de Layla.

— Monsieur Grandin, les frères Thurston prétendent que vous avez eu une liaison avec leur mère, Cynthia.

L'accusation était sans détour.

Daniel haussa les épaules, sur la défensive.

— Il y a des années. Et alors ?

L'avocat grimaça, comme s'il avait espéré un démenti.

— Un bébé est né de cette union. Une fille, Ashley.

Daniel secoua la tête.

— J'ai eu une brève relation avec Cynthia lors d'un séjour de quelques mois à Royal. Mais il n'y a pas eu de grossesse.

Il trahit son malaise en se caressant la nuque.

Il était solidement bâti, toutefois plus mince que dans le souvenir de Layla. Ses cheveux grisonnaient, mais ses yeux marron foncé n'avaient pas changé. Elle n'était pas proche de son oncle, qui vivait en France depuis des décennies.

L'avocat poursuivit.

— Donc, vous n'avez pas connaissance de cet enfant présumé.

Daniel n'avait pas l'air content.

— C'est exact. J'avoue avoir eu une relation physique avec Cynthia Thurston, il y a des années. Mais je n'ai eu aucun contact avec elle ensuite.

— Est-il possible qu'elle n'ait pas pu vous trouver pour vous dire qu'elle attendait un bébé ?

Victor se raidit.

— Mon frère a vécu longtemps en France, mais il ne s'est jamais caché. Nous aurions tous pu le joindre si cette femme nous l'avait demandé. Le moment choisi pour cette déclaration est suspect.

Layla se demanda si la maîtresse de son oncle n'avait pas osé se rapprocher d'une famille aussi connue et aussi influente que les Grandin.

Peut-être avait-elle décidé de se débrouiller seule ?

Layla prit la parole.

— Papa, je pense que tu as oublié quelque chose. Cynthia et Ashley sont mortes dans un accident de voiture il y a quelques années. Heath et Nolan sont peut-être tombés sur ces papiers seulement maintenant.

L'avocat acquiesça.

— Tout est possible. Quoi qu'il en soit, les Thurston insinuent que les droits pétroliers revenaient à Ashley qui était une Grandin de naissance. J'essaie toujours de comprendre pourquoi le ranch Lattimore a été inclus. J'ai appelé leur avocat. C'est à eux d'apporter la preuve. Cela fait gagner du temps. Je sais que vous envisagez d'engager un enquêteur. C'est sans doute une bonne idée. Nous pouvons tous continuer à creuser. Madame Grandin, vous pouvez passer en revue les papiers de votre mari à la recherche d'indices.

— J'en serais heureuse…

La réunion ayant pris fin, la salle commença à se vider.

Layla vit son oncle tout seul, hébété.

Elle s'approcha et posa une main sur son épaule.

— Je suis désolée. Tu dois être sous le choc.

Il hocha doucement la tête. Elle lut de la stupéfaction dans son regard.

— C'est déjà éprouvant de découvrir j'ai eu un enfant et que Cynthia ne m'a rien dit. Cela me dévaste un peu plus encore qu'il soit trop tard. Je ne peux rien y faire. Je ne peux pas demander d'explication à Cynthia et connaître Ashley. J'aurais préféré ne jamais savoir.

Layla le regarda avec empathie et s'en alla, sentant qu'il préférait attendre d'être seul pour laisser libre cours à ses émotions.

Elle dit un mot à Chelsea avant de se diriger vers sa voiture, garée dans la rue. Elle s'était retenue toute la soirée de consulter son téléphone pour voir si Joshua lui avait écrit.

Le moment était venu.

Elle se glissa sur le siège conducteur, ferma la portière et mit le moteur en route pour rafraîchir la voiture.

Puis elle se pencha sur son téléphone en prenant une grande inspiration. Une notification…

Comme promis. Je viens aux nouvelles pour le dîner de demain. J B

Layla ne put s'empêcher de sourire. Même si ce rendez-vous devait déboucher sur un moment de vérité très embarrassant, elle ne voulait pas le manquer.

D'abord, elle voulait savoir lequel des deux Banks l'avait emmenée au concert. Ensuite, comme elle était presque sûre qu'il s'agissait de Joshua, elle voulait découvrir si l'attirance éprouvée était plus que passagère.

Je suis libre ! À quelle heure ?

Es-tu partante pour un pique-nique ? Si oui, je passe te prendre à 17 heures et on ira faire un tour... Peux-tu apporter une couverture ?

Layla fut surprise, mais agréablement. En pique-niquant, ils pourraient s'expliquer plus librement qu'en public.

Cela me convient. À plus tard...

Elle rangea le téléphone dans son sac pour ne pas être tentée de poursuivre la conversation.

Elle aurait probablement dû être en colère contre l'un ou contre les deux frères Banks. Elle préférait croire qu'il s'agissait d'une plaisanterie peu intelligente mais parfaitement innocente.

Elle l'espérait.

Elle leur laisserait le bénéfice du doute, surtout parce qu'elle souhaitait explorer l'étincelle prometteuse à laquelle elle avait songé la nuit précédente.

Le lendemain, elle eut un million de choses à faire dans le ranch. Elle passa quelques heures à aider sa grand-mère.

Miriam cherchait à donner le plus rapidement possible les vêtements de son mari.

C'était sa façon à elle d'affronter son chagrin.

Jordan/Joshua arriva à 17 heures sonnantes. Layla sortit du porche et descendit les marches à sa rencontre, évitant qu'il monte et sonne.

Elle n'avait aucune envie qu'il soit cuisiné par les

membres de sa famille, pas plus qu'elle n'avait envie de se justifier sur ce rendez-vous.

Il y avait encore trop de questions sans réponse.

Elle ne voulait pas que son indiscrète famille mette sur la sellette celui des frères Banks qui venait la chercher.

Joshua, ou Jordan, pour prolonger la supercherie, était posté devant sa voiture. Il se protégea les yeux du soleil pour mieux les lever vers elle.

— Bonjour.

— Salut.

Elle lui tendit une couverture.

Son intuition lui souffla une nouvelle fois que c'était Joshua qui la saluait.

Jordan était plus à l'aise mais moins délicat et prévenant. Cet homme-là lui avait adressé un sourire crispé, l'avait installée dans le siège avant de sa voiture de sport et s'était assis derrière le volant sans un mot de plus.

Il avait changé de voiture. L'autre appartenait-elle à son jumeau ?

Layla fut plutôt soulagée de faire la route en silence. La journée avait été longue et éprouvante.

Elle était heureuse de se relaxer dans son siège. C'était une voiture de rêve.

Une mécanique haut de gamme et tous les éléments de confort imaginables.

Elle disposait aussi d'un levier de changement de vitesse. Layla préférait les manuelles aux automatiques.

Une fois hors de la ville, sur la route à deux voies en ligne droite et déserte, l'homme au volant, Jordan ou Joshua, mit les gaz.

Layla sourit.

La vitesse l'aidait à relâcher la tension et le stress.

Elle aimait monter à cheval pour la même raison.

Les sensations étaient encore plus fortes en cet instant. Elle sentait monter la puissance du moteur poussé de plus en plus loin.

Layla ne demanda pas où ils allaient. Il était agréable d'être assise et de laisser quelqu'un d'autre aux commandes, pour une fois.

Seul le travail comptait pour elle. Sa vie privée était en jachère et elle ne prenait jamais le temps de profiter, de se laisser porter.

Cette tendance s'était accentuée après la rupture de ses fiançailles. Elle s'était réfugiée dans le travail et en sortait peu.

Elle sentit ses muscles se détendre alors que son corps épousait davantage le siège en cuir clair.

Tout son corps semblait lâcher prise.

Joshua ne sut pas décider s'il devait se sentir insulté ou être amusé quand il comprit que sa passagère s'était endormie.

Elle avait ôté une chaussure, sa robe s'était relevée, révélant une cuisse à la peau bronzée et ferme.

Il resserra les mains sur le volant.

Il n'avait aucune idée de la manière dont ce pique-nique allait se dérouler. Il espérait que Layla lui laisserait une chance de s'expliquer.

Il n'était pas pressé d'avouer l'échange des identités, mais il fallait le faire.

Quand il arrêta la voiture, ils étaient garés au sommet

d'une petite colline à des kilomètres de la maison la plus proche. Le terrain était en vente.

Il avait caressé l'idée de l'acheter.

Mais cela signifiait rester à Royal pour de bon. Il était encore un peu tôt pour prendre une quelconque décision définitive.

Il observa Layla endormie, heureux d'avoir l'occasion de voir comment la fillette qu'il avait connue, un brin garçon manqué, s'était transformée en une femme compétente à la féminité exacerbée.

Ses cheveux étaient toujours du blond doré dont il avait gardé le souvenir.

Ils semblaient doux et soyeux. Il eut envie de tendre la main.

Son sexe s'éveilla, lui rappelant qu'il était encore jeune, que le jour pouvait être prometteur.

Layla était la première femme à le tenter depuis des siècles. À vraiment le tenter.

Sa robe ne cherchait pas à être provocante. Elle découvrait ses bras et ses épaules.

Elle était sans doute complètement nue en dessous, à l'exception de ses sous-vêtements. Et comme il devinait le contour de ses seins, leur pointe effleurant le tissu léger, elle ne portait probablement rien d'autre qu'une culotte.

Il agrippa le volant et s'obligea à maîtriser ses pulsions. Pour commencer, Layla pensait qu'elle avait rendez-vous avec Jordan.

Ensuite, s'il voulait se faire pardonner, il ne devait pas lui sauter dessus par ce bel après-midi de printemps, malgré l'envie dévorante qui le tenaillait…

Il prononça doucement son nom pour ne pas la brusquer.

— Layla, réveille-toi. Layla ? Nous sommes arrivés.

Il s'y reprit à trois fois avant de poser une main sur son épaule.

Il vit le moment précis où elle comprit ce qui était arrivé. Elle rougit instantanément.

— Mon Dieu.

Elle se passa les mains sur les joues et remit ses cheveux en place.

— Je suis désolée. Je t'ai faussé compagnie.

La voyant mortifiée, il chercha à la rassurer.

— Ce n'est pas grave.

Il lui sourit.

— Tu as des journées difficiles. Cela me fait plaisir que tu te sentes suffisamment à l'aise avec moi pour te détendre. Tu devais en avoir besoin.

— Je n'ai pas dormi la nuit dernière.

Elle pensa aux images qui l'avaient pourchassée une bonne partie de la nuit. Aux films inavouables qui s'étaient joués sous ses paupières une fois closes.

Elle en dissipa le souvenir. Elle s'en voulait d'avoir des pensées aussi frivoles quand elle et sa famille étaient en deuil et en proie à des complications juridiques.

Joshua sembla percevoir un malaise. Il hésita avant de s'enquérir :

— Comment va ta grand-mère ?

— Je l'ai aidée à emballer les vêtements de Grandy aujourd'hui. Elle tient bon.

Il se frotta le menton.

— Ce n'est pas un peu rapide ?

Layla esquissa un sourire triste.

— Il faut connaître ma grand-mère. Elle est du genre à arracher ses pansements et le fil de ses points de suture toute seule. Elle a toujours été discrète mais c'est une dure à cuire.

— Et chacun affronte son deuil à sa manière, je suppose.

Il pensa à son mariage, à la séparation, aux discussions interminables, aux disputes, et à la prise de conscience qu'il avait eue : il ne pouvait pas sauver sa relation avec Becky.

Il avait eu lui aussi à faire son deuil.

Layla se redressa et attrapa sa chaussure avant de l'enfiler et d'en ajuster le talon.

— Il me semble que tu m'as promis un pique-nique.

Il acquiesça.

Layla souffrait également, mais elle avait une nature indépendante et gardait ses souffrances pour elle.

— Tout à fait. Le pique-nique est dans le coffre. Si Madame veut bien se donner la peine d'ouvrir sa portière, je me ferai un plaisir de m'occuper d'elle.

Ils sortirent de la voiture.

Layla s'étira et balaya du regard le paysage alentour. Ils étaient garés au milieu d'un bosquet de cotonniers.

Autrefois, un petit ruisseau courait peut-être au bas de la colline, mais il était depuis longtemps asséché. L'endroit était champêtre, paisible.

Tout ce dont elle avait besoin.

— C'est beau.

Joshua la vit sourire. La gaieté si spontanée de Layla lui coupa le souffle.

Décidément, il désirait Layla Grandin plus que tout en cet instant. Son physique ravageur y était pour quelque chose, mais ce n'était pas uniquement lui.

Il était charmé par ce qui émanait d'elle. La force et la vulnérabilité cohabitaient en elle, dans un écrin de charme qui ne mesurait pas son impact.

Mais avant de chercher à la conquérir, il devait d'abord éliminer un obstacle.

Il ne savait pas encore ce qu'il allait dire, mais le plus tôt serait le mieux. Tout en ruminant ses pensées, il étendit la belle couverture à pique-nique que la famille Grandin avait dû se transmettre de génération en génération.

Sa laine était épaisse et moelleuse, peut-être trop rêche pour les enfants, mais largement suffisante pour les adultes en manque d'escapades en pleine nature.

Joshua ouvrit le coffre et se pencha pour attraper le grand panier de pique-nique.

— Je l'ai commandé au Royal Diner. J'espère avoir choisi des choses que tu aimes. Je les ai prévenus, pas de bananes dans la salade de fruits.

— Je n'en crois pas mes oreilles. Tu te rappelles que je n'aime pas les bananes ?

Joshua se lança :

— J'ai quelque chose à te dire.

— Oui ?

À ces mots, Layla avait levé vers lui un regard interrogateur.

Son expression était à la fois amusée et ironique. Elle leva une main avant qu'il ait eu le temps de poursuivre.

— Tu veux me dire que tu es Joshua et non Jordan ?

Il encaissa le choc.

Posant une main sur le toit de la voiture, il baissa piteusement la tête.

Il fallut quelques instants avant qu'il ose la regarder de nouveau en face.

— Tu savais ?

Elle haussa les épaules.

— Je n'ai pas tout de suite vu clair. Mais au bout d'une demi-heure, j'en étais pratiquement certaine. Cela faisait longtemps que je ne vous avais pas vus, Jordan et toi. Je me suis fiée à mon intuition.

Il s'en étonna.

— Il est rare qu'on nous distingue si bien. Quand on s'y met tous les deux, on arrive à berner pas mal de monde. Même mon père se laisse encore avoir, parfois.

Layla lui jeta un regard trouble, qui semblait mettre en doute jusqu'à son bon sens.

— J'ai passé des jours, des semaines et des mois à courir dans la nature avec vous deux quand nous étions enfants. Je vous connaissais par cœur.

— Qu'est-ce qui m'a trahi ?

— Eh bien, tu es plus calme que Jordan. Plus profond, peut-être. Il est un peu séducteur.

Sa réponse piqua Joshua au vif. Mais il savait qu'elle ne cherchait pas à le blesser.

Becky n'arrêtait pas de lui dire qu'il n'était pas drôle. À tel point qu'il avait fini par se demander si elle n'avait pas raison.

— Je suis désolé.

Il sembla hésiter et poursuivit :

— En fait, pour être tout à fait honnête, je ne suis pas du tout désolé. J'ai passé un excellent moment au concert avec toi.

Layla esquissa un sourire et sentit le rouge lui monter aux joues.

— Moi aussi. Mais tu ne m'as pas dit pourquoi Jordan et toi m'avez fait le coup du jumeau qui n'est pas le bon. Je n'ai pas du tout compris.

— Ce n'est pas un secret. Papa a lancé tout ça. Mais Jordan avait déjà un rendez-vous.

Les lèvres de Layla frémirent.

— Bien sûr, ça lui ressemble tellement. J'aurais dû m'en douter.

— Sinon, je suis sûr qu'il aurait été ravi de t'emmener au concert.

— Tu n'en sais rien. J'ai vu les femmes avec lesquelles sort ton frère. Je ne suis pas vraiment son type.

— Peut-être.

Joshua ne voulait pas s'aventurer sur ce terrain-là. Layla n'insista pas.

Ses aveux n'avaient pas éteint l'étincelle qui avait jailli entre eux. Au contraire, cela avait intensifié la flamme en lui.

— Bon, alors, on oublie tout et on recommence ? Qu'en dis-tu, *Joshua* ?

Il fut frappé par sa réaction.

Elle ne boudait pas, ne semblait garder aucune rancune en elle.

Était-ce ainsi que se comportaient les femmes gentilles habituellement ?

Il s'était tellement fait aux attitudes de son ex-femme qu'il avait presque oublié.

— Avec le plus grand plaisir.

— Laisse-moi t'aider à mettre la table.

Ils avaient tous les deux une grande faim et les victuailles étaient appétissantes.

Le pique-nique était délicieux et la conversation, légère, allait bon train.

Joshua sentait une vérité se dessiner sous ses yeux, en filigrane, comme une prise de conscience : il était incapable de s'engager dans quelque chose de sérieux.

Il ignorait si Layla était prête à accepter une relation courte, sans réel lendemain.

Il aurait aimé le savoir.

Ce fut d'abord elle qui l'interrogea :

— Tout ce que tu m'as dit l'autre soir sur ta femme, c'était vrai ? Quand tu parlais de Joshua en te faisant passer pour Jordan.

Il gémit :

— Tu vas quand même continuer de me le resservir, n'est-ce pas ? Mon double jeu de gamin l'autre soir.

Le sourire de Layla était éloquent.

— C'est probable, oui. Je vais peut-être m'amuser avec toi encore un peu.

— J'imagine que c'est mérité. J'ai joué avec le feu, je me suis brûlé.

— Quelle idée, aussi, d'avoir fomenté un tel plan, tous les deux !

— Jordan a insisté, et…

— Et vous avez compliqué les choses tout seuls.

— Tu n'as pas tort.

— Vous auriez tout simplement pu annuler le rendez-vous ou, mieux encore, me dire la vérité. C'était quand même bien plus simple, non ?

— On ne se refait pas. C'était tentant. Puéril, mais tentant. Et Jordan sait se montrer très persuasif quand il s'y met.

— Je n'en doute pas un instant. Allez, mettons ça sur le compte de nos jeux d'enfants.

Elle lui sourit.

— Parenthèse fermée. Tu t'es ouvert à moi sur ton ex-épouse l'autre jour. Tout ce que tu as dit était vrai ? J'ai été désolée pour toi.

— Oui, c'était vrai. Mon père m'avait prévenu que Becky en voulait à l'argent de la famille. Mais je ne l'ai pas cru.

— Tu étais amoureux.

Il haussa les épaules.

— Je pensais que je l'étais. Je voulais me marier. Cela me plaisait de fonder une famille.

— Je comprends. Elle n'est pas tombée enceinte ? Vous avez essayé ?

— Non. En fait, elle refusait même de l'envisager. C'était le cadet de ses soucis. Elle adorait Dallas et sa vie sociale. Tout ce qui l'intéressait, c'était de se faire les bonnes relations, de cultiver les bonnes amitiés. Tu vois le genre, quoi. On en a aussi ici, par chez nous, des gens comme ça.

— Et toi ?

— J'avais un bon boulot que j'adorais, chef de projet dans une compagnie d'énergie. J'avais toujours eu dans l'idée qu'un jour nous reviendrions à Royal pour fonder une famille. Malheureusement, je n'ai pas exprimé assez clairement ma vision des choses avant le mariage.

Il soupira, soudain las, et reprit :

— J'ai suggéré une thérapie conjugale. Becky a d'abord accepté. Nous avons suivi trois séances, peut-être quatre. Ce fut tout. J'ai compris qu'il était impossible de sauver un mariage quand l'autre partenaire s'en moquait.

— Je suis désolée, Joshua.

Le regard de Layla, doux et empathique, le réconforta quelque peu.

Ressasser son passé amoureux n'était pas le meilleur moyen de faire de l'effet à une femme, pour ce qu'il en savait.

— C'était mieux comme ça. Je pense que nous ne nous sommes jamais vraiment aimés. Nous nous sommes séparés il y a un peu moins de deux ans. Le divorce a finalement été prononcé, en février dernier.

— Mais tu aimes toujours ton travail. Pourquoi es-tu revenu ici ? Envie de voir tes proches après cette période difficile ?

— En fait, je…

Elle l'encouragea à poursuivre.

— Tu quoi ?

— J'ai démissionné. Je l'ai dit à Jordan, mais pas encore à mon père.

— Oh. C'est une sacrée décision que tu as prise. Cela a dû te coûter un paquet de nuits blanches.

— Après le divorce, j'ai ressenti le besoin de revenir

à la maison, encore plus qu'avant. Les grands espaces me manquaient. Je pense beaucoup au ranch.

— Que va dire ton père, à ton avis ?

— Jordan pense qu'il me reprendra sans hésiter.

— Problème résolu, alors ?

— C'est difficile à dire. Je ne veux pas marcher sur les plates-bandes de Jordan. Je me demande si je ne devrais pas repartir de zéro ailleurs.

- 5 -

Layla fut surprise de sentir une pointe de déception lui saisir le cœur.

Elle ne connaissait pas ce Joshua, l'adulte qu'il était devenu. Leur enfance commune expliquait certainement le lien qu'elle percevait entre eux. Elle se sentait proche de lui, d'une certaine manière.

— Si je peux me permettre un peu de psychologie de comptoir, j'avancerais bien une hypothèse.

— Vas-y.

— Je pense que tu éprouves un sentiment d'échec qui ébranle ta confiance.

Joshua cligna des yeux. Ses joues s'empourprèrent.

— Tu es directe, toi. Tu es toujours comme ça ou c'est spécialement pour moi après ma petite supercherie au concert ? Parce que, si c'est ça, je veux bien qu'on passe à autre chose.

Son ton grinçant invita Layla à se demander si elle n'était pas allée trop loin.

— Mais non, voyons. Je ne t'en veux pas pour l'autre jour. Ce n'est pas une critique. Mais je connais le phénomène. Quand j'ai découvert que Richard me trompait, j'ai été profondément ébranlée. J'avais choisi un homme avec qui je prévoyais de passer ma vie et j'ai commis une erreur énorme.

— Toi et moi ne sommes pas les premiers ou les derniers à nous méprendre sur les êtres humains.

— Exact. Mais jusque-là je me croyais intelligente, clairvoyante, avec moi et les autres. Et soudain tout le monde s'est mis à me regarder avec commisération. Comme si j'étais une pauvre petite créature fragile. C'était horrible.

— Je comprends.

Ils restèrent silencieux. Layla lissa sa robe, incapable de regarder l'homme qui lui faisait face.

— Je n'avais pas imaginé que notre pique-nique ferait resurgir nos émotions les plus douloureuses de la sorte.

— Elles ont besoin de sortir, parfois. Entre les petits sandwichs et la salade de fruits sans banane.

Joshua éclata de rire.

— Peut-être.

Chacun reprit son sérieux, perdu dans ses pensées et souvenirs.

Ils finirent de manger en silence. Il n'y avait pas de gêne entre eux, juste un besoin partagé de souffler après de telles confidences.

Layla se demanda si c'était la dernière fois qu'elle voyait Joshua. Elle ne croisait pas souvent la famille Banks en dehors des événements caritatifs ou des manifestations organisées par la ville.

Si Joshua décidait de partir, elle risquait de ne plus jamais le voir, ou alors simplement à de rares occasions.

Et quelque chose en elle refusait de l'accepter.

— Tu peux me rendre un service si tu es encore là dans les semaines qui viennent ?

— Voyons voir… Je crois que je t'en dois bien un. De quoi s'agit-il ?

— Le déjeuner de printemps du Cattleman's Club aura bientôt lieu. Je n'ai pas de cavalier, mais j'aimerais bien en avoir un. Tu connais les ragots à Royal. J'en ai vraiment marre de les entendre parler de la pauvre petite Layla. Ils sont tous au courant pour Richard.

Joshua esquissa un sourire.

— C'est dans mes cordes. Je suis toujours membre du club sur le papier, même si je n'ai pas mis les pieds là-bas depuis des années.

— Tu verras, le club a beaucoup changé. Ils ont aménagé une garderie, réalisé des travaux et repensé l'agencement du bar. Tout ça s'est fait lentement, mais le résultat est vraiment sympa. Déjà que l'édifice est somptueux.

— Et chez vous, les Grandin, tout le monde fait partie du club ?

— Tout à fait.

— Je peux te poser une question ?

— Je t'en prie, chacun son tour. Tu as répondu à la mienne au sujet de ton ex-épouse, je peux répondre à la tienne. Sauf si c'est pour que je mange de la banane. C'est non, et ça le sera toujours.

Ils éclatèrent de rire en même temps.

— Bon, à dire vrai, ma question est un peu plus sérieuse. J'espère ne pas t'embêter avec ça, mais comment cela va se passer au ranch maintenant que ton grand-père est mort ? Tu disais que ton père était en désaccord avec ses méthodes vieux jeu ?

— Oh. Sujet délicat.

— N'en parle pas si tu n'en as pas envie.

— Cela ne me gêne pas. Les idées de papa sont tout aussi rétrogrades, mais il ne s'en rend pas compte. J'ai un choix à faire, semble-t-il.

— C'est-à-dire ?

— On est sur le point de nous mettre sur la touche, Chelsea et moi, alors que nous avons toujours voulu faire partie intégrante du ranch. Elle est furieuse. Je me résigne davantage à l'inévitable, je suppose. Je dresse les chevaux. J'ai un diplôme de commerce, et je jette toujours un œil sur les comptes quand personne n'est là.

— Ah, je comprends. Et ton père n'est pas près de lâcher les rênes. S'il a hérité du sien, il va difficilement vous déléguer quoi que ce soit.

— Tout juste. Il a cinquante-neuf ans. Il a maintenant la possibilité de gérer les choses à sa manière. Je ne sais pas si mon frère et ma sœur auront la patience d'attendre leur tour.

Elle ouvrit les mains, comme par dépit.

— Nous avons des idées novatrices, tous les trois. Surtout Chelsea et moi. On a envie que les choses bougent. Et ce ne sont pas des caprices ou des projets en l'air, nos idées s'appuient sur la recherche. Des études ont été menées, il y a plein de choses à y puiser. Papa ne voudra rien entendre. Grandy était du même bois, mais il avait au moins l'excuse d'appartenir à la vieille génération.

— Rappelle-moi l'âge de ton frère et de tes sœurs ?

— Chelsea est l'aînée. Elle a trente-cinq ans. J'ai

trente-deux ans, un an de moins que toi. Vic a trente et un ans et notre cadette, Morgan, vingt-huit.

— Et vous avez, tous les quatre, envie de participer à la vie du ranch et à sa gestion ?

Layla secoua la tête.

— Pas Morgan. C'est pour ça que je parlais de nous trois. Elle tient une boutique en ville. Mais de toute façon, cela ne change rien. Vic fait clairement la course en tête, pas la peine de se voiler la face.

— Comment ça ?

— Grandy était macho, comme mon père. Le ranch se transmet de père en fils, pas de père en fille, vois-tu ? Étant le seul garçon, Vic est destiné à être le prochain seigneur du domaine.

— Mais c'est totalement injuste ! Et injustifié, aussi. C'est vraiment irritant, ces pratiques patriarcales.

Layla baissa les yeux sur lui.

Joshua s'était allongé sur le côté.

Il avait l'air ensommeillé, repu… et terriblement viril. Layla sentit combien sa simple présence la mettait en effervescence, alors qu'une petite voix lui soufflait de rester sur ses gardes.

Elle était célibataire et Joshua n'était pas un inconnu… Elle avait envie de céder à la sentimentalité et à l'attirance sexuelle. De faire quelque chose d'insensé.

Elle tenta de se reprendre.

— Assez parlé de moi. On devrait peut-être rentrer.

Le soleil descendait à l'horizon.

— Pourquoi es-tu pressée de rentrer ?

Joshua souriait malicieusement.

Un sourire fatal. Il la faisait vibrer au plus profond

de son être, comme si la foudre était sur le point de la frapper.

Elle s'éclaircit la voix.

— Je ne suis pas pressée, mais je suis sûre que tu as des choses importantes à faire.

— Rien n'est plus important que de passer du temps avec une femme intéressante.

— Flatteur.

Son sourire disparut.

Son regard était enflammé, brûlant même. Il joua avec le bord de sa robe, roulant l'ourlet entre ses doigts.

Layla fut bientôt comme hypnotisée. Elle contemplait la main puissante et bronzée si proche de son genou.

— Dis-moi.

Sa voix était profonde et rauque.

— Quand je t'ai embrassée l'autre soir, embrassais-tu Jordan ?

Terrain miné. Elle avait le choix. L'honnêteté ou la fuite. Non, en fait, elle n'avait pas à choisir.

— Non, je savais exactement qui j'embrassais. C'était toi, Joshua.

La lumière dans ses yeux refléta une satisfaction toute masculine.

— Bien.

Il se pencha en avant, glissa une main sur sa nuque et plaqua la bouche sur celle de Layla.

Pas d'hésitation. Pas de maladresse. Juste un homme désireux de donner et de recevoir du plaisir.

Quelqu'un gémit. Sans doute elle. Layla était trop envoûtée par la magie du moment pour s'en soucier.

Elle faisait confiance à Joshua. Elle appréciait sa

compagnie. C'était un homme droit, drôle, gentil, avec un corps de rêve et une expérience de la vie et de ses malheurs.

À cet instant, il était tout ce qu'elle désirait.

Joshua approfondit son baiser, sa langue cherchait la sienne, ses dents mordillaient sa lèvre inférieure.

Il fit glisser sa bouche au creux de son cou. Layla fut parcourue par un délicieux frisson.

Une douce chaleur irrigua bientôt son entrejambe. Elle passa les bras autour de Joshua pour mieux sentir son corps.

Elle était prête à le dévorer, mais lui paraissait sur la retenue.

Peut-être songeait-il que c'était trop tôt.

— Tu as des préservatifs ?

Quand il se figea, elle se sentit submergée par une gêne incommensurable.

— Oublie ce que je viens de dire.

Elle se dégagea brutalement et bégaya une excuse :

— C'était l'alcool qui parlait.

Joshua l'attrapa par les épaules. Ses mains tremblaient. Il rougit.

— J'en ai. Tu es sûre que c'est ce que tu veux ?

— Là, tout de suite, oui.

Sa réponse leva tous les doutes qu'il pouvait avoir.

C'était peut-être irréfléchi ou autodestructeur, mais Layla s'en moquait. Il lui fallait Joshua. Elle le voulait.

Il la fit glisser sur le dos avant de se pencher sur elle. Sa main masculine s'empara de son sein. Quand la pointe rose durcit, il la flatta du pouce par-dessus la robe.

Une onde de feu parcourut le corps de Layla, dissipant ses moindres doutes.

Elle se mit à trembler, non parce qu'elle était hésitante, mais parce que la magie du moment mettait son corps entier en émoi.

Si ce simple geste produisait pareille tension en elle, comment allait-elle survivre à la suite ?

Elle, qui ne se considérait pas comme une femme passive, s'abandonna volontiers à Joshua qui avait pris les choses en main.

Il était sûr de lui, sans arrogance. Il s'efforçait de prendre ce qu'il voulait, ce qu'elle lui offrait de bonne grâce.

Il fit glisser les petites bretelles de sa robe sur ses épaules et libéra ses bras.

Elle était maintenant nue jusqu'à la taille.

Joshua ouvrit la bouche, émerveillé.

— Tu es magnifique, Layla.

Elle eut alors une folle envie de lui.

— Il y a une fermeture Eclair dans le dos, dépêche-toi.

Il sourit.

— Pourquoi se presser ? Cela fait longtemps que je n'ai pas profité de… ça.

— Et moi donc.

Son sourire s'évanouit brusquement.

— Je pense que je te bats. Cela fait presque deux ans. Mon ex a couché à droite et à gauche pendant notre séparation. Moi je me sentais toujours marié. Et depuis…

— Depuis ?

Il répondit, l'air sérieux :

— Personne. J'étais effondré, Layla. Es-tu sûre de vouloir t'engager avec un type qui a gâché sa vie ?

Elle posa les mains sur ses biceps, sentit ses muscles sous ses doigts. Quel corps de rêve avait cet homme !

— Nous n'en sommes pas là.

Elle le regarda dans les yeux et prit une profonde inspiration avant de poursuivre :

— Profitons de l'instant. Je n'ai pas une grande expérience en la matière et j'ai été cruellement blessée. Mais, pour toi, je fais une exception.

Elle toucha visiblement la bonne corde avec ses paroles, qu'elle avait pourtant prononcées sur un ton léger.

Joshua retrouva son sourire magnifique, qui la plongea dans un océan de luxure féminine.

— Je suis flatté

Il caressa de la langue la pointe de ses seins. Un supplice délicieux.

Layla arqua le dos. Joshua parvint à glisser une main derrière elle et fit descendre la fermeture de la robe.

Layla se retrouva bientôt nue, à l'exception de sa culotte.

Le soleil avait presque disparu, mais la peau de Layla n'avait jamais été aussi chaude.

Joshua jouait de son corps avec maestria. Il le faisait vibrer et chanter.

Il semblait fasciné par son ventre ferme, son nombril, ses cuisses.

Quand il les caressa, elle se mordit la lèvre pour se retenir de le supplier d'aller plus loin.

Pour un homme qui pratiquait l'abstinence depuis

un certain temps, il faisait montre d'une patience remarquable.

Quand elle le lui fit remarquer, manifestant sa propre impatience, il rejeta la tête en arrière et éclata de rire.

Layla afficha une mine faussement boudeuse.

— Je ne plaisante pas. Tu es toujours habillé, regarde.

Les yeux de Joshua lancèrent des éclairs prometteurs, transformant leur bleu serein en un ciel orageux.

— Je ne suis pas sûr de me contrôler quand je serai en toi, Layla. Du moins pas la première fois. Je veux que les préliminaires soient bons pour toi, pour moi.

Elle susurra contre sa bouche :

— On pourra toujours revenir sur les préliminaires après.

Elle l'embrassa. Joshua reprit sans tarder le contrôle de ses mouvements. Il alla à la rencontre de sa langue, la caressa avec la sienne et la suça délicatement.

Un désir brûlant engourdissait les membres de Layla.

Une douleur lancinante, qui ne demandait qu'à être apaisée, parcourait son sexe. Layla éprouva un soudain malaise.

Pourquoi était-elle aussi sensible à cet homme ? Un désir de vouloir effacer les souvenirs douloureux ? Une facétie de ses hormones ?

Le baiser devint plus profond, annihilant chez elle tout effort de penser rationnellement.

Il n'y avait aucune explication à ce qui se passait. Rien qui ait un sens.

Elle désirait Joshua Banks plus que tout. Il roula loin d'elle, haletant. Elle le vit extraire une pochette carrée de son portefeuille et défaire son jean.

Quand il sortit son sexe en érection de son boxer bleu marine, elle manqua suffoquer.

Heureusement, Joshua ne le vit pas.

Il enfila le préservatif et revint vers elle, prenant place entre ses jambes.

Son regard se voila.

— Es-tu prête ?

— Oui.

Le mot avait été à peine audible.

Joshua la pénétra d'un coup puissant.

Les nuages et la cime des arbres virevoltèrent derrière ses paupières closes tandis que Layla s'abandonnait à la pure sensualité du moment.

Il était attentif, tendre même. Mais c'était du sexe brut. Pas de sentiments. Juste un homme et une femme qui ne luttaient plus contre un besoin puissant, urgent.

Ils s'agrippèrent l'un à l'autre sur la couverture qu'avait réchauffée le soleil, cherchant plus de profondeur, de force. Plus de tout. Elle mordilla la lèvre inférieure de Joshua de ses dents avides.

— Ne te retiens pas, Joshua. Je veux tout.

Le gémissement émanant du plus profond de ses entrailles fit écho à la folie qui s'emparait d'elle. Ils étaient tous deux au bord du gouffre.

Respirant son odeur, elle se sentit partagée entre un sentiment de profonde sécurité et une exaltation destructrice.

La jouissance monta d'abord en lui, et bientôt Layla lâcha prise à son tour.

L'orgasme fut tout à la fois : bienvenu, parfait, épuisant et revitalisant.

Quand ce fut fini, il l'embrassa sur le front, puis se souleva légèrement pour la laisser respirer. Mais ils étaient toujours liés. Il était toujours en elle, prêt pour le deuxième round.

Elle retrouva enfin la voix.

— Oh ! C'était bon.

Il passa son pouce sur la lèvre inférieure de Layla.

— Pareil.

— Josh ?

Elle l'avait appelé par son diminutif, celui qu'elle utilisait quand ils étaient petits.

— Oui ?

— Qu'est-ce que nous venons de faire ?

— Si tu ne le sais pas, c'est que j'ai dû mal m'y prendre.

Le trait d'humour et d'autodérision fit rire Layla. Sa réponse ne correspondait toutefois pas au sérieux de son regard.

Il était fuyant. Ces yeux en avaient peut-être trop vu. Pour la première fois de sa vie, Layla venait de se laisser aller, d'offrir son corps quasiment au premier venu.

Pour une obsédée du contrôle, ce manque de jugeote de sa part était relativement terrifiant.

Elle avait cédé à la tentation sans penser à la suite, et elle s'en voulait d'avoir agi de façon aussi légère.

Elle parvint enfin à accrocher le regard de Joshua. Elle se sentait perdue.

— Nous sommes presque des étrangers l'un pour l'autre.

— Le sommes-nous vraiment ?

Le visage de Joshua se ferma. Il attrapa ses vêtements, et elle lui tourna le dos pour faire de même.

Elle frissonna quand ses doigts chauds remontèrent le long de sa colonne vertébrale. Elle rassembla tout son courage pour lui faire face après qu'ils se furent rhabillés.

— Je suis désolée.

Il croisa les bras sur sa poitrine, la mine renfrognée. Il avait été blessé mais cherchait à le cacher.

— Pourquoi ?

Elle se sentit petite, confuse et peu sûre d'elle.

— Je t'ai utilisé pour satisfaire mes besoins sexuels.

Ses yeux bleus la transperçaient.

— Je vois. Et tu penses que j'ai fait pareil ?

— Ce n'est pas le cas ?

Elle désirait plus que tout l'entendre dire le contraire, mais il était difficile de le croire.

En un éclair, toute émotion disparut de son visage.

— Je te ramène chez toi.

— Attends. Ne te fâche pas. J'essaie juste de comprendre.

— C'était du sexe. Du sexe assez incroyable. Mais si notre petite parenthèse t'a effrayée à ce point, c'était vraiment une erreur.

— Je ne suis pas effrayée.

Un long soupir souleva sa poitrine. Il esquissa un sourire.

Il décroisa les bras, se passa les mains dans les cheveux sur la nuque. Il pencha la tête et la fixa droit dans les yeux.

— Tu m'as presque eu, alors. Disons que tu fais bien semblant. Détends-toi, Layla. Nous avons profité l'un de l'autre. Est-ce si terrible ?

Elle ne voulait pas qu'il porte un jugement sur elle.

— Je ne suis pas une obsédée sexuelle.

Il se mit à rire. Il effleura ses lèvres des siennes.

— Je ne me plaindrais pas si tu l'étais. En tout cas, j'ai rompu mon jeûne d'une sacrée manière.

— Notre pique-nique champêtre est effectivement délicieux.

— Oh ! que oui. Et ça se consomme sur place, pas à emporter.

— Pourquoi avec moi ?

Les mots avaient comme jailli de ses lèvres.

— Tu me demandes d'expliquer mon attirance sexuelle pour toi ? Par où commencer ?

— Je suis sérieuse.

Layla posa une joue contre sa poitrine.

— Je n'ai jamais fait l'amour avec quelqu'un de passage, mais toujours dans le cadre d'une relation suivie.

— C'est une demande en mariage ?

— Arrête, je me trouve idiote.

Elle lui donna un coup sur l'épaule.

Il glissa les doigts dans ses cheveux.

— Est-ce qu'on ne peut pas simplement s'amuser ? Doit-on avoir réponse à tout ?

Elle le regarda longuement, essayant de déchiffrer les expressions de son visage.

Si elle ne l'avait pas mieux connu, elle l'aurait cru surpris, autant qu'elle, du lien invisible qui semblait les unir.

— Et si tu m'embrassais ? Juste pour voir si c'était un coup de chance ?

— Alors voyons…

Il rapprocha son grand corps du sien.

— Un coup de chance, disais-tu ?

— Oui, l'étincelle, le feu.

— Mmm, je crois voir de quoi tu parles.

— Très bien, me voici rassurée.

Le sourire arrogant du mâle était de retour.

— J'aime ta façon de penser.

Il posa une main sur sa joue et lui tourna doucement la tête pour l'embrasser.

Ils gémirent à l'unisson.

Layla enroula une jambe autour de la cuisse musclée de Joshua.

C'était bon. Si bon. Devait-elle uniquement à sa longue période de célibat le sentiment de fondre ainsi, contre lui ?

Son corps le réclamait fort.

Elle se demanda l'espace d'un instant qui était cette femme en proie à un désir dévorant, affamée. Une Layla que personne ne connaissait, pas même elle, jusque-là.

Elle se laissait guider par son corps, par cette attirance si délicieuse qu'elle ressentait pour Joshua. Il avait sur elle un effet indompté, indomptable.

Sans crier gare, il la redressa, la souleva de terre et marcha jusqu'à la voiture. Layla en fut déçue. Elle n'était pas prête à rentrer et n'avait pas du tout envie de desserrer leur étreinte.

Mais son partenaire de pique-nique coquin avait une idée derrière la tête. Il la posa sur le capot de la voiture de sport. Le métal avait chauffé au soleil, mais pas trop.

Les baisers de Joshua se firent plus passionnés. Il

s'avança entre ses jambes, relevant sa robe sur ses cuisses.

C'était bon de sentir son érection, sous le jean épais. Il s'approcha un peu plus et vint coller son désir glorieux sur l'entrejambe de Layla. Il s'activa doucement contre elle.

Layla lui planta les ongles dans l'avant-bras.

— S'il te plaît, dis-moi que ce n'était pas ton seul préservatif.

En guise de réponse, il émit un son guttural et lui empoigna les fesses. Il lui souleva le bassin pour mieux se caler entre ses cuisses.

Son torse se soulevait au rythme de sa respiration haletante.

— Je n'ai pas envie de te lâcher, je suis bien là où je suis.

— Et pourtant il faut que tu le fasses. J'ai envie de toi. Tout de suite. Mais pas sans protection.

Sa voix ferme et résolue était bien loin du tumulte interne qui l'agitait. Joshua ne pouvait deviner la confusion en elle, qui aurait été prête à renoncer au préservatif tellement son appétit était féroce.

— D'accord, tout ce que tu voudras. Laisse-moi dix secondes, pas plus.

— Entendu, je t'accorde ces quelques secondes.

Il ouvrit la portière de la voiture. Elle le vit fouiller dans la boîte à gants. Sa mâchoire ressemblait à du granit. Ses cheveux étaient ébouriffés, ses joues rouges.

Les pieds nus appuyés sur le capot, Layla luttait pour ne pas glisser.

De retour vers elle, Joshua vint à sa rescousse et effleura sa culotte.

— Maintenant ?

Elle ne put que hocher la tête.

Joshua ne prit pas la peine d'ôter le sous-vêtement, il l'écarta et pénétra Layla dans un élan sauvage qui assécha sa gorge, mais déchaîna aussi en elle des émotions. Des sentiments.

Ce n'était pas ce qu'elle voulait. Elle voulait du sexe, rien d'autre. Ne sachant quoi faire de cette folie amoureuse soudaine, elle chassa ces pensées d'elle et se concentra sur son unique plaisir charnel.

Joshua était vraiment bon au lit. Enfin, peut-être pas. Comment le savoir ? Mais en pleine nature, c'était un amant exceptionnel.

Elle avait enroulé les jambes autour de lui, afin de lui donner plein accès à son intimité la plus profonde.

Elle avança la tête pour l'embrasser sauvagement, haletante, affamée.

— Ne t'arrête pas. Ne t'arrête jamais.

Il riait. Il avait faim d'elle.

— J'aimerais te satisfaire, Layla, mais tu me fais monter trop vite.

— Je vais le prendre comme un compliment.

— Tu peux.

Il accéléra soudain fiévreusement ses poussées.

La voiture bougeait sous ses assauts, Layla se cramponnait à lui pour l'accueillir et laisser le plaisir monter en elle.

Il s'écarta légèrement sur le côté et lui caressa le sexe, exactement où il le fallait. Elle s'arqua un peu plus, profitant de son geste expert, s'abandonnant à lui.

Il cria son nom au moment de jouir. Elle se laissa submerger par l'orgasme, emporter par le courant d'un plaisir qu'elle aurait souhaité éternel.

- 6 -

Son cœur cognait dans sa poitrine, ses genoux étaient éraflés d'avoir frotté contre le métal de la voiture.

Joshua tentait de reprendre sa respiration.

L'immense ciel texan, nappé du miel d'un soleil couchant, venait d'abriter leurs ardeurs, et Joshua peinait à recouvrer pleinement ses esprits.

La femme qu'il tenait encore entre ses bras bougea doucement, s'étira comme une chatte repue.

— C'était bon. Vraiment bon.

Joshua ne put qu'acquiescer en silence.

Il était aussi secoué que sa partenaire. Pendant des mois, il s'était donné du plaisir à la main sous la douche. Sa vie avait été trop chaotique pour quoi que ce soit d'autre, même après le divorce. L'idée d'aller draguer dans un bar et de ramener une inconnue chez lui lui inspirait un vague dégoût.

Cela lui était arrivé, autrefois. Il avait profité des soirées étudiantes et de sa vie de jeune adulte. Mais les années avaient passé.

Il espérait avoir pris en sagesse, avoir quelques qualités pour lui malgré son mariage raté, sa vie en morceaux.

Il était plein de regrets.

Le sexe avec Layla avait été volcanique.

Des sentiments et émotions qu'il avait longtemps, toujours même, ignorés refaisaient soudain surface.

Pourquoi n'était-il jamais sorti avec Layla ? Elle avait seulement un an de moins que lui.

À l'époque où il vivait encore à Royal, elle n'existait pas vraiment à ses yeux. Il la voyait comme la gamine drôle et intrépide qu'elle avait été, puis l'adolescente qui s'était amourachée de son frère.

Penser à son frère réveilla un autre point douloureux. Et si Layla pensait à *Jordan* lorsqu'elle couchait avec lui ?

Son ventre se contracta. Peut-être même que tout cela lui avait échappé, un désir inconscient de coucher avec son frère jumeau, celui qu'elle avait toujours convoité.

Qu'il aille au diable ! Joshua n'avait aucune envie de jouer les doublures.

Une fois seulement, les frères s'étaient entichés de la même fille. C'était en classe de première. Tous deux avaient invité Tiffany Tarwater au bal de fin d'année. Les choses avaient mal fini. Après ça, ils avaient fait un pacte. Aucune bataille, aucune brouille pour une fille. Jamais.

Il prit soudain conscience de la main de Layla sur sa nuque. Son corps se raidit quand une autre vague de désir – qui couvait juste sous la surface – le saisit. Sa gorge s'assécha.

Il l'avait prise comme un sauvage.

Jamais la vie ne l'avait mis face à un tel désir, une faim si intense qu'elle pouvait le plonger dans le désespoir le plus total.

S'il était choqué de sa propre attitude, de son ardeur

débridée, la femme dans ses bras ne semblait pas tentée de fuir. Tout n'était peut-être pas perdu.

Avec soin, il la releva en position assise. Sa peau était chaude et soyeuse, sa chevelure tout emmêlée. Il enfouit le visage au creux de son épaule nue, souhaitant exprimer ses pensées mais se retrouvant comme muet.

Layla se recoiffa doucement avec ses doigts.

La séparation de leurs corps fut comme une douleur physique. Après avoir jeté le préservatif et lissé ses vêtements, il se retourna et vit Layla qui l'observait.

Que signifiait l'expression qu'il voyait dans ses beaux yeux ? Malgré ses efforts, aucun mot ne lui venait.

Layla pencha la tête, regardant à travers son âme... lui sembla-t-il.

— Ton ex-femme est une idiote.

Il se sentit rougir.

Le compliment sous-entendu était rassurant, et pourtant...

— Je ne veux pas parler de mon ex.

Il avait répondu un peu trop sèchement. Layla se mordit la lèvre, l'air désolé.

— Compréhensible.

— J'imagine qu'il est l'heure de te reconduire chez toi. C'est peut-être mieux.

Elle acquiesça lentement.

— Je suppose.

Quand il l'aida à se relever, elle tituba. Ils en rirent ensemble. Il y avait quelque chose de grave et pensif sur le visage de Layla, mais elle lui souriait.

Il replia la couverture, débarrassa les restes de leur

pique-nique et la rejoignit à la voiture. Au moment où il allait démarrer, Layla lui posa la main sur le bras.

— C'était fantastique.

Elle poursuivit d'une voix douce :

— Mais je ne sais pas où ça peut nous mener.

Il ne le savait pas plus qu'elle.

— Que veux-tu dire ?

Il avait posé la question essentiellement pour gagner du temps.

L'épaule fine et délicate de Layla se souleva et retomba dans un mouvement féminin.

— Tu traverses une crise existentielle, de nombreuses questions se posent à toi. Tu ne sais même pas si tu vas rester à Royal.

Elle soupira.

— De mon côté, les choses sont inquiétantes et il semble que nous soyons partis pour nous engager dans une bataille juridique. Nous ne sommes ni l'un ni l'autre dans de bonnes conditions pour entamer une relation. Du moins il me semble, d'après ce que je perçois chez toi et vis de mon côté.

Elle rougit et fit un geste de la main comme pour dissiper ce qu'elle venait de dire.

— Je dis ça, en même temps ce n'est peut-être pas ce que tu avais en tête.

Il essaya de concevoir une réponse.

Honnêtement ? Il ne recherchait pas du tout une relation.

Mais apparemment son corps avait un avis différent. L'idée de laisser la jolie Layla libre et sans attache lui déplaisait.

— Tout ce que je sais, c'est que je veux te revoir.

Elle parut surprise. Joshua avait senti une affirmation dans sa propre voix. Sa volonté était nette, même si ses projets ne l'étaient pas.

— Pareil de mon côté, mais j'ai une semaine assez chargée. Je ne sais pas quand je pourrai me libérer.

— Tu trouveras bien un peu de temps pour moi ? Pour nous ?

Le cœur de Layla fit un bond discret dans sa poitrine. Avait-elle envie de revoir Joshua ? Elle n'en savait rien, mais l'accord de leurs corps appelait à une nouvelle rencontre. Et elle aimait sa compagnie, sa présence douce et masculine à ses côtés.

— Je vais essayer, je te le promets. Je m'inquiète un peu pour ma grand-mère, et mon père pourrait avoir besoin de moi au ranch.

Cette fois, quand il démarra le moteur, elle ne fit rien pour l'arrêter.

Le trajet de retour fut plus lent et presque aussi silencieux que le voyage aller, lorsque sa passagère s'était endormie à côté de lui.

Il ne pouvait rien deviner de son expression. Le visage de Layla était tourné, elle regardait par la vitre, apparemment fascinée par les champs de castillejas.

Les lupins avaient disparu depuis longtemps. L'hiver avait été doux et ils avaient fleuri tôt.

À cette époque-là, Joshua était encore à Dallas, enfermé entre quatre murs, dans son bureau la journée, dans son appartement aseptisé la nuit.

Pourquoi s'était-il imaginé qu'un métier en entreprise lui convenait ? Il en connaissait un rayon sur l'industrie du pétrole, et il avait été un sacré bon chef de projet, mais le travail n'avait pas satisfait ses besoins profonds.

Que lui avait-il manqué ? Peut-être tout.

Arrivé au ranch Grandin, il se gara devant les marches du porche et se tourna vers la femme qui l'avait ensorcelé.

Il se pencha et l'embrassa longuement, profondément, tout en restreignant sa fougue pour des raisons évidentes.

Quand il s'écarta, les lèvres roses de Layla étaient humides, enflées de désir.

Elle lui toucha la joue et prit son air le plus sérieux.

— C'était un bon pique-nique. Tu sais recevoir, toi.

Elle éclata de rire.

— Et je suis contente que nous ayons mis les choses au clair, Joshua. Tu diras à ton frère de ne plus recommencer ce petit jeu avec moi.

Il avait oublié. Ce pique-nique avec Layla avait gommé le souvenir de sa petite tromperie. Comment avait-il pu tenter de se mettre dans la peau de Jordan ? Quelle idée saugrenue. Lui et son frère étaient irrécupérables.

La gêne lui tordit l'estomac.

— Je suis vraiment désolé pour cette histoire. J'aurais dû dire non à mon frère.

Layla descendit de voiture. Il sortit à son tour. Elle le fixa droit dans les yeux.

— Pense tout de même à ce que nous aurions raté.

Son sourire malicieux provoqua à nouveau une onde de désir en lui. Il fit le tour de la voiture et attira Layla dans l'ombre, à l'écart des lumières du porche.

— Nous reprendrons nos petites occupations là où nous les avons laissées.

Sa réponse sonna comme une promesse.

— Peut-être.

Elle posa la tête sur son épaule.

— Mais ne fais pas de promesses que tu ne peux pas tenir. Nous avons échoué l'un et l'autre dans des relations importantes. Nous ne sommes pas sûrs de ce que nous voulons. La vie est compliquée.

Plus elle lui présentait d'arguments négatifs, plus l'envie de la convaincre était forte. Mais ce n'était pas le moment.

— Nous avons toujours été amis.

Son ton s'était fait plus doux.

— Et nous le sommes encore.

— C'est vrai.

Elle posa les deux mains sur son torse.

— On se tient au courant. Peut-être qu'on arrivera à caler un dîner ou un film.

— J'aimerais autant être seul avec toi.

Les yeux de Layla brillèrent dans la pénombre.

— C'est vilain, monsieur Banks.

— Mon frère n'est pas le seul à savoir flirter.

— Et pourtant il est passé maître en la matière.

Joshua sembla accuser le coup.

— Je suis désolée si ma comparaison t'a blessé. Ce n'était pas intentionnel.

Il se força à la laisser se dégager de son étreinte.

— Ne t'en fais pas. Il y a des choses qui blessent vraiment, vraiment agréablement.

Cette fois, elle se mit à rire.

— Sur ces belles paroles, je vais te dire bonne nuit.

— À bientôt.

Était-ce une invitation ou un souhait ?

Il la regarda monter l'escalier. Sur le seuil, elle se retourna et lui fit un signe de la main.

— Bonne nuit, Josh.

L'entendre prononcer ce nom lui fit tout drôle. Peu de gens l'appelaient encore ainsi. Layla avait l'habitude d'utiliser ce diminutif lorsqu'ils étaient enfants.

En approchant de son hôtel, il eut envie de prendre une douche, de regarder un peu la télévision et de dormir du sommeil du juste. Mais son frère l'attendait à la réception.

En l'apercevant, Jordan se leva d'un bond. Il avait l'air impatient.

— Mais où étais-tu ? Tu viens à peine de remettre les pieds ici que tu es déjà par monts et par vaux. Ta vie sociale semble être repartie rapidement. Ce qui m'étonne, à vrai dire.

Joshua compta jusqu'à dix avant de répondre à son frère.

— Eh bien, si tu veux tout savoir, j'étais avec Layla. Je lui ai tout avoué.

— Elle l'a mal pris.

— Figure-toi que non, pas du tout.

— Ah…

— Mais encore ? Tu peux être plus précis ? Je veux bien qu'on parle par onomatopées, mais on ne risque pas d'aller bien loin.

Jordan sembla ignorer la question de son frère. Joshua enfonça les mains dans les poches de son pantalon.

— Dis-moi ce que tu me veux. Tu dois avoir quelque chose d'important à me dire si tu as fait le déplacement jusqu'ici.

— Papa veut que tu viennes au ranch.

— Je vois…

Il ne savait pas comment prendre la nouvelle. Était-ce bon ou mauvais signe ? En avait-il envie ?

— Alors, tu dis quoi ?

— Dis-lui que je viendrai demain matin. Mais pour l'instant, je garde ma chambre ici, à l'hôtel. Je dois réfléchir, j'ai besoin de me poser. Il me faut de l'espace pour décider de la suite, ce que je veux faire. J'ai encore pas mal d'interrogations quant à mon avenir.

— Il n'y a rien à décider. Tu es de retour à Royal, fin de l'histoire.

À dire vrai, l'histoire ne faisait que commencer, mais Joshua n'avait aucune envie d'argumenter pour le moment.

— Merci d'être venu ici pour me parler. Je vous vois demain, papa et toi.

— Entendu, on fait comme ça.

Le lendemain du pique-nique avec Josh, Layla se sentait à la fois pleine d'énergie et totalement perdue.

Sa famille nageait toujours en pleine confusion. Vic demeurait l'héritier du trône. Pourtant Layla voyait ses pensées davantage tournées vers sa vie personnelle que vers celle du ranch.

Sa grand-mère frappa à sa porte.

— Comment vas-tu, ma chérie ?

— Je vais bien, merci de t'en soucier. Et toi ? Arrives-tu à trouver un peu le sommeil ?

— Oui. Je dors mal, mais je parviens à trouver un peu de répit et de repos.

— Tu es si courageuse.

— Layla, je voudrais te montrer une chose, mais tu dois me promettre de garder ça pour toi.

Elle ouvrit de grands yeux et acquiesça en silence.

Sa grand-mère tira de derrière son dos un sac à main qui devait dater des années 1960. Elle en sortit un journal intime à la couverture en cuir, très épais.

— J'ai retrouvé l'un des journaux de ton grand-père. Plusieurs, en réalité, mais celui-ci recèle des informations… plus particulières. Je savais qu'il en tenait un au quotidien, mais je n'ai jamais cherché à les lire. Il ne s'est jamais montré infidèle et, pour le reste, je ne me sentais pas très concernée par ses petites affaires.

Elle tendit le carnet à Layla, qui lui fit signe de s'asseoir à côté d'elle sur le lit.

Sa grand-mère fit un geste du menton.

— J'ai marqué la page avec un petit papier. Lis-la, je te prie.

Layla regarda l'avocat, l'avocat regarda Layla. Elle prit une profonde inspiration. L'encre s'était un peu effacée sur le papier vieilli. L'écriture déliée de Grandy était reconnaissable entre toutes.

La date figurait en début de page. Il avait écrit ces mots quelque trente ans plus tôt. Sa voix résonna en Layla.

Aujourd'hui, Augustus et moi avons fait ce qui s'imposait. Nous avons cédé les droits pétroliers sur nos terres, celles des ranchs, afin de protéger Daniel. Il n'aura ainsi pas à venir ici pour gérer tout ce bazar. Il s'est offert une belle vie bien méritée à Paris et tout va bien pour lui. Nous avons tout mis au nom de Cynthia et l'avons prévenue de ne rien tenter avant que l'enfant soit grande. Elle sait que nous avons l'argent et le pouvoir de lui rendre la vie bien pénible si elle tente quoi que ce soit contre nous.

L'avocat pâlit. Layla était blême elle aussi.

— Mon Dieu, le courrier que vous avez reçu le jour des funérailles de votre grand-père disait vrai.

Miriam, la grand-mère de Layla, se redressa dans son siège.

— Ces deux malins ont agi sans réfléchir. Voyez les problèmes que tout cela engendre à présent.

Layla se tourna vers elle et soupira. Que penser de cette affaire ?

— Nous devons prévenir papa et les autres. C'est une terrible nouvelle.

— Certainement pas.

Le rouge était monté aux joues de la vieille dame.

— Cynthia et sa fille sont mortes. Rien ne dit qu'il ne s'agit pas de faux documents trafiqués par Heath Thurston et son frère d'après des rumeurs ou des bribes de conversation saisies en présence de leur mère. Qui sait si Daniel était bien le père d'Ashley, cette enfant dont Victor parle dans son journal ? Mon fils, ton père, a engagé un détective privé. Laissons-le faire son travail.

Elle toisa l'avocat de toute sa stature d'épouse et de mère puissante.

— Je voulais que vous sachiez la vérité, afin que vous puissiez être prêt le moment venu. Il me semble encore possible de contrecarrer l'action des Thurston et de gagner un peu de temps.

L'avocat toussota.

— Je ne peux être impliqué dans quoi que ce soit d'illégal, madame Grandin. Ne vous méprenez pas, je suis de votre côté en tant qu'avocat. Mais comprenez bien que je ne peux mettre mon honnêteté et la vie de mon cabinet en péril.

Miriam se leva, visiblement contrariée. Sa respiration s'était accélérée et elle était agitée.

— Je ne vais pas laisser l'héritage familial partir en miettes, mettez-vous bien ça dans la tête. Et c'est tout ce que vous devez savoir. Est-ce si difficile à comprendre ?

Layla vit des gouttes de sueur perler sur le front de sa grand-mère. Ses pupilles étaient dilatées.

— Nous pourrons revenir, Grammy, et rediscuter de toute cette histoire au calme. Pour l'heure, il serait préférable que je te ramène à la maison.

Miriam s'effondra et tomba au sol, inanimée.

Le cœur de Layla s'emballa. Elle se tourna vers l'avocat et hurla :

— Appelez les secours !

- 7 -

Layla entra dans la chambre, serrant fort la main de Josh, s'accrochant à lui, à sa force. Quand elle l'avait appelé, il n'avait pas hésité un instant et l'avait rejointe afin d'être là pour elle et de l'accompagner à l'hôpital.

Quand le médecin qui avait pris en charge sa grand-mère à son arrivée aux urgences arriva, Josh se leva avec elle.

Layla demanda :

— Comment va-t-elle ?

Le médecin lui répondit par un sourire impersonnel.

— Mme Grandin est stable. Nous avons discuté tous les deux. Elle pense avoir peut-être oublié de prendre son médicament ce matin. Sa pression artérielle a donc grimpé en flèche.

Il se tourna vers la vieille dame alitée.

— Elle ne s'est pas suffisamment nourrie ni hydratée depuis la disparition de son époux. Il faut qu'elle se requinque un peu et qu'elle se repose.

Layla poussa un soupir de tristesse autant que de soulagement.

— Entendu. Je vous remercie pour les soins que vous lui avez prodigués.

Layla passa un long moment au chevet de sa

grand-mère. Lorsqu'ils partirent, Josh lui proposa de la reconduire chez elle.

— Merci d'avoir été là pour me soutenir.

Il posa un baiser sur le bout de son nez.

— Tu vois, tout s'est bien passé. Ce n'est pas grave d'admettre qu'on a besoin d'aide et d'une épaule sur laquelle se reposer.

— Oui, peut-être.

— Layla, nous avons tous besoin d'être choyés, de pouvoir compter sur quelqu'un pour s'occuper et se soucier de nous.

Layla eut envie de se coller contre lui, de se perdre dans le bleu des yeux de ce Texan si doux et si sexy.

— Je n'ai pas besoin qu'un homme s'occupe de moi.

Elle avait murmuré plus que prononcé ces mots, le regard dans le vague, s'échinant à ignorer la vague de chaleur qui était montée en elle.

Que la gentillesse et la prévenance de Joshua avaient fait naître en elle.

Gentillesse n'était peut-être pas le mot le plus juste, même si l'heure était grave.

Car elle lisait le feu dans ses yeux. La connexion sexuelle qui les unissait semblait prête à les consumer tous deux au moindre contact.

— Tu es soulagée pour ta grand-mère ?

— Oui. J'ai eu tellement peur pour elle. Je viendrai la voir tous les jours, je veux être à ses côtés, la rassurer et lui montrer combien nous l'aimons.

Une larme coula sur sa joue, et elle ajouta :

— Elle est tellement affectée par la mort de celui qui a partagé sa vie pendant tant d'années.

— Cette solitude doit être terrible.

— C'est ce que je pense aussi. Je veux être près d'elle. Tu t'imagines, à l'hôpital à cet âge ? Elle n'a aucun repère ici, aucune affaire personnelle.

— Le grand âge peut être dur parfois. Elle a de la chance de vous avoir, de t'avoir…

— J'espère qu'elle se sent bien entourée. Nous allons nous relayer à son chevet.

— Tu sais, si c'est plus simple, tu peux dormir avec moi à l'hôtel. Ça t'évitera les allers-retours au quotidien.

Layla tourna la tête vers lui d'un mouvement vif et le dévisagea.

— Tu es sûr que c'est une bonne idée ?

— Vu ton état de stress et de fatigue, je pense qu'il vaut mieux t'éviter de conduire.

— Alors je veux bien, je te remercie.

Layla allait passer la nuit à l'hôtel avec Josh. Elle savait désormais que Grandy et Augustus Lattimore s'étaient mis d'accord pour céder les droits pétroliers sur leurs ranchs.

Le monde était-il en train de devenir fou ? Ses certitudes semblaient vouloir s'effriter.

Si elle avait accepté l'offre de Josh, c'était uniquement pour une question pratique. Du moins avait-elle essayé de s'en persuader.

La vraie raison était le sexe.

Torride, passionné, à l'état brut.

Josh la conduisit chez elle afin qu'elle récupère

quelques affaires. Lorsqu'elle remonta dans la voiture, elle lui proposa de sortir dîner en ville.

Josh hocha la tête.

— Entendu. Il y a un bistrot français pas loin de l'hôtel. Ils me l'ont recommandé à la réception.

Elle le regarda en coin, l'air amusé.

— Je ne t'aurais pas cru amateur de cuisine française.

Il lui décocha un grand sourire, qui la fit immédiatement défaillir.

— Peut-être que tu ne me connais pas aussi bien que tu le crois. Et peut-être que je cherche à m'ouvrir de nouveaux horizons.

Layla ne voulut pas saisir la perche qu'il semblait lui tendre. Après la longue journée stressante qu'elle venait de vivre, il risquait certainement de gagner.

Ils passèrent à l'hôtel déposer les affaires. Layla s'affala dans un fauteuil.

Elle ferma les yeux un instant, savourant le calme de la chambre, la présence de Joshua.

Après avoir soufflé un peu, elle se leva.

— Si ça ne te dérange pas, je vais passer sous la douche rapidement. J'ai besoin de me délasser un peu.

— Bien sûr.

Elle prit soin d'emporter avec elle une tenue complète, pour ne pas tenter le diable en s'habillant à quelques mètres de lui.

Lorsqu'elle sortit, il prit sa place dans la salle de bains.

— Tu as raison, une bonne douche, il n'y a que ça de vrai. Je fais vite et on file au restaurant ?

Il attrapa une chemise propre et un pantalon de costume puis referma la porte derrière lui.

Layla reprit place dans un fauteuil et ferma les yeux. Impossible de ne pas l'imaginer nu, sous l'eau chaude. Son corps musclé, humide, sa peau, ses gestes sensuels.

Sa gorge se serra. Le désir s'éveilla en elle.

L'odeur du parfum de Josh se chargea de la ramener dans l'instant.

Elle fit tout pour éviter de le regarder. Pourtant elle ne désirait que lui.

Ils se rendirent au restaurant à pied. La soirée était très agréable, les rues animées. Les bars diffusaient leur musique dans une ambiance gaie.

Le bistrot était élégant sans être guindé, romantique sans en devenir gênant pour un couple qui n'en était pas un.

Layla fut ébahie d'entendre Josh commander une bouteille de vin dans un français parfait. Lorsque le serveur s'éloigna, elle l'interrogea avec un air surpris :

— Depuis quand parles-tu français, toi ?

Il haussa les épaules.

— Depuis la fac. J'aime beaucoup les langues étrangères, figure-toi. Je me débrouille pas mal en espagnol, aussi. Cela m'a bien servi dans mon poste à Dallas. Je devais me rendre en Europe plusieurs fois par an.

— C'est super. Tu en as profité pour voyager et découvrir certaines villes là-bas ?

— Bien sûr. J'ai pu y parfaire mon français.

— Je vois ça. Je suis épatée. Il ne me reste que quelques bribes de mes cours de langues au lycée.

— Tu étais très bonne en maths et en sciences, je m'en souviens. Mais il n'est jamais trop tard pour apprendre une langue étrangère.

— Je vais peut-être déjà commencer par tenter de commander mon plat en français, qu'en dis-tu ?

— C'est un bon début. Je vais faire signe au serveur. Ils ont du monde ce soir, nos assiettes vont peut-être mettre du temps à venir.

— Je suis affamée. Toutes ces émotions m'ont creusé l'estomac.

L'expression de Joshua se fit soudain plus sérieuse.

— Alors, il se passe quoi avec le ranch ?

— Avec les deux ranchs, tu veux dire. Les Lattimore sont concernés, eux aussi.

— C'est dingue, cette histoire. Tu veux bien m'en dire plus ?

— Je ne peux pas tout te raconter en détail, il y a encore des pistes à creuser.

Il hocha la tête.

— D'accord. Je peux comprendre. Je veux bien entendre ce que tu es autorisée à me dire.

— En résumé, il semblerait que mon oncle, celui qui vit à Paris, tu sais, ait eu une liaison par le passé. C'était avant qu'il parte travailler en France.

— Ah, je me souviens de son départ. Il me faisait rêver avec ses projets de vie à l'étranger.

— Voilà. Daniel. Eh bien, une enfant serait née de cette union secrète. Il l'a appris en même temps que nous. Si c'est vrai, la même source prétend que mon grand-père et Augustus Lattimore ont cédé les droits pétroliers des deux ranchs à la mère du bébé, en échange de son silence. Elle devait attendre la majorité de cette enfant illégitime avant de pouvoir réclamer son dû.

Joshua ouvrit de grands yeux. Layla reprit sa respiration et poursuivit :

— Mais la mère et sa fille sont toutes les deux mortes dans un accident de voiture quelques années plus tard.

— C'est affreux.

— Je suis bien d'accord avec toi.

— Et cela signifie que personne n'est jamais venu réclamer les droits ?

— Apparemment pas.

— Toute cette histoire a été inventée, selon toi ? C'est invraisemblable, quand même.

— Nous ne savons pas vraiment.

Layla repensa au carnet de son grand-père, dont la confession ne laissait aucune place au doute. Elle se garda cependant d'en dire plus à Joshua.

— Mais qui a entamé cette action contre vous et le ranch ? Vous les connaissez ?

— Heath et Nolan Thurston.

— Jamais entendu parler.

— Tout le monde à la maison est en train de devenir dingue. Mon père a embauché un détective privé.

— Ça peut se comprendre.

Layla fit un mouvement de la main comme pour dissiper un cauchemar.

— Parlons d'autre chose, tu veux bien ? J'ai envie et besoin de me changer les idées.

Joshua lui sourit et obéit immédiatement en évoquant

les résultats sportifs puis en lui racontant certains de ses séjours en Europe.

Quand une silhouette se présenta à côté de leur table et ne sembla pas vouloir bouger, Layla leva les yeux, pensant qu'il s'agissait du serveur.

Elle se trompait. L'homme qui se tenait devant eux avait à peu près la taille de Josh. C'était *Heath Thurston*, la cause de tous leurs problèmes.

Elle avait cherché son nom sur Internet après les funérailles pour voir à quoi il ressemblait.

Joshua, ignorant qui les importunait de la sorte en se montrant un peu trop insistant par sa simple présence physique, le toisa et s'adressa à lui :

— Vous cherchez quelqu'un ?

L'homme ne répondit pas, mais concentra toute son attention sur Layla.

— Madame Grandin ? Layla Grandin ?

Elle sentit un immense malaise s'emparer d'elle. Que venait-il faire ici ? Elle qui voulait se changer les idées, elle était servie.

— Oui.

Il lui sourit. Elle dut admettre que l'inconnu avait un certain charme, malgré son air grave.

— Je suis Nolan Thurston.

Nolan… Elle resta impassible et se contenta de serrer les dents, gardant le silence.

Il s'expliqua :

— Je suis le frère de Heath Thurston.

Layla leva les yeux au ciel.

— C'est la ville des jumeaux ici, on dirait. Passons.

Elle darda son regard sur lui et poursuivit :

— Comment osez-vous venir ici et vous adresser ainsi à moi en public ?

Joshua se leva et jeta sa serviette sur la nappe.

— Dégagez, Thurston.

Une fois de plus, l'homme l'ignora.

Lorsqu'il se tourna de nouveau vers Layla, il affichait une expression ouverte, comme s'il cherchait la conciliation. Il s'appliqua à s'exprimer posément :

— Je me demandais si vous seriez d'accord pour déjeuner avec moi dans les jours qui viennent. Afin de discuter de tout ça, avant que cette histoire prenne des proportions trop importantes.

Layla se leva à son tour, flanquée de Joshua et de Nolan Thurston, tous deux bien plus grands qu'elle.

— Vous plaisantez, j'espère ?

Elle bouillonnait.

— Il est hors de question que je déjeune avec vous. Oubliez tout de suite votre idée. Et ne vous approchez pas de nous. Votre frère et vous cherchez à détruire notre famille et l'héritage familial. Et vous arrivez ici, la bouche en cœur. Ça ne tourne pas rond dans votre tête.

— Détruire est peut-être un peu fort, vous ne pensez pas ? Nous cherchons juste à rétablir la justice.

— Quelle justice ? Vous rigolez !

— Ne le prenez pas comme ça.

— Et comment voulez-vous que je le prenne ? Vous débarquez ici après nous avoir fait remettre une assignation en main propre le jour de l'enterrement de notre grand-père. Mais qui fait ça ?

Nolan Thurston leva une main dans le but évident d'apaiser la fureur de Layla.

— Écoutez, les droits pétroliers nous reviennent. Vous ne pouvez le nier.

— Pardon ?

— Essayez de vous imaginer à notre place. Observez la situation objectivement. Que feriez-vous ?

- 8 -

Josh en avait vu assez.

Layla semblait être sur le point de frapper l'homme. Il baissa la voix et se pencha vers lui.

— Partez, maintenant. Avant que j'appelle la police.

Nolan Thurston était visiblement un homme qui savait garder son sang-froid. Il ne semblait pas le moins du monde déconcerté par le ton sec et la posture menaçante de Josh.

— Je ne veux pas vous causer d'ennuis. Mais en quoi cela vous concerne-t-il ?

Thurston leva les deux mains dans un signe d'apaisement autant que d'incompréhension.

— Je ne comprends pas. Êtes-vous son fiancé ? Ou son petit ami, peut-être ?

Josh serra les dents. Il aurait adoré effacer ce sourire arrogant du visage de Thurston. L'homme jouait les gentils, mais c'était un requin qu'il avait en réalité face à lui.

— Ma relation avec Layla ne vous regarde pas.

Nolan regarda à nouveau Layla.

— Les avocats coûtent cher, vous savez. Il serait bien plus intelligent que l'un de vos frère et sœurs ou vous-même trouviez une solution équitable qui conviendra à toutes les parties.

Layla se raidit et leva le menton.

— En toute honnêteté, monsieur Thurston, je me fiche complètement de ce qui pourrait vous satisfaire, vous comme votre rapace de frère. Votre mère nous a quittés, tout comme votre sœur. Si un tel accord existe vraiment, ce dont je doute fort, il est devenu caduc le jour du décès de votre sœur.

Nolan se renfrogna.

— Vous n'en savez rien ; c'est ce que vous espérez, tout du moins. Déjeunons ensemble un jour prochain, voulez-vous ? Dans l'intérêt de tous et toutes.

Layla, posant une main sur sa hanche, leva un sourcil dédaigneux.

— N'allez pas prétendre savoir ce qui sert au mieux mes intérêts ou ceux de ma famille, monsieur Thurston. Les Grandin tiennent ce ranch depuis des générations. Nous n'avons pas l'intention de vous laisser abîmer un seul brin d'herbe de notre propriété, vous et votre frère.

Josh s'approcha de l'homme, prêt à le faire sortir du restaurant par la force, si nécessaire.

Fort heureusement, Nolan Thurston comprit le message.

Il lança sa carte de visite sur la table, puis soupira.

— Réfléchissez à ce que je vous ai dit et n'hésitez pas à me contacter si jamais vous changez d'avis. Je reviendrai rapidement vers vous.

Il tourna ensuite les talons et sortit de la pièce à grandes enjambées.

À cet instant, Layla s'effondra sur sa chaise, comme si ses jambes l'avaient lâchée.

Elle posa les coudes sur la table, puis enfouit la tête entre les bras.

— Cette semaine aura été infernale.

— Je suis navré que Thurston ait interrompu notre repas. Toi qui voulais respirer un peu.

Layla toucha du bout du doigt la part de gâteau qui attendait dans l'assiette de Josh. Elle ne savait pas si elle avait encore faim, mais les desserts étaient vraiment savoureux dans ce restaurant.

— Il est délicieux. Allez, finis ta part avant que je m'en charge.

Elle lui jeta un regard moqueur, la bouche pleine de son propre dessert au caramel.

Mais comment faisait-elle ?

À peine une minute plus tôt, il était prêt à venir à son secours et à la réconforter. L'instant d'après, elle était souriante et joueuse.

Joshua avait envie de lui arracher ses vêtements et de la prendre sur la table devant tout le monde.

Les envies subites qui l'envahissaient quand il était en compagnie de Layla commençaient sérieusement à l'inquiéter.

S'il était souvent facile d'annoncer l'échec futur de certaines relations, l'avenir s'avérait parfois impossible à prédire pour d'autres, plus compliquées.

Layla avala la dernière bouchée de sa part de gâteau, avant de la faire descendre à l'aide d'une gorgée de vin.

Elle soupira d'aise.

— Je suis repue. Tu veux qu'on aille se promener ?

Non, non, non ! Je te veux dans la chambre d'hôtel.

Il déglutit, en espérant qu'il n'avait pas prononcé

ces derniers mots à voix haute. Il s'efforça d'afficher un sourire sincère.

— Bien sûr !

Une fois l'addition payée, ils sortirent dans la rue. Une marche allait peut-être dissiper leurs tensions à chacun.

Le soleil était couché et une brise légère faisait onduler les jeunes feuilles des arbres.

Joshua prit la main de Layla.

— Guide-nous, Layla. Je te suis.

De retour dans la chambre à l'hôtel, il sentit le stress de Layla revenir. Croiser Nolan Thurston au restaurant avait dû l'affecter davantage qu'elle ne l'avait montré.

Joshua avança vers elle, lui passa une main sur le bras et lui parla doucement.

— J'ai besoin de passer un appel. Je vais aller en bas. Je te laisse te préparer tranquillement, souffler un peu pour passer une bonne nuit.

L'expression de soulagement qui apparut sur son visage manqua le faire rire tant elle était craquante, mais il se retint.

— Entendu, merci.

— Prends ton temps, à tout à l'heure.

— N'oublie pas la carte, pour la porte, si jamais je suis encore sous la douche quand tu reviens.

— Bien vu. Allez, je te laisse.

Lorsque Layla sortit de la salle de bains, elle crut un moment que Josh n'était toujours pas revenu.

Un faible mouvement attira son regard. Elle l'aperçut

debout, près de la fenêtre, à moitié dissimulé par les lourds rideaux bleu marine.

Il se tourna vers elle et l'admira dans sa nuisette.

— Tu es splendide.

— Merci.

Elle ne savait pas quoi faire de ses mains. Elle se sentait si gênée tout à coup.

Elle balbutia d'une voix aiguë :

— La salle de bains est à toi, si tu veux.

Josh se rapprocha d'elle, la prit dans ses bras, puis l'embrassa avec passion.

— Ne sois pas nerveuse, mon ange. C'est exactement ce à quoi tu ressembles : un ange de Noël. En plein printemps. La perfection incarnée.

Elle secoua la tête.

— Je ne suis pas parfaite, Josh. Personne ne l'est.

Son étreinte la rendait folle. Son stress et ses réticences les plus secrètes s'évanouirent.

— Je ne suis qu'une femme qui souhaite profiter de la compagnie d'un homme sexy et intéressant… toute la nuit.

— Voyez-vous cela…

Elle posa les mains sur ses épaules, puis le repoussa.

— Vas-y. Je t'attends.

Lorsqu'il disparut dans la salle de bains, elle replia le dessus-de-lit et caressa les draps du bout des doigts. Doux comme une peau de bébé, propres et impeccables.

Elle jeta sur le côté la plupart des coussins, qui n'étaient là que pour la décoration, et choisit les deux plus confortables avec lesquels ils pourraient s'appuyer contre la tête de lit.

Pour la première fois depuis sa rencontre avec Josh, une pensée lui effleura l'esprit. Et si Josh était le bon, celui avec qui elle pourrait repartir de zéro et avoir une *vraie* relation durable ?

Ses fiançailles rompues avec Richard l'avaient laissée davantage démoralisée qu'éplorée. À l'époque, elle savait déjà depuis un moment qu'il n'était pas l'homme qu'elle croyait qu'il était. C'était évident : son absence de considération pour ses sentiments à elle, les promesses, même simples, qu'il ne respectait jamais, ou leurs projets dont il ne se souvenait même pas.

Avec deux ans de recul, elle comprenait qu'elle s'était elle-même *forcée à croire* qu'elle aimait vraiment Richard, tout ça parce qu'elle se rapprochait de la trentaine et qu'elle désirait la même chose que tous ses amis : l'amour et la stabilité.

En y réfléchissant, Richard n'était pas le seul à blâmer. Tous les indices pointaient dans la même direction, mais Layla les avait complètement ignorés.

Son infidélité, toutefois, lui avait réellement brisé le cœur.

Elle avait eu l'impression de ne rien valoir, d'avoir fait son temps, comme si Richard avait juste attendu leur union pour profiter de la fortune des Grandin et ne plus avoir à faire semblant par la suite.

En toute honnêteté, elle était restée avec lui plus longtemps qu'elle ne l'aurait dû.

Mais elle était bien trop embarrassée d'admettre devant sa famille à quel point elle avait fait fausse route.

Joshua sortit de la salle de bains. Elle avança vers lui, féline.

— Alors, cette douche t'a fait du bien ?

Il hocha la tête en silence.

Layla passa une main dans ses cheveux épais et encore humides et lui sourit.

Il pencha la tête dans son cou.

— Tu sens divinement bon.

— C'est le gel douche de l'hôtel. Tu as la même odeur que moi, tu sais.

Josh releva la tête et fronça les sourcils.

— J'avais oublié à quel point il était difficile de te faire des compliments. C'était déjà comme ça lorsque tu n'étais qu'une enfant.

— Toi et Jordan étiez les deux seuls à me supporter. Quand vous me disiez quelque chose de gentil, je ne savais pas comment le prendre.

Il s'assit.

— Et aujourd'hui ?

Elle pouvait lire la sincérité dans son regard.

L'envie de parcourir des doigts ce corps doux et bronzé la démangeait ; mais avant cela, il attendait visiblement une réponse à sa question.

— Eh bien, je pense que les hommes disent aux femmes les choses qu'elles veulent entendre.

Son expression s'assombrit.

— Je ne suis ni un menteur ni un imposteur. Et moi, au moins, j'ai respecté mes vœux de mariage.

— Je sais, mais… avec toi, je m'attendais davantage à des parties de sexe endiablées qu'à des discussions à cœur ouvert.

Il s'appuya sur un coude, la tête posée sur la main. Elle n'aimait pas la façon dont il semblait pouvoir lire dans ses pensées.

Les lèvres de Josh se tordirent en un sourire moqueur.

— Tu n'as donc pas envie que l'on fasse mieux connaissance ? Tu préférerais que l'on baise sur le capot d'une voiture et qu'on se souhaite une bonne fin de journée ?

Derrière sa voix légère, elle crut percevoir une pointe maussade.

— Ne sois pas grossier ! Bien sûr que ce n'est pas le cas.

— J'ai l'impression que c'est ce que tu voulais dire, en tout cas.

— Je ne suis pas très dégourdie quand il s'agit d'exprimer ce que je ressens.

Ces mots étaient sortis tout seuls, sans qu'elle cherche à les retenir. La famille Grandin n'était pas du genre sentimental.

Les traits de Josh s'adoucirent.

— Viens ici, ma belle.

Il se leva, la prit par la main et la guida jusqu'au lit. Elle l'autorisa à l'attirer vers lui et à la faire s'allonger sur le dos.

Il se tenait maintenant au-dessus d'elle, l'enveloppant de toute sa chaleur et de sa masculinité.

— Je croyais que les hommes aimaient aller droit au but.

Elle se sentait incroyablement vulnérable, ressentant dans le même temps un désir ardent.

Josh commença à jouer avec une des fines bretelles de sa nuisette, les doigts brûlant sa peau.

Elle *pouvait* justifier la dureté de ses mamelons par l'air conditionné de la chambre, qui fonctionnait très bien, mais ce serait faire preuve de déni une nouvelle fois.

Elle mourait d'envie de sentir les mains de Josh sur son corps nu ; son partenaire avait visiblement plus de patience qu'elle.

Il fit lentement courir les doigts dans son cou, au-dessus de ses seins, puis enleva les deux bretelles de ses épaules, piégeant ses bras, avant d'embrasser la partie sensible située juste derrière ses oreilles, mordillant son lobe et caressant la courbe de ses seins à travers son fin vêtement de soie.

— Josh…

Elle hoqueta son nom, l'implorant, n'ayant pour réponse qu'un mystérieux sourire.

— Je suis heureux que mon frère m'ait demandé de prendre sa place pour ce rendez-vous.

— Moi aussi. Très heureuse, même.

Elle marqua une pause ; elle voulait s'assurer qu'il comprenne bien.

— Tout le monde pense que j'étais amoureuse de Jordan quand nous étions enfants – ce qui était vrai, en effet. Il était plus accessible que toi. Avec Jordan, on obtient exactement ce que l'on voit, et rien de plus.

— Je ne suis pas sûr de bien comprendre…

Le regard de Josh était suspicieux, il arborait à présent une expression empreinte d'une certaine méfiance. Elle ne voulait surtout pas le blesser.

— Tu es beaucoup plus complexe, plus mystérieux. C'était déjà le cas à l'époque : j'avais même un petit peu peur de toi, surtout lorsque nous étions au lycée. En ta compagnie, je ressentais des choses vraiment étranges, et je ne savais pas comment interpréter ces émotions. Aujourd'hui, je pense qu'il s'agissait tout simplement de l'éveil de notre sexualité, mais quand on est une fille de quinze ans, ce sont des sensations très dérangeantes. C'était plus facile de rire aux blagues débiles de Jordan que de parler avec toi.

— Et moi, si je n'avais pas été un adolescent paumé, j'aurais pu faciliter les choses pour nous deux.

— Peut-être.

— Elle laissa glisser une main le long de la ligne de sa mâchoire, heureuse qu'il ne se soit pas rasé.

— Parfois, j'envie ces gens qui trouvent leur âme sœur dès le lycée. Mais quand on voit comment finissent parfois leurs fiançailles, leurs mariages… on peut considérer ça comme des échecs, non ?

Elle s'enroula autour de lui et les fit basculer. Elle se trouvait désormais au-dessus de Josh.

— Absolument. J'imagine que nous devons tous apprendre de nos erreurs.

Elle baissa la tête et l'embrassa, frissonnant alors que sa langue allait à la rencontre de la sienne.

Lorsqu'elle put à nouveau respirer, elle posa la joue contre son torse.

— Je serai ravie de continuer cette conversation plus tard, mais pour l'instant, il y a un magnifique homme dans mon lit qui mérite toute mon attention.

Josh éclata de rire.

— Et *toi*, tu ne mérites pas la mienne ?

Lorsqu'elle glissa une main sous sa serviette et qu'elle enroula les doigts autour de son sexe, il gémit. Ce fut au tour de Layla d'esquisser un sourire.

— On le mérite tous les deux, je pense.

Les choses étaient allées si vite entre eux depuis le début ; ils avaient maintenant l'intention de refréner pour quelques instants le désir qui les animait tous les deux.

— Laisse-moi toucher le reste de ton corps…

Il la fit de nouveau rouler sur elle-même et prit les devants.

Les bras de Layla étaient coincés le long de son corps, mais Josh ignora ses suppliques.

Lentement, très lentement, il remonta sa nuisette jusqu'à sa taille. Puis il baissa le fin tissu pour exposer ses seins.

Lorsque sa langue effleura ses mamelons et les mordilla gentiment, Layla agrippa le drap du lit. Ce qu'elle éprouvait allait au-delà des mots.

La voix de Josh résonna à ses oreilles, basse et rauque.

— Tu étais déjà mignonne quand tu étais petite… et encore plus au lycée… et aujourd'hui, tu es devenue une femme magnifique, Layla.

Il ne pouvait pas mentir ; il avait l'air bien trop sincère à cet instant. La façon dont il regardait Layla lui donnait envie de croire aux contes de fées, à ceux où le prince venait réclamer la main de sa belle.

Son corps tout entier était en feu.

— Enlève-moi ça !

Il s'exécuta et lui retira sa nuisette, la laissant entièrement nue. Elle agrippa la serviette de bain humide toujours enroulée autour des hanches de Josh et la jeta sur le sol.

Josh la fixa.

— Tu sais, j'ai vraiment envie de te dévorer, et je ne sais pas quoi en penser. Tu me fais perdre la tête.

— C'est certainement contagieux, alors.

Elle fit glisser les mains le long de ses abdominaux contractés, avant de remonter vers sa large poitrine et ses pectoraux. Ses ongles se plantèrent dans les épaules carrées du bel homme qui se tenait au-dessus d'elle.

— Les préliminaires, c'est surcoté. Je te veux, tout de suite et maintenant.

L'expression de soulagement qui apparut sur son visage la rassura : ils étaient tous deux du même avis.

Il saisit un préservatif, l'enfila, et se plaça entre ses jambes. Il s'arrêta brusquement et la fixa, les yeux brillants.

— Après les cinquante ou soixante premières fois, tu voudras peut-être ralentir le rythme.

Layla lui enveloppa la taille de ses jambes.

— Ne compte pas trop là-dessus, cow-boy.

Lorsqu'il la pénétra, elle fut incapable de respirer pendant quelques instants.

Il était appuyé sur les mains, elle ne pouvait donc pas incriminer son poids sur elle. Elle avait littéralement oublié de respirer.

Alors que Josh continuait à s'enfoncer au plus profond d'elle, elle perdit totalement le contrôle.

Tous ses sens étaient chamboulés ; elle mourait de chaud et tremblait de froid à la fois, frissonnant de plaisir tout en étant sur le point de céder au désespoir.

Rien d'aussi bon ne pouvait durer ; rien d'aussi bon ne pouvait être vrai.

Se perdaient-ils tous les deux dans le sexe pour éviter de faire face à leurs problèmes ?

C'était comme si elle tombait dans le vide, sans rien pour la retenir, sur le point de se perdre à jamais dans le néant.

Son souffle se mêla à celui de Josh. Il lui murmura des mots à la fois crus et sincères, la suppliant et l'encensant à la fois.

L'orgasme envahit enfin tout son corps, partit de son bassin et remonta pour venir exploser en flashs aveuglants derrière ses paupières mi-closes.

Elle gémit son nom, accompagnant chacun de ses coups de reins, ne voulant pas gaspiller une seconde de ce moment.

Lorsque Josh jura et se raidit, elle sut qu'ils avaient partagé la même extase.

Ils restèrent allongés côte à côte, en silence.

Combien de temps ? Elle n'en avait aucune idée. Lorsqu'elle voulut se lever et aller dans la salle de bains, Josh lui agrippa le poignet.

— Ne pars pas…

— Je reviens tout de suite.

Elle lui embrassa la main et se libéra.

Quelques minutes plus tard, elle revint s'enfouir sous le drap et se lova dans son étreinte. Son corps, chaud et dur, était si différent du sien.

Elle glissa l'une de ses jambes entre ses cuisses musclées, puis étendit un bras le long de son torse.

Pour la première fois de sa vie, elle ne pensait pas à ce que le futur lui réserverait. Elle avait décidé de laisser les choses suivre leur cours, au jour le jour, et de vivre pleinement le moment présent.

Elle bâilla, comblée et heureuse, et laissa des vagues successives de fatigue émotionnelle, physique et mentale, la bercer.

- 9 -

Lorsque Josh se réveilla brusquement au milieu de la nuit, il n'eut aucune idée de l'endroit où il se trouvait.

Son cœur commença à battre la chamade.

Était-ce un rêve ou un cauchemar ?

Quand il finit par recouvrer ses esprits, il sentit un frisson de soulagement le parcourir alors que la réalité lui revenait.

Layla était dans ses bras, douce, chaude, et profondément assoupie. Les petits bruits qu'elle émettait dans son sommeil étaient du miel à ses oreilles. Elle était si mignonne ainsi endormie.

— Layla.

Voulant la réveiller, il murmura de nouveau son nom.

— Layla, ma chérie. Tu peux ouvrir les yeux ?

Une ou deux minutes passèrent, ce qui lui sembla une éternité. Il insista.

Elle roula sur le dos, repoussant les mèches de cheveux devant ses yeux.

— Qu'est-ce qu'il y a ?

Son ton grincheux n'annonçait rien de bon pour ses projets.

— J'espérais que tu aies envie de… tu sais…

Il lui toucha le ventre.

Layla émit un son à mi-chemin entre le gémissement et le grognement. Optimiste, il se risqua à lui demander :

— Est-ce que je dois prendre ça pour un *oui* ?

— Tu as quelque chose contre les gens qui dorment ?

Sa question, sarcastique, était visiblement rhétorique.

Il l'embrassa, mêlant intimement sa langue à la sienne, avant de frotter son nez contre le sien.

— Comment dormir lorsqu'une femme avec un corps aussi incroyable est nue à mes côtés ? Ça me rend dingue.

— Tu en fais trop, Banks. Beaucoup trop.

Il se frotta contre elle, le sexe en érection.

— Je suis très sérieux, chérie. On ne peut plus sérieux.

Il commença à jouer avec ses seins, l'un après l'autre, les caressant, parcourant leurs courbes.

— J'ai besoin de votre confirmation, madame Grandin. D'un consentement libre et éclairé, je vous prie.

Finalement, elle entrouvrit les paupières, ses yeux bleus paraissant bien sombres dans la pénombre de la pièce.

— Oui, monsieur Banks, je consens à coucher avec vous. À une condition, toutefois.

Il se raidit.

— De quoi s'agit-il ?

— Que vous me nourrissiez après. Je meurs de faim.

Vingt minutes plus tard, Josh retomba sur le dos, le torse prêt à exploser.

— Doux Jésus, Layla ! C'était quoi ce truc avec ta langue ? Tu m'as rendu dingue.

Le rire de Layla sortit en petite cascade, lui rappelant davantage la fille innocente qu'il avait autrefois connue que la femme raffinée et habile avec qui il avait récemment repris contact.

— Secret défense.

Elle bâilla et s'étira.

— Si tu as prévu de recommencer ces cabrioles, je te conseille de commander du ravitaillement. Parce que j'ai faim et soif. Pas toi ?

— Très bien, très bien.

Il sortit du lit et alla chercher la carte du service de chambre.

Collés l'un contre l'autre dans le lit, épaule contre épaule, ils dévorèrent leur repas.

Layla avait insisté pour protéger les draps avec quelques serviettes de toilette.

Joshua se pencha vers elle et lui lécha la joue.

— Il y avait un peu de ketchup.

Elle repoussa sa main lorsqu'il tenta de tirer sur le drap avec lequel elle essayait de garder un minimum de pudeur.

— Bas les pattes !

Il haussa les épaules.

— Si tu insistes.

Après lui avoir subtilisé quelques frites dans son assiette, ayant fini les siennes, il lui jeta un regard en coin.

— Je veux en savoir plus sur la Layla adulte. Car on se connaît peu, tous les deux. Pourquoi aimes-tu tellement ce ranch ?

Elle sourit.

— C’est très simple. En raison des chevaux. Je leur confie tous mes secrets. J’aime la façon dont ils se déplacent, le bonheur qu’ils éprouvent lorsqu’ils partent au galop, l’odeur du foin dans l’étable.

Josh glissa un bras autour de ses épaules.

— Ils ont de la chance de t’avoir.

Elle prit un air triste.

— Je ne sais pas… Des fois, je pense qu’il serait bien que je passe à autre chose.

— Pourquoi ça ?

— Eh bien, si papa fait comme Grandy, il continuera à tenir les rênes jusqu’à ce qu’il soit vieux et grisonnant. Ensuite, ce sera au tour de Vic. Je ne sais pas si j’ai vraiment intérêt à rester aussi longtemps dans ce ranch. Je pensais à trouver quelqu’un avec qui refaire ma vie, après que ma grand-mère nous aura quittés, peut-être. Je ne voudrais pas la décevoir.

— Voyons, je suis convaincu que tu ne décevras jamais personne.

Layla posa son assiette sur la table de chevet.

— Je devrais dormir un peu, maintenant. Je dois être à l’hôpital à 9 heures.

— Bien sûr. Tu peux rester ici aussi longtemps que tu le souhaites, si tu veux t’éloigner du ranch et prendre un peu de répit. Surtout tant que ta grand-mère est à l’hôpital.

— Merci. J’imagine que ça dépendra en effet de comment la situation évolue pour elle. Quand elle pourra enfin sortir, je retournerai au ranch pour l’aider.

— Évidemment.

Elle posa la joue contre l'épaule de Josh.

— Pourquoi es-tu descendu dans cet hôtel au lieu d'aller vivre avec ton père et ton frère ?

Elle crut remarquer une réaction de sa part. S'était-il figé ? Avait-il imperceptiblement tressailli ?

Il inspira profondément et se résolut à lui répondre :

— Mon frère m'a posé la même question, figure-toi. Je suis parti pendant très longtemps. À Dallas, ma vie était tout autre. J'avais juste besoin d'un peu de temps pour réfléchir à la suite des événements.

— Je croyais que tu avais envie de rentrer chez toi, à la maison, pour te retrouver et te ressourcer ?

— C'est le cas. Mais parfois, la vie nous amène là où l'on ne s'attend pas.

Il laissa le silence s'installer. Layla fit bientôt semblant de s'assoupir afin de pouvoir mieux réfléchir. Que voulait-il dire par ces mots ?

Peu après, elle l'entendit respirer à un rythme régulier. Il dormait.

Elle ne parvint pas à trouver le sommeil. Était-elle en train de faire une énorme erreur ?

Elle aimait beaucoup Josh, et leur relation était particulière. Ils avaient déjà, pour ainsi dire, une histoire en commun. C'était exactement le genre d'homme de qui elle pouvait tomber amoureuse… et avec qui elle pouvait se marier, et fonder une famille.

Se faisait-elle des illusions ?

Elle avait peut-être *elle aussi* besoin d'un peu de temps pour réfléchir.

Sa vie avait pris un tournant complètement inattendu. Elle était particulièrement vulnérable sur le plan émotionnel, et il était sans doute grand temps pour elle de penser à prendre un peu de recul et à se protéger.

Au réveil, tous deux se régalèrent d'un petit déjeuner copieux.

Consultant sa montre, Layla se leva d'un bond.

— Il faut que je file.

— Entendu. Donne-moi des nouvelles de ta grand-mère, veux-tu ?

— Je n'y manquerai pas.

La porte se referma doucement derrière elle. Josh était seul. Une fois douché et habillé, il sortit son téléphone et regarda les horaires d'avion. S'il se dépêchait, il pourrait se rendre à Dallas dans la matinée et être rentré pour le dîner.

Les voyages en avion le fatiguaient, surtout le passage à l'aéroport. Il aurait pu affréter un jet, mais la dépense était inutile. Il prit donc place parmi les autres passagers dans l'avion bondé.

À son retour, il récupéra sa voiture et fonça à l'hôtel. Seule la perspective de voir Layla le motivait.

Il poussa la porte de la chambre, impatient, et reçut un coup au cœur lorsqu'il trouva la pièce vide.

Un mot l'attendait sur le petit bureau.

Salut, Josh ! Ma grand-mère va beaucoup mieux, le docteur a donc décidé de la faire sortir ce soir, après le dîner. Nous sommes tous rentrés au ranch, et je suis passée reprendre ma valise, comme tu as déjà dû le remarquer. Merci encore de m'avoir porté assistance, et pour cette nuit de folie.

À bientôt !

Layla

Josh froissa la note que Layla lui avait laissée, puis la lança dans la poubelle la plus proche, s'offrant un court moment de satisfaction.

Il reprit ses esprits, récupéra le papier dans la poubelle, puis l'aplatit entre ses doigts.

Sa déception était immense : au lieu de profiter d'une nouvelle nuit de sexe endiablé, il allait devoir dormir tout seul, sans Layla.

Comment avait-elle pris une telle importance à ses yeux, et si rapidement ?

Il dormit d'un sommeil agité et se leva tôt pour se rendre au ranch familial.

Bertram Banks se leva et remplit sa tasse de café.

— Quel genre de travail ?

Le père de Josh avait été perturbé d'apprendre que son fils avait quitté son travail et envisageait d'en chercher un nouveau dans la région.

— Je ne sais pas trop. Je n'ai pas encore tout prévu, mais dès que je trouve quelque chose, je te promets que tu seras le premier au courant.

Jordan secoua lentement la tête.

— L'argent n'est pas un problème pour nous, tu le sais. Nous n'avons jamais été aussi bien lotis. Si tu as besoin que nous t'aidions financièrement, papa et moi serions heureux de le faire. Tu ne seras jamais un boulet au ranch : tu fais partie de la famille. Tu es mon frère, jumeau, qui plus est.

Lorsque Jordan se dirigea vers lui pour l'enlacer, Josh fut pris par surprise. Il lui rendit son étreinte, réalisant tout ce qu'il avait laissé derrière lui lorsqu'il était parti.

Sa gorge se serra.

— Merci. Ça signifie beaucoup pour moi. Tu sais à quel point j'aime ce ranch ; c'est chez moi, après tout. Mais c'est vous deux qui en avez fait ce qu'il est aujourd'hui. Je pense donc qu'il vaut mieux vous en laisser les commandes. Je finirai par trouver quelque chose qui me convienne, avec un peu de chance. J'imagine qu'on peut dire que je suis dans ma crise de la trentaine ! Le divorce m'a beaucoup marqué, et il est hors de question que je foute à nouveau ma vie en l'air.

Layla n'avait pas vu Josh depuis six jours.

Les heures défilaient, elle ne voyait pas le temps passer. La famille entière était occupée à prendre soin de Grammy.

On avait prescrit à celle-ci un traitement et elle allait déjà mieux, mais, suite à sa chute, elle restait fragile.

Un soir, Layla avait reçu un court message :

Tu me manques…

Elle avait senti des papillons s'agiter dans son estomac, comme une adolescente amoureuse face à un garçon qui lui aurait souri.

Toi aussi, tu me manques…

Et ce fut tout : rien que ces deux petits messages, et puis plus rien.

Elle ne pouvait s'empêcher de se demander si c'était le sexe qui manquait à Josh, ou s'il éprouvait vraiment des sentiments pour elle.

Après tout, il était difficile de savoir ce qu'il pensait. Elle-même n'était pas particulièrement communicative quand il s'agissait d'exprimer ses sentiments, mais le simple fait de penser à Josh lui donnait la migraine.

Elle avait beau essayer de se persuader du contraire, elle ne pouvait pas continuer à rester dans le déni : elle était probablement en train de tomber amoureuse de Joshua Banks.

Il essayait sans doute juste d'être poli et de respecter le fait que Layla était très occupée, avec de lourdes responsabilités sur le dos.

Ce jour-là, elle conduisait sans vraiment savoir où aller, quittant la périphérie de la ville et se dirigeant vers la grand-route.

Le soleil et le grand ciel bleu au-dessus de sa tête lui faisaient du bien, mais ils ne suffisaient pas à lui remonter le moral.

Elle finit par se rendre à l'endroit où Josh et elle avaient fait l'amour pour la première fois.

Une fois qu'elle eut retrouvé la petite colline, elle se gara et descendit du véhicule. Elle pouvait encore se rappeler chaque détail de cet après-midi rien qu'en fermant les yeux.

Tout était allé si vite, et leur rencontre avait été tellement torride ! Impossible qu'elle ait été la seule à avoir ressenti de l'attirance à cet instant, elle en était convaincue.

Ils étaient tous deux en manque, désireux de s'unir de la façon la plus intime possible.

Au simple souvenir des heures qu'ils avaient passées ici, Layla sentit une vague de chaleur partir de ses entrailles et remonter jusqu'à ses joues.

L'insouciance et la témérité étaient deux choses dans lesquelles elle ne se serait jamais reconnue ; mais avec Josh, elle se sentait *différente*.

La nuit qu'ils avaient passée ensemble à l'hôtel n'avait fait que renforcer cette attirance irrépressible qu'ils éprouvaient l'un pour l'autre, comme s'ils avaient été sous l'emprise d'aphrodisiaques.

Était-ce possible qu'une compatibilité sexuelle pareille soit seulement physique ?

Elle avait apprécié ses rapports avec Richard, mais ils n'avaient rien eu de transcendant.

Pourquoi était-ce donc si passionnel avec Josh ?

Elle refusait de croire qu'elle éprouvait de réels sentiments pour lui. Il sortait tout juste d'un divorce après une relation difficile, même si son ex-femme et lui étaient déjà séparés depuis près de deux ans, et il était probable qu'il n'aille pas encore très bien.

Après tout, la plupart des personnes divorcées qu'elle connaissait n'avaient aucune envie d'entamer dans la foulée une relation sérieuse.

Le déjeuner annuel du printemps au Cattleman's Club se rapprochait à grands pas, et Josh avait accepté de s'y rendre avec elle. Ce rendez-vous marquerait-il la fin de leur aventure, ou le début d'un nouveau chapitre de leur vie ?

À vrai dire, elle avait peur de franchir cette prochaine étape. Josh était en mesure de lui faire du mal, même s'il ne s'en rendait probablement pas compte.

Si elle l'intéressait uniquement pour le sexe, elle devrait se sortir de cette situation en toute dignité.

Elle connaissait des gens qui ne voyaient aucun problème à entretenir des relations purement physiques, sans aucune complication, mais ce n'était pas son genre.

Alors que le vent la rafraîchissait et faisait voler ses cheveux, elle sut qu'elle avait atteint une phase critique de sa vie d'adulte.

Elle n'avait jamais vraiment reçu de reconnaissance de la part de sa famille. À leurs yeux, elle était juste Layla, toujours dans le coin, toujours disponible.

Aussi étrange que cela puisse lui sembler après avoir toujours agi de la sorte sans se poser de question, sa vie ne devait pas se résumer à n'être que la cadette de la fratrie.

Qui était-elle vraiment ? Que désirait-elle ? Était-elle prête à se battre pour l'amour de Josh ?

L'enjeu était à ses yeux bien plus important. Toutes ces questions méritaient une réponse.

Avec ou sans homme à ses côtés, elle pouvait très bien retrouver la paix et donner du sens et des enjeux à sa vie.

Tout à coup, elle eut le déclic.

Elle se sentit frémir d'excitation. Elle lança un

dernier regard à l'endroit où elle avait ressenti pour la première fois la chaleur de l'étreinte de Josh, puis elle se mit en route vers la ville.

L'une de ses anciennes camarades de classe avait une agence immobilière. Layla entra en trombe dans son bureau, essoufflée, mais des espoirs plein la tête. Shana était une femme au parcours brillant, dont la personnalité mettait immédiatement ses clients à l'aise.

Après avoir échangé quelques plaisanteries, Layla lui tendit son portable, sur lequel s'affichaient des coordonnées GPS.

— J'aimerais en savoir davantage sur cette propriété. On dirait une vieille ferme laissée à l'abandon depuis des années. Si le prix est raisonnable, j'aimerais en faire l'acquisition.

Shana regarda la photo, puis lança une recherche sur son ordinateur, puis une autre. Elle fronça les sourcils.

— Les propriétaires étaient des personnes âgées, toutes deux décédées en janvier dernier. Ils avaient deux enfants, un fils et une fille, proches de la soixantaine. La propriété est bien à vendre, pourtant elle est référencée comme étant non disponible.

Le cœur de Layla se serra.

— Qu'est-ce que ça peut bien vouloir dire ? Pourquoi n'est-elle pas indiquée comme étant vendue, dans ce cas ? Tu aurais une idée ?

— Non, pas d'emblée. Je vais découvrir le fin mot de l'histoire, je te le promets. Entre-temps, aimerais-tu que je commence à rechercher d'autres propriétés ?

Tu n'as qu'à me communiquer tes critères et tes préférences, comme la superficie, par exemple. Je suis sûre de pouvoir trouver quelque chose à ton goût.

— Merci, Shana. J'accepte ta proposition.

- 10 -

Une fois dans la voiture, Layla se moucha et tâcha de ravaler la déception qui lui faisait monter les larmes aux yeux.

Elle s'était imaginé faire construire une jolie maison, à l'endroit précis où Josh avait garé sa voiture, avec une vue sur la campagne alentour.

Son impulsivité lui avait joué des tours.

Il fallait être idiote pour vouloir immortaliser une unique rencontre, bien que magique et avec un homme aussi mystérieux qu'il était sexy.

De retour chez elle, Layla trouva Chelsea assise sous le porche, une tasse de café à la main.

Le visage de sa sœur s'éclaira.

— Te voilà ! Mais où étais-tu ? Je t'ai cherchée partout, je te croyais avec les chevaux, mais non.

— Je suis allée faire un tour.

— Tu es allée voir Joshua Banks ?

Sa sœur arborait un petit sourire en coin et un air facétieux. Layla ne lui avait raconté que le racontable, en évitant soigneusement d'entrer dans les détails moins avouables.

— Non. Il n'est pas intéressé par une relation plus sérieuse. Du moins c'est l'impression que j'en ai.

Elle soupira.

— Et j'ai eu ma dose côté humiliation. Je n'ai aucune envie de courir après un homme qui n'a pas envie de s'impliquer un tant soit peu avec une femme.

— Je ne m'imagine pas Joshua Banks tromper une femme, cela dit. Il a toujours été droit dans ses bottes, non ? J'ai toujours eu cette image de lui.

— C'est vrai, mais justement, ça confirme ce que je dis. On ne s'est pas vus depuis près d'une semaine, et il ne m'a pas rappelée. Il doit avoir mieux à faire, c'est tout.

— Je suis désolée pour toi, Layla. J'ai perçu dans ta voix combien cet homme te plaisait.

— Il n'y a pas que ça. J'envisage de quitter le ranch. Papa ne veut plus passer le relais à Vic, et même s'il revient sur son idée, tu seras le choix logique pour prendre sa suite. J'ai été invisible toute ma vie.

— Je te comprends.

Le téléphone de Layla sonna au même instant. *Joshua*. Il ne s'excusa pas de son silence, ne lui demanda pas les raisons du sien, mais voulut savoir s'il était toujours son cavalier pour le déjeuner du Texas Cattleman's Club.

Deux jours plus tard, Layla vérifiait sa tenue dans le miroir quand on sonna à la porte. Elle sentit le rouge lui monter aux joues. *Au moins, ça fait raccord avec ma robe*, pensa-t-elle, amusée.

La veille, elle avait reçu un SMS de Joshua :

> J'aimerais que tu passes le reste de l'après-midi et la soirée avec moi. Si tu en as envie, prépare ton sac…

D'un côté, elle aimait ce ton direct et franc. Il évitait les circonlocutions et allait droit au but.

Mais pourquoi avait-il attendu si longtemps avant de l'inviter à passer une nouvelle nuit avec lui ?

À dire vrai, elle s'était évaporée la première fois, ne lui laissant qu'une note manuscrite lorsqu'elle était venue récupérer ses affaires, après la sortie de l'hôpital de sa grand-mère. Les circonstances expliquaient son geste un peu précipité. Elle tenait absolument à être aux côtés de Grammy quand celle-ci serait rentrée au ranch.

Elle avait envie de Josh, et pas uniquement pour des heures intenses sous la couette. La situation la rendait vulnérable.

Mais comment renoncer à un homme qui la grisait autant qu'il la rassurait ? Le mélange des deux était si délicieux, si tentant.

Elle descendit. Josh l'attendait sous le porche. Elle vit dans ses yeux que sa robe faisait mouche. Il secoua doucement la tête en la regardant de haut en bas, les yeux emplis d'une satisfaction toute masculine.

— Tu es magnifique, Layla. Tu es sûre de vouloir aller à ce déjeuner au Cattleman's Club ?

Sa plaisanterie la fit sourire.

— Merci pour le compliment, mais je dois m'y rendre, voir et être vue. Les relations sociales jouent un rôle important dans notre activité. Et encore plus à l'heure actuelle, avec ce que nous traversons. Nous avons besoin de soutien, de nous montrer, pour faire front.

Il rétorqua, l'air boudeur :

— Tu m'as manqué.

Elle lui répondit par un vague sourire.

Ils montèrent en voiture.

— Tu es bien silencieuse, aujourd'hui. Un peu trop, si tu veux mon sentiment.

— J'avais hâte de te retrouver, mais je m'inquiète aussi au sujet de nous deux.

— Comment ça ?

— J'ai trente ans passés, ma vie devrait être bien installée à l'heure qu'il est. J'ai tenu les hommes à distance depuis la trahison de Richard. J'aimerais pouvoir dire que je l'aimais, mais ce serait mentir. Et tu as admis ne pas avoir été réellement amoureux de ton épouse non plus. Ce n'est pas l'amour durable et fidèle auquel aspirent les gens normalement.

— Où veux-tu en venir, Layla ? Ne le prends pas mal, mais nous arrivons au Club dans exactement six minutes. Je ne sais pas si c'est le bon moment pour nous lancer dans une discussion à cœur ouvert.

— C'est peut-être précisément pourquoi je le fais maintenant. J'ai peur de souffrir à nouveau.

Elle regarda par la vitre.

— Tu es quelqu'un de formidable, mais…

— Mais quoi ?

Joshua sentit son corps tout entier se tendre, et pas de la façon la plus agréable au monde.

Layla jouait nerveusement avec le pli de sa robe.

— Statistiquement, les personnes divorcées ne sont pas chanceuses en amour dans leurs relations d'après.

— Tu parles comme si tu faisais une thèse sur le sujet. Nous ne sommes pas des chiffres, encore moins des statistiques.

Il avait parlé avec la voix d'un homme blessé et en

colère. Certes, il était divorcé. Il aurait aimé remonter le temps, défaire ses propres erreurs, mais son passé était révolu, rien ne pouvait l'effacer. Son expérience lui avait appris la valeur des choses.

Ils arrivèrent sur le parking du Cattleman's Club.

Joshua sortit de la voiture et claqua sa portière un peu trop fort.

— Si toi et moi sommes condamnés à l'échec, pourquoi as-tu pris un sac et décidé de passer le reste de la journée, et la nuit, avec moi ?

Les lèvres de Layla tremblèrent. Dans ses yeux passèrent des émotions qu'il ne parvint pas à déchiffrer. Elle semblait sur le point de pleurer, mais tout cela n'avait aucun sens.

Ils étaient ensemble, en cette journée qui s'annonçait plaisante pour tous les deux.

Il insista, d'une voix plus douce :

— Tu n'as pas répondu à ma question. Pourquoi avoir emporté un sac si tu comptes tout arrêter entre nous ? Je ne te suis pas, Layla.

Elle releva la tête.

— Ne me fais pas dire ce que je n'ai pas dit. Par ailleurs, arrêter quoi exactement ? Toi et moi sommes amis.

— Un peu plus que ça, je dirais.

Il n'allait pas la laisser balayer d'un revers de main les fabuleux moments qu'ils avaient passés ensemble.

Il leva les mains dans un geste d'impuissance.

— Tu ne veux pas continuer parce que je sors d'un divorce et que tu penses mal choisir tes compagnons ? Je résume bien la situation ?

— Tu aurais dû être avocat, Josh. Et sache que je n'aime pas subir d'interrogatoire.

— Alors, qu'est-ce que tu aimes, Layla, dis-le-moi. Il passa un pouce sur le tissu de sa robe et caressa la pointe de ses seins. Il poursuivit, sur le ton de la confession :

— J'ai tellement envie de toi que ça me fait peur, tu comprends ?

Face au silence de Layla, il coupa court à la discussion :

— Allez, viens, on y va. Il est l'heure. Le Cattleman's Club et son beau monde nous attendent.

- 11 -

Layla était une habituée du Cattleman's Club depuis sa plus tendre enfance.

Elle glissa un bras sous celui de Josh, appréciant le contact de son corps contre le sien. Elle dut s'avouer que les regards envieux des femmes autour d'eux lui procuraient une certaine satisfaction.

Ils entrèrent dans la salle de réception.

Layla fut atterrée de voir Heath Thurston assis seul dans un coin. Son frère ne tarda pas à le rejoindre, le port altier, sûr de lui. Il serra la main de son jumeau et prit place à côté de lui, ignorant les regards inquisiteurs dardés sur eux.

Layla vit sa sœur Chelsea traverser la pièce dans sa direction.

— Voici notre ennemi juré. Et dire que Nolan Thurston a quitté Royal il y a des années. Ils n'auraient jamais dû l'admettre ici.

— Je suis écœurée.

— Et penses-tu qu'ils viendraient nous voir ? Non, bien sûr, ils laissent leur avocat faire le sale boulot.

— En même temps, j'ai refusé toute discussion. Et j'imagine qu'ils veulent tout faire dans les règles.

— Ils sont exaspérants.

Layla vit toutefois sa sœur regarder Nolan Thurston

avec un certain intérêt dans les yeux. Chelsea était incorrigible, et très sensible à la beauté masculine.

— Allez, on va s'installer et essayer de penser à autre chose.

Chelsea avança vers leur table. Layla allait lui emboîter le pas, quand quelqu'un lui barra la route.

— Layla Grandin ! Mais quelle beauté ! Si j'avais su que tu étais devenue si attirante, je n'aurais jamais laissé la place à mon frère.

Jordan Banks.

Layla, passablement agacée par son emphase, lui répondit froidement :

— Bonjour, Jordan.

Il avait beau ressembler comme deux gouttes d'eau à son frère, il était bien différent de Joshua.

Elle enchaîna sur un ton neutre :

— Comment vas-tu ?

— Super bien, aussi bien qu'un Texan puisse aller ! Désolé de ne pas avoir pu t'emmener au concert.

— Ne t'inquiète pas. J'ai passé un très bon moment avec Josh. Ton père et toi devez être contents qu'il soit de retour à vos côtés au ranch.

L'expression de Jordan changea. Il sembla soudain mal à l'aise, ce qui ne lui ressemblait pas du tout.

Layla sentit son estomac se nouer.

— J'ai dit quelque chose ?

Elle tenta désespérément de sourire.

— Je pensais qu'il t'en avait parlé.

— De quoi parles-tu ?

— Josh nous a demandé de racheter ses parts.

Le cœur de Layla se serra.

— Eh bien, il n'en a pas eu le temps, visiblement.

Elle tenta de prendre un ton léger.

— Ma grand-mère a eu quelques ennuis de santé et je suis restée auprès d'elle toute la semaine dernière.

Jordan se reprit.

— Je ne doute pas qu'il en discutera avec toi le moment venu. Il faut que je file, je te dis à plus tard.

— Euh… Oui. Bon appétit à toi.

Layla se sentait désemparée. Elle tâcha de recouvrer son calme avant de rejoindre Joshua et Chelsea à table.

Il se pencha vers elle et lui dit à voix basse :

— Vous fais-je honte, madame Grandin ?

— Mais non, pas du tout. Désolée de ne pas t'avoir présenté à tout le monde, mais je n'en voyais pas trop l'intérêt. Ce n'est pas comme si on était ensemble.

— Ah bon ? Ce n'est pas l'impression que j'ai eue jusqu'ici.

— Non, mais tu vois ce que je veux dire. On prend du bon temps, voilà tout.

— En effet.

Layla reporta son désarroi et sa mauvaise humeur sur les frères Thurston.

— Non, mais regarde-les, assis tranquillement, comme si de rien n'était.

Josh se raidit.

— Ce ne sont pas des criminels, non plus. C'est juste qu'ils réclament leur dû. Du moins c'est ainsi qu'ils voient les choses.

— Parce que tu prends leur parti, maintenant ?

— Pas du tout, mais…

— Oublie, je n'ai pas envie de parler de tout ça ici.

Layla ne savait plus quoi faire. Pourquoi Josh ne lui avait-il rien dit au sujet de ses parts du ranch ?

Josh ne comprenait pas l'attitude de Layla. Elle avait perdu le sourire juste après son bref échange avec Jordan et ne lui adressait presque plus la parole depuis.

À la fin du déjeuner, ils prirent le café avec les autres convives et échangèrent des banalités avec certains membres de l'assemblée.

Quand vint l'heure de partir, ils se dirigèrent vers le parking.

— Je t'emmène faire un tour ?

— Avec plaisir.

Joshua ne parvenait pas à comprendre ce qui se passait en elle. Layla faisait manifestement des efforts pour rester souriante, mais son expression était irrémédiablement fermée.

Il la conduisit à la colline où ils avaient pique-niqué.

Tellement de choses s'étaient produites depuis.

Les chaussures de Layla n'étaient pas adaptées pour la campagne. Elle les ôta et les laissa dans la voiture.

Josh lui décocha un clin d'œil.

— Dommage que nous n'ayons pas de couverture.

Le visage de Layla était indéchiffrable.

— Je peux te confier un secret ?

Il s'amusa et s'étonna de son ton soudain sérieux.

— Je suis allée dans une agence immobilière cette semaine. Je voulais acheter ce terrain.

— C'est vrai ?

— Oui.

— Et le ranch, alors ?

— Ils n'ont pas vraiment besoin de moi. Vic va en reprendre la direction un jour ou l'autre. Et si jamais ce n'est pas lui, alors ce sera Chelsea. J'ai commencé à imaginer…

— Quoi ?

— Je me suis dit que je pourrais acquérir mon propre bien. Avoir mon chez-moi. J'en ai marre d'être la cinquième roue du carrosse. Je suis une femme intelligente et organisée. Qui a dit qu'une femme ne pouvait pas tenir un ranch, son ranch à elle ?

— C'est juste. Surtout une femme comme toi.

Il changea brusquement de sujet.

— Tu veux toujours rentrer à l'hôtel avec moi ?

Elle ouvrit de grands yeux.

— On est en plein milieu de l'après-midi.

— Et ça te pose problème ?

Elle hésita. Comment fuir ? Comment quitter cet homme qui lui faisait tant de bien ? Layla était perdue. Mais elle ne pouvait se passer de lui.

Elle lui sourit et répondit :

— Non. Pas le moins du monde.

Elle ne rêvait que d'une chose : être dans les bras de Josh.

Mais lui, que désirait-il vraiment ? Pourquoi ne lui avait-il pas parlé du rachat de ses parts ?

Voulait-il seulement prendre du bon temps avec elle ?

Son corps la rappela à l'ordre : il avait faim. Il était avide de cet homme qui la conduisait à son hôtel. Et elle était en train de tomber amoureuse de Joshua Banks.

Pouvait-elle s'autoriser une nouvelle parenthèse sexuelle avec un homme dont les projets étaient autres, loin d'elle peut-être ?

Lorsqu'ils arrivèrent dans la chambre, Josh l'embrassa avec passion, et Layla décida de se laisser porter par le moment.

N'écoutant que son désir, elle fit asseoir Josh dans un fauteuil et vint s'agenouiller face à lui. Elle sortit délicatement son sexe, dont l'érection était visible sous le pantalon.

Il flancha, comme soumis à la plus délicieuse des tortures.

Son orgueil dressé ainsi était fascinant, si long, si dur, si doux. Elle en embrassa l'extrémité exposée, le faisant gémir et frémir.

Il lui saisit le poignet, mais elle ignora son geste, désireuse de prendre les rênes. Sentir le pouvoir qu'elle avait ainsi sur lui était grisant. Mais elle ne voulait pas le dominer, pas vraiment.

Elle était en quête d'un partenaire qui serait son égal, son compagnon au quotidien.

Elle le flatta de la langue, puis le prit en bouche et s'activa avec sensualité. Lorsqu'elle le sentit prêt à exploser, elle se leva et alla chercher un préservatif, qu'elle déroula sur son sexe tendu.

Elle le chevaucha et ondula sur lui, ressentant pleinement sa virilité en elle. Il la tenait fermement. Il était comme son point d'ancrage dans un univers qui dansait autour d'eux.

Il darda son regard sur elle.

— Prends tout, mon amour. Tu te fais du bien ?

Elle hocha la tête doucement, en silence.

Layla crut un instant que l'orgasme ne viendrait pas, que les questions et les doutes qui la tourmentaient allaient avoir raison de ces minutes magiques et torrides. Mais il l'emporta aux confins du plaisir et tous deux se laissèrent porter par la vague qui les envahit.

Comme toute femme dans le doute au sein d'une relation naissante, Layla voulait trouver le courage de poser les bonnes questions. Où leur idylle allait-elle les mener ? Quelle direction Joshua voulait-il donner à leur couple ?

Elle craignait les réponses qu'il pourrait lui apporter.

Après l'amour, ils descendirent dans la salle de réception, où un orchestre jouait une musique dansante, près d'un buffet organisé par l'hôtel.

Joshua l'invita à danser et la regarda droit dans les yeux.

— Es-tu heureuse, Layla ?

Elle se raidit.

— Que veux-tu dire ?

Parlait-il de sa vie en général ou faisait-il référence à la journée qu'ils avaient passée ensemble ?

Il haussa les épaules.

— Simple question.

— Réponse compliquée. Et toi, Josh, es-tu heureux ?

— Oui, je le suis. Je n'ai pas à me plaindre.

Il ne lui devait rien. Aucune promesse n'avait été faite, aucune signature apposée au bas d'un document.

Il la serra dans ses bras.

— Tu es vraiment quelqu'un de spécial.

Ils dansèrent encore un moment, l'un contre l'autre.

Ils décidèrent de ne pas rester pour le buffet, mais de sortir prendre l'air et de choisir un restaurant. Layla avait peu l'occasion de dîner à Royal et voulait tester une bonne table.

Au moment de quitter l'hôtel, Josh aperçut trois hommes d'affaires qu'il voulait aborder depuis plusieurs jours.

Il tendit son portefeuille à Layla.

— Je n'en ai pas pour longtemps, mais ça fait un moment que je cherche à parler aux types qui sont là. Je te laisse récupérer la voiture ? Le reçu est dans mon portefeuille, donne-le au voiturier. Il y a aussi un billet de vingt dollars pour le portier.

Layla acquiesça et laissa Josh s'entretenir avec les trois inconnus. Elle trouva le reçu dans son portefeuille et sortit le billet de vingt dollars. Un papier tomba à terre. Elle se pencha pour le ramasser et l'ouvrit : il s'agissait d'un billet d'avion pour Dallas, daté du lendemain de la nuit qu'ils avaient passée ensemble à l'hôtel.

Elle regarda le morceau de papier, tentant de comprendre ce qu'il faisait dans le portefeuille de Josh. Les billets étaient désormais envoyés sous forme électronique. Seuls les billets de dernière minute étaient émis au format papier.

Pourquoi Josh était-il parti à Dallas ? Et quand était-il rentré ? Il ne lui avait rien dit de son aller-retour dans son ancienne ville. Décidément, il semblait avoir beaucoup de choses à lui dire. Ou plutôt à lui cacher.

Layla déposa son sac dans le coffre de la voiture et prit place dans le fauteuil passager. Elle se sentait comme anesthésiée. Elle avait mal, ne savait plus que croire.

Par chance, elle avait reçu un SMS de Chelsea lui demandant de rentrer au ranch. Lorsque Josh la rejoignit, il accepta sans broncher de la ramener chez elle.

Ils durent échanger quelques mots sur la route, mais Layla était trop sous le choc pour entretenir une conversation.

Lorsqu'il se gara devant la maison, elle dut se retenir pour ne pas bondir hors de la voiture et courir s'enfermer dans sa chambre. Elle attendit qu'il sorte son sac du coffre et accepta lorsqu'il insista pour le déposer devant la porte d'entrée.

Il lui sourit.

— Je t'appelle.

— OK.

Lorsqu'il se pencha pour l'embrasser, Layla tourna la tête, l'air de rien, et son baiser atterrit sur sa joue.

— Il vaut mieux que j'y aille. Merci d'être venu avec moi au Cattleman's Club ce midi.

Elle voulait à tout prix éviter de croiser son regard. Ses rêves étaient anéantis. Comment pourrait-elle lui faire confiance à l'avenir ?

Josh fronça les sourcils, comprenant peut-être enfin que quelque chose n'allait pas.

— Je suis content que tu m'aies demandé de t'accompagner. Tu me tiendras au courant pour les frères Thurston ?

— OK.

Il l'embrassa de nouveau, pressant cette fois-ci sa bouche contre celle de Layla, dont les lèvres ne purent résister, traîtresses qu'elles étaient, à la tentation.

Josh s'écarta, les traits plus détendus. Il était visiblement soulagé.

— Au revoir, Layla, on se parle bientôt.

- 12 -

Au revoir, Layla, on se parle bientôt. Elle avait ruminé cette stupide réponse toute faite des heures durant, ne parvenant pas à trouver le sommeil.

Elle en avait assez de parler.

Il paraissait évident que Josh et elle n'avaient pas du tout les mêmes objectifs de vie.

L'un des avantages à partager un toit avec une grande famille était que l'on ne s'ennuyait jamais.

Chelsea lui avait demandé de rentrer afin qu'elle puisse s'occuper de sa grand-mère et veiller à ce qu'elle prenne ses médicaments avant de dormir, car elle-même devait préparer un rendez-vous pour le lendemain.

Layla se rendit au chevet de sa grand-mère, heureuse de constater que, même à son âge et malgré le chagrin qui l'accablait, elle respirait toujours une certaine joie de vivre.

Elle se rendit ensuite à la grange pour s'accorder une petite thérapie équine. Elle confia à ses chevaux quelques-uns de ses secrets, même si elle savait qu'ils ne pouvaient pas répondre.

Leurs doux hennissements et la façon dont ils venaient doucement coller leur tête contre la sienne soulagèrent quelque peu son mal-être.

Malheureusement, aucun repas en famille n'était prévu ce soir. Les autres avaient des engagements ailleurs ou prenaient leur dîner dans leurs appartements.

Layla n'avait pas faim. Elle se prépara un smoothie mélangé à de la protéine en poudre et se força à l'ingurgiter.

Vers 21 h 30, elle en eut assez de ne rien faire et de tourner en rond.

Elle ne pouvait pas affronter directement Josh, peut-être par lâcheté.

Elle allait devoir rompre par SMS.

Josh…

À peine avait-elle tapé son nom qu'elle s'arrêta, ne sachant pas comment formuler ce qu'elle avait à lui dire. Il n'avait pas besoin de savoir qu'elle était amoureuse de lui.

Ce serait le coup de grâce. Elle décida donc d'esquiver le problème.

Je sais que nous avons tous les deux apprécié de nous revoir après toutes ces années. Mais comme tu le sais déjà, j'ai de gros soucis familiaux en ce moment. Tu m'as toi-même avoué que tu ne savais pas non plus où tu en étais dans ta vie. Je pense donc que la meilleure chose à faire serait que l'on ne se revoie plus. Je te souhaite tout le bonheur du monde…
Layla

Voilà qui suffirait : court, clair et concis.

Elle avait la nausée. Saborder de sa propre initiative une relation qui lui avait fait tant de bien ne pouvait rien lui apporter de positif, mais elle n'avait pas d'autre choix.

Elle avait bien trop d'amour-propre pour accepter qu'un homme lui cache des choses.

Lorsqu'elle appuya sur le bouton Envoyer, les larmes lui montèrent aux yeux. Elle n'essaya même pas de les retenir ; après tout, c'était normal d'avoir du chagrin.

Joshua Banks était un homme merveilleux, mais il n'était pas fait pour elle. Tout ce qu'il avait voulu, c'était coucher avec elle.

Elle n'attendait aucun geste noble de sa part, mais un petit *quelque chose*, rien qu'un *je tiens à toi* lui aurait fait du bien.

À peine cinq minutes s'étaient-elles écoulées depuis qu'elle avait envoyé le message que son téléphone se mit à sonner.

L'appel provenait bien évidemment de Josh Banks. Une fois qu'elle aurait eu cette dernière conversation, tout serait derrière elle pour de bon.

Elle s'essuya les yeux du revers de la main, puis accepta l'appel.

— Allô ?

La voix de Josh était empreinte de colère, de confusion, et peut-être même d'un peu de désespoir.

— C'est quoi ce message, Layla ? Qu'est-ce qui se passe ?

Layla déglutit avec difficulté.

— Je pense que mon message était sans équivoque. C'est tout ce que j'avais à te dire. Au revoir, Josh.

— Attends ! Ne raccroche pas. Est-ce que j'ai fait quelque chose de mal ? Est-ce que ça a à voir avec ta grand-mère ou les frères Thurston ? Je peux t'aider, tu sais.

— Ça n'a rien à voir avec tout ça, Josh. Je t'ai déjà dit tout ce que j'avais à dire dans mon message. De plus, je pense que toi et moi n'avons pas beaucoup de choses en commun. Contente-toi d'accepter ma décision.

Un silence pesant suivit ses paroles, avant que Josh réplique sèchement :

— Ça n'avait pourtant pas l'air de te déranger les fois où je t'ai fait jouir ! S'il te plaît, Layla… parle-moi…

Ses suppliques lui déchiraient le cœur, et elle faillit céder.

Mais elle se rappela que la seule chose qui intéressait Josh Banks, c'était le sexe. C'était pour cette raison qu'il l'avait exclue de sa vie personnelle.

Il était grand temps qu'elle procède à une rupture dans les règles.

— Au revoir, Josh.

Les peines de cœur étaient toujours si étranges. Les journées de Layla se déroulaient sans aucun problème, mais ses nuits étaient longues et douloureuses.

Après toutes ces heures passées dans le lit de Josh, impossible d'apprécier la froideur et la solitude de sa chambre.

Elle savait qu'elle avait fait le bon choix, et n'en doutait pas une seule seconde.

Pourtant…

Son chagrin l'aidait maintenant à comprendre plus que jamais que, si Richard avait ruiné sa fierté et son amour-propre, il n'avait jamais possédé son cœur. Comment avait-elle pu se croire amoureuse de lui ?

Chelsea sentait probablement que quelque chose n'allait pas, mais elle laissa Layla tranquille. C'était certainement la meilleure attitude à avoir, car la seule chose à laquelle Layla se raccrochait pour ne pas sombrer, c'était sa volonté : tout élan de sympathie émanant de sa sœur l'aurait probablement fait craquer.

À sa peine venait s'ajouter le secret de sa grand-mère, qu'elle devait garder. Mais le fardeau était trop lourd pour elle, qui n'avait par ailleurs aucun rôle officiel dans le ranch familial.

Elle décida finalement de révéler le strict minimum à sa famille. Elle le devait.

Trois jours après sa séparation avec Josh, la famille se retrouva pour partager le déjeuner. Sa grand-mère était partie manger en ville avec une amie, dont la petite-fille était passée la chercher. Le médecin avait donné son accord.

Une fois que la gouvernante eut servi le plat principal, Layla posa sa fourchette sur la table et prit la parole d'une voix basse.

— J'ai quelque chose à vous dire. Grammy ne veut pas que vous soyez au courant, ce que je lui ai promis. Toutefois, je pense que vous devez au moins savoir certaines choses.

Son père se renfrogna.

— Ma propre mère me cache des choses ?

Chelsea frappa la table du poing.

— Bon sang, papa ! Arrête de faire ton cinéma et laisse Layla parler !

Cinq personnes fixaient Layla, l'air plus ou moins suspicieux. Seule Morgan souriait.

— Continue, Layla.

— Je ne peux pas vous donner tous les détails, car je l'ai promis à Grammy. Ce que je peux vous dire, c'est qu'elle est tombée sur de vieux carnets de Grandy. Je les ai vus de mes propres yeux. Il semblerait que Papy et Augustus Lattimore aient cédé les droits pétroliers à la mère de Heath et Nolan Thurston.

Un silence pesant envahit la pièce, avant d'être brisé par son père.

— Quoi ? Je crois que j'aurais préféré ne rien savoir.

Vic se leva et se mit à arpenter la pièce de long en large.

— Qu'est-ce qu'on doit faire ?

Layla soupira.

— J'étais d'avis de respecter l'engagement des deux hommes, nous en avons selon moi l'obligation morale, mais elle pense le contraire. Ce document n'a aucune valeur légale, il ne mentionne que des noms. C'est aux frères Thurston de prouver qu'il s'agit de la vérité.

Chelsea se leva à son tour, se passant nerveusement les mains dans les cheveux.

— Doux Jésus… allons-nous vraiment les laisser détruire ce ranch pour creuser des puits de pétrole ?

— Il se pourrait que nous n'ayons pas le choix. Mais avant toute chose, il leur faudra apporter d'autres éléments de preuve.

La gouvernante revint, et la discussion s'arrêta un instant. Layla pouvait lire l'inquiétude sur le visage de chaque personne présente dans la pièce.

Elle partageait le même sentiment. Comment aurait-il pu en être autrement ?

Elle était toutefois encore trop affectée par sa rupture avec Josh pour s'en soucier réellement. À la tension ambiante vint s'ajouter le sentiment déplaisant d'être une fille indigne.

Elle n'avait évidemment aucune envie de voir le ranch familial rasé, mais pour l'heure, les frères Thurston et le litige autour des droits pétroliers étaient les derniers de ses soucis.

Après le déjeuner, elle craqua. Personne n'avait besoin d'elle au ranch.

Une fois dans sa voiture, elle eut l'envie irrésistible d'aller jusqu'à un endroit en particulier. Elle essaya de résister ; il était inutile de se rendre encore plus malheureuse qu'elle ne l'était déjà.

Cependant, après avoir parcouru toutes les routes de campagne du comté de Maverick, elle comprit qu'elle ne pouvait pas rentrer au ranch avant d'avoir terminé une dernière tâche.

Shana n'avait pas encore rappelé. Elle était peut-être trop occupée à vendre des maisons et des ranchs dignes de ce nom, au lieu de perdre son temps avec une parcelle perdue au milieu de nulle part.

Layla se rendit en haut de la colline où Josh et elle avaient fait l'amour pour la première fois. Était-ce la raison pour laquelle elle souhaitait acheter ce terrain ? Voulait-elle garder pour toujours un souvenir de cette journée avec Josh ?

Elle descendit de voiture et alla s'appuyer contre un arbre. Une légère brise aidait à mieux supporter la chaleur de l'après-midi.

Un vautour volait en cercles concentriques au-dessus de sa tête ; peut-être avait-il senti la vie amoureuse de Layla dépérir, attendant de pouvoir se repaître de ce qu'il en restait ?

Malgré la douleur, elle rit à cette pensée absurde.

Elle n'était pas la première femme à désirer un homme inaccessible, et ne serait sûrement pas la dernière.

Toutefois, ces moments qu'elle avait passés avec Josh lui avaient paru si… *authentiques*, si naturels, d'une intimité si parfaite !

En vérité, lorsqu'il s'agissait d'amour, elle était incapable de raisonner convenablement. Elle sentait l'écorce de l'arbre frotter contre son dos, tandis que quelques rayons de soleil parvenaient à transpercer sa frondaison.

Le temps passait, et Layla s'en fichait éperdument. Il lui semblait organiser une veillée funèbre pour faire le deuil de ses rêves.

Après tout, il n'était jamais facile de perdre quelque chose, ou quelqu'un… De gros nuages commencèrent à s'amonceler, tandis que l'humidité saturait l'air.

La météo texane était des plus imprévisible, et une tempête était sur le point d'éclater.

Layla n'avait absolument aucune idée du temps qu'elle était restée sur la colline.

À ce moment, elle entendit un bruit derrière elle.

Ce n'était ni un oiseau, ni le vent, ni même un animal.

Alors que le son se rapprochait, elle réalisa qu'elle avait de la visite. Se retournant pour regarder la route en contrebas, elle serra subitement les poings.

Comment avait-il deviné qu'elle était ici ?

Lorsque Joshua se gara à côté d'elle et descendit de sa voiture, elle s'efforça de rester impassible, bien que son cœur tambourinât dans sa poitrine.

— Tu as des dons de voyance ?

— Pas du tout. Je suis allé au ranch, mais ta sœur m'a dit que tu étais partie avec la voiture. J'ai donc tenté ma chance ici.

Le ton de sa voix était inexpressif.

Layla ne bougea pas, mais réussit à le regarder sans sourciller. Il n'avait vraiment pas bonne mine : ses beaux cheveux n'étaient pas coiffés, et son visage arborait une expression fermée.

Elle préféra passer à l'offensive, espérant qu'il partirait ensuite.

— Qu'est-ce que tu veux, Josh ?

Il s'appuya contre sa voiture, les bras croisés sur la poitrine.

— J'estime avoir droit à une réponse digne de ce nom, plus élaborée que les inepties que tu m'as racontées dans ton message et au téléphone. J'aimerais simplement comprendre pourquoi la femme magnifique qui partageait mon lit est devenue froide comme un glaçon du jour au lendemain.

— Quelle classe ! C'est comme ça qu'on parle aux femmes à Dallas ?

— Ne dis pas de bêtises, Layla ! Pourquoi as-tu voulu qu'on arrête, toi et moi ?

À cet instant, Layla estima qu'il valait mieux pour elle qu'elle garde son sang-froid plutôt que de céder au désespoir.

Elle sentit une vague de colère et d'indignation l'envahir.

— *Toi et moi ?* Il n'y a jamais rien eu de tel. Pour cela, il aurait d'abord fallu que nous ayons une relation, et à tes yeux, je n'étais rien d'autre qu'un plan cul.

— Ne sois pas grossière, ça ne te va pas du tout.

Layla adopta un ton glacial.

— Je me fiche complètement de ce que tu penses.

Tout à coup, Josh abandonna sa posture agressive. Pendant un instant, elle vit de l'incertitude dans ses yeux… et de la souffrance, peut-être ?

Non, sûrement pas.

Il fixa le sol, puis releva les yeux vers elle.

— Je croyais qu'il y avait quelque chose de spécial entre nous, Layla. J'étais persuadé que tu pensais la même chose… Que s'est-il passé ?

Elle en avait assez : à peine essayait-elle de recoller les morceaux en elle qu'il s'employait à nouveau à la détruire émotionnellement.

— Je vais te dire ce qui s'est passé, Joshua Banks. Tu m'as menti, tout comme mon ex-fiancé. Toi et Richard, vous ne valez pas mieux l'un que l'autre !

Elle vit des étincelles de fureur apparaître dans ses yeux.

— Je ne t'ai jamais menti ! Jamais !

Elle envisagea de sauter dans sa voiture et de prendre la fuite. Allait-il l'arrêter ? Elle n'en avait absolument aucune idée, et s'il la touchait de quelque manière que ce soit, elle craignait de céder de nouveau à ses mensonges.

Elle inspira profondément, prête à laisser exploser

toute sa déception pour le détruire. Mais la raison finit par prendre le dessus et l'empêcha de s'emporter.

— Même si tu as menti par omission, cela ne te dédouane en rien. J'ai bien compris que tu ne couchais pas avec d'autres femmes pendant que nous nous voyions. Mais au bout du compte, le résultat reste le même. Je t'ai parlé de mes difficultés avec les hommes, de mes faiblesses, et tu les as exploitées à ton avantage.

Le désarroi sembla l'envahir.

— Je n'ai absolument aucune idée de quoi tu parles. Ce que je croyais, c'était que nous devenions chaque jour un peu plus proches…

Josh était soit un très bon acteur, soit persuadé de ne pas avoir mal agi.

Elle s'en voulait d'avoir dû se justifier, car maintenant, elle se sentait vraiment humiliée.

— Très bien, Josh. Je vais t'expliquer. Tu as demandé à ton père et à ton frère de racheter tes parts du ranch, mais tu n'as jamais cru bon de m'en informer. Tu t'es ensuite envolé pour Dallas pour je ne sais quelle raison, et une fois encore, je n'ai pas eu le droit à la moindre explication.

Elle déglutit, le cœur battant la chamade.

— Un homme investi dans une relation ne se comporte pas de la sorte. Soit tu es un solitaire, soit tu ne me considères pas comme quelqu'un d'important dans ta vie. Dans tous les cas, ce n'est pas quelque chose que je veux ou dont j'ai besoin. Je n'ai pas besoin de *toi*.

Sa dernière phrase n'était rien d'autre qu'un énorme mensonge. Les nuages continuant à s'accumuler au-dessus de leurs têtes, il n'était plus vraiment impossible que la foudre s'abatte sur elle pour la punir.

Josh avait blêmi tout le long de sa tirade. Sa pâleur avait atteint une intensité dérangeante, et le choc et le chagrin avaient assombri son regard.

— Layla, je…

Au moment précis où il commença à parler, un éclair traversa le ciel et s'abattit sur un arbre à moins de trois cents mètres, le fendant en deux, tandis que le tonnerre éclatait au même moment.

Le visage de Josh changea brusquement d'expression.

— Il faut qu'on s'en aille d'ici !

D'énormes gouttes de pluie commencèrent à tomber autour d'eux, tandis que les yeux de Layla se remplissaient de larmes.

— Au revoir, Josh.

Il la prit par les épaules, plongeant dans ses yeux un regard aussi agité que le ciel.

— Vingt minutes. Promets-moi de m'écouter rien que vingt minutes.

Un deuxième éclair, aussi dangereux et beau que le premier, fendit l'air un peu plus loin.

— Pour quoi faire ? Cela n'aurait aucun intérêt.

Il dut crier pour se faire entendre par-dessus le mugissement du vent.

— Allons dans ma chambre à l'hôtel. Nous y serons plus tranquilles pour parler.

— Hors de question !

Cette simple idée terrorisait Layla.

— S'il te plaît, Layla. Tu pourras rester à côté de la

porte, si ça peut te mettre plus à l'aise. Vingt minutes, c'est tout ce que je te demande.

La pluie tombait de plus en plus fort, et à ce rythme, ils seraient bientôt trempés jusqu'aux os. Layla prit sa décision, ravalant la souffrance que sa présence allait lui causer.

— Très bien.

Elle était capable de le supporter vingt minutes de plus. Une fois ce mauvais moment passé, tout serait terminé

— Prenons ma voiture. J'enverrai quelqu'un chercher la tienne plus tard.

— C'est hors de question. Je te suis.

Ils se faisaient face, Layla ne lâchant pas un pouce de terrain, Josh ruminant sa frustration. Un troisième éclair mit rapidement fin au problème.

Layla se rua vers sa voiture et s'enferma à l'intérieur. Josh la fixa avec tristesse, puis monta dans son véhicule avant de faire prudemment demi-tour.

Elle le suivit alors qu'il commençait à descendre la colline. Ils avaient pris leur décision au bon moment : les nuages crevèrent, et des trombes d'eau s'abattirent du ciel. À l'intérieur de la voiture, le bruit était assourdissant.

Même avec les essuie-glaces réglés à la vitesse maximale, Layla arrivait à peine à voir à travers le pare-brise.

Pour ne rien arranger, le chemin par lequel ils étaient arrivés, creusé d'ornières, était en train de se transformer en torrent de boue, comme tout le reste de la colline.

Lorsqu'ils parvinrent à la route goudronnée, elle poussa un soupir de soulagement. Pendant un instant, elle envisagea d'éviter Josh et de rentrer au ranch.

Malheureusement, elle ne le connaissait que trop bien, et elle savait qu'il la suivrait.

Il était hors de question qu'elle règle cette situation explosive sous les yeux de sa famille. Ses proches risquaient de ne rien comprendre et de prendre le parti de Josh.

Le trajet vers l'hôtel n'aurait pas dû prendre plus de vingt-cinq minutes ; cette fois-ci, il dura presque le double.

À certains endroits, des crues brutales rendaient la route particulièrement dangereuse. Les mains de Josh étaient serrées si fort sur le volant que sa nuque commençait à lui faire mal.

Le trajet dura une éternité.

Ils finirent enfin par arriver devant l'hôtel, se garèrent et sortirent de leurs véhicules. Même si Layla n'était pas complètement trempée, elle était suffisamment mouillée pour inspirer chez lui une envie redoublée de la protéger.

Elle attrapa son sac à main et le rejoignit.

Une fois dans l'ascenseur, aucun des deux ne prononça un mot.

Layla fixait le sol. Quoi qu'il dise, elle ne se laisserait pas manipuler. C'était évident : son seul objectif était de l'amener dans son lit.

Une fois arrivé devant la chambre, Josh déverrouilla la porte et se mit sur le côté pour la laisser passer.

Layla attrapa immédiatement une chaise et la plaça juste à côté de la sortie. Josh pinça les lèvres, mais ne fit aucun commentaire quant à sa provocation.

Au lieu de ça, il alla dans la salle de bains, attrapa deux serviettes et revint vers Layla pour lui en tendre une.

Elle sortit un petit miroir de sa poche pour y voir son reflet. Elle avait l'air d'être tombée dans un puits. Elle s'essuya la tête à l'aide de la serviette, puis se démêla les cheveux.

Une fois qu'elle eut fini de se sécher, Josh alla s'asseoir de l'autre côté du lit. Il avait l'air si misérable et malheureux qu'elle faillit se radoucir.

Elle jeta un regard appuyé à sa montre.

— L'heure tourne.

Il se raidit, puis pointa sur elle un regard intense, qui semblait vouloir scruter le tréfonds de son âme.

— Je t'aime, Layla.

Ces mots résonnèrent dans tout son corps, avant d'être remplacés par une vague de joie et de stupéfaction. Il lui fallut toute son énergie pour y parvenir, mais elle réussit à garder un visage impassible.

Quel genre de stratagème était-ce donc là ?

— Encore une chose dont tu as oublié de me faire part, je suppose ?

Il ne put s'empêcher de tressaillir. Le sarcasme de Layla était peut-être exagéré, mais il l'avait atteint.

Elle aurait tellement voulu le croire, mais elle en était incapable.

— Je suis *tellement* désolé…

Elle haussa les épaules.

— Pourquoi donc ? Ce qui est fait est fait.

Il posa les coudes sur les genoux, la fixant du regard, l'exhortant à le regarder en retour par la seule force de son charme.

— Je ne plaisante pas. Je t'aime. Dès la première fois où nous avons fait l'amour, je m'en suis douté. Et dès la nuit que nous avons passée dans cette pièce, j'en ai été certain.

Elle se retint de trembler.

— Non.

Il plongea son regard dans le sien.

— Si. J'ai longtemps vécu sans connaître le véritable amour… Quand il m'a envahi pour de bon, j'ai tout de suite compris de quoi il s'agissait.

— Tu ne devrais pas dire ça, Josh.

À force de retenir ses larmes, Layla avait la gorge nouée. Chacun des mots de Josh la rendait folle de joie. Mais était-il vraiment sincère ?

Sur son visage à lui, la colère commença à se dessiner.

— Layla, je sais que j'ai mal agi, mais ce n'est pas du tout ce que tu crois.

— Qu'est-ce que tu veux dire ?

Josh haussa les épaules. À la grande stupéfaction de Layla, il rougit. De gêne ou de honte ? Elle n'en savait rien. Que lui arrivait-il donc ?

Il se frotta la mâchoire.

— Je voulais sortir le grand jeu. Toutes les pièces de mon plan commençaient à s'emboîter ; j'étais presque prêt.

— Prêt à quoi ?

— Prêt à franchir le pas. À te demander en mariage.

Une nouvelle fois, Layla faillit se laisser envahir

par le bonheur, mais elle parvint à se retenir. Elle secoua lentement la tête, se demandant si tout ceci n'était qu'un drôle de rêve.

— Tu ne m'avais même pas encore dit *je t'aime* que tu étais prêt à me demander en mariage ?

Il dit alors quelque chose qu'il ne lui avait encore jamais dit avant.

— J'ai déconné, d'accord ? J'étais tellement occupé à te préparer une surprise que je t'ai délaissée. Je n'ai jamais voulu que tu croies n'avoir aucune importance à mes yeux.

Il semblait réellement dans l'embarras. Layla ne savait pas quoi répondre. Devait-elle le croire ? Le pouvait-elle seulement ? Devant son absence de réponse, Josh en conclut qu'il valait mieux continuer à s'expliquer.

— Si ton agence immobilière n'a pas réussi à trouver d'informations sur la parcelle que tu voulais acheter, c'est parce que j'avais déjà commencé les démarches pour en faire l'acquisition. J'espérais que nous ayons notre propre ranch, toi et moi. En tant que partenaires, et en tant que couple.

Layla était abasourdie.

— Tu as acheté un ranch ? Pour nous deux ? Et pourtant, tu n'as même pas songé à me parler de ton projet !

Il se leva et commença à arpenter la pièce.

— Je tenais vraiment à te faire une surprise.

— Je *déteste* les surprises.

— Au moins, je suis au courant, maintenant.

Il se dirigea vers le minibar, en sortit deux bouteilles d'eau, puis lui en lança une.

— Bois un peu. Tu es toute blanche.

Layla attrapa la bouteille au vol En enlevant le bouchon, elle réalisa à quel point elle avait soif. Toute cette discussion l'avait perturbée et lui avait donné le vertige ; ce n'était pas ainsi que se déroulaient les histoires d'amour dans les comédies romantiques !

Elle était si déboussolée qu'elle ne savait même plus *quoi* ressentir.

Elle but d'une traite les deux tiers de la bouteille d'eau, puis soupira.

— Continue. Termine ton histoire, et parle-moi de ta mystérieuse escapade.

Il n'apprécia visiblement pas l'adjectif, mais n'argumenta pas.

— En vérité, je suis allé à Dallas… pour deux raisons. J'ai rencontré mon ancien patron et j'ai tenté de le convaincre de me donner un poste en télétravail, ce qui n'était pas trop difficile. J'étais certain qu'ils avaient besoin de moi.

— Ah tiens.

— Oui. Mon patron m'a repris à mon ancien poste et m'a même accordé une augmentation. Je pensais que si je devais commencer un nouveau projet et une nouvelle vie avec mon épouse j'allais avoir besoin d'une source de revenus jusqu'à ce que le ranch soit viable et fonctionnel.

— *Ton épouse ?*

Son cœur se mit à battre la chamade. Les rêves semblaient soudain pouvoir devenir réalité.

— Ma femme, en effet.

Layla était ivre de bonheur, mais elle voulut connaître le reste de l'histoire.

— Tu as évoqué *deux* raisons. Quelle était l'autre ?

Il se leva, s'arrêta à côté d'elle et caressa sa joue du dos de la main. Il plissa ses beaux yeux bleus vibrant d'intensité.

— Est-ce que tu m'aimes, Layla ?

Elle hésita. Elle ne pouvait pas s'en empêcher : accorder sa confiance à quelqu'un était difficile.

Elle remarqua que sa réaction le blessait.

Devant son silence, il s'accroupit à côté d'elle.

— N'aie pas peur de moi, Layla. Je n'arriverais pas à le supporter. N'aie pas peur de *nous*.

Il était près, si près d'elle… La seule chose qu'elle désirait était de se jeter dans ses bras ; une idée folle, sans aucun doute. Ou peut-être pas tant que ça…

— Nous nous connaissons à peine…

Elle repoussa sa main.

— Recule un peu, veux-tu ?

Au fond d'elle, elle espérait qu'il ignore sa requête, mais ce ne serait alors plus l'homme respectable qu'elle aimait.

Il fronça les sourcils, mais retourna quand même vers le lit avant de s'y asseoir et de poursuivre.

— Nous nous connaissons depuis des années. De nombreuses personnes continuent de rester proches de celles et ceux avec qui elles étaient au lycée. Nous nous sommes peut-être perdus de vue avec le temps et la distance, mais dès le moment où nous avons été réunis, je me suis souvenu de toi. Nous nous connaissons depuis si longtemps.

— Et l'amour, dans tout ça ?

Il serra les dents.

— Les hommes viennent de Mars et les femmes de Vénus, non ? Nous avons différentes façons de voir le monde.

— Où veux-tu en venir ?

— Lorsque nous nous sommes abandonnés l'un à l'autre, nos corps se sont entremêlés bien au-delà de la simple attirance physique. Nous avons chacun découvert les faiblesses de l'autre. Ses échecs, ses espoirs pour le futur. Il est rare d'avoir des rapports d'une telle intensité, Layla. T'en rends-tu seulement compte ?

— Je n'ai pas eu beaucoup de rapports sexuels… sauf avec Richard le rat.

— Et comment c'était avec lui, au lit ? C'était bon ?

- 13 -

La pièce était plongée dans le silence, on aurait pu entendre une mouche voler, pensa Layla.

Elle réfléchit un moment.

— Ce n'était pas si bien que ça. D'ailleurs, ma mère nous a toujours averties, Chelsea, Morgan et moi, de ne jamais confondre le désir et le sexe avec l'amour. Elle nous disait que c'était une erreur fréquente chez les femmes.

— C'est ce qui est arrivé avec Richard ?

Cette question la prit de court.

— Pas exactement. Il représentait sans doute ce que j'étais *supposée* vouloir, amour, mariage, et enfants.

— Et qu'as-tu ressenti la première fois que toi et moi avons…

Elle se remémora cette journée. La couverture. Le soleil. Le fait singulier qu'elle se sente totalement à l'aise avec Josh et en même temps enveloppée dans une intense excitation charnelle.

Elle avoua :

— J'avais l'impression de voler.

Un léger sourire de soulagement releva les coins de sa bouche, cette bouche qu'elle voulait juste dévorer.

Il l'observa de près, de très près. Elle ne savait pas si elle devait se sentir flattée ou inquiète.

Il avait l'air d'attendre quelque chose de plus. Alors elle continua à parler.

— Je ne pense pas que tu me connaisses aussi bien que tu le crois. Je suis plutôt ennuyeuse – introvertie surtout. Et je n'ai pas vraiment le goût de l'aventure. J'aime m'occuper des animaux au ranch. C'est ce qui m'équilibre, et qui me donne un sentiment de sécurité.

Il se remit debout. Cette fois, il lui prit les mains et la fit se relever.

— Et moi, ma douce Layla, est-ce que je t'apporte ce sentiment de sécurité ?

Elle fit un pas et posa la joue sur le cœur de Josh.

— C'est le cas.

Et c'était vrai. Peu importait son comportement déconcertant, maintenant qu'il lui avait donné des explications, tous ses sentiments pour lui revenaient l'envahir.

Elle n'était ni folle, ni en colère, ni en pleine confusion. Ce qu'elle ressentait à ce moment précis était un profond sentiment de sécurité. Et un immense soulagement.

Et, si elle s'autorisait à se détendre, un bonheur indicible.

Une dernière question vint toutefois troubler sa plénitude naissante.

Elle eut peur de la poser.

Le corps puissant et tiède de Josh serré contre le sien, tout ce qu'elle voulait était s'abandonner à l'amour de cet homme.

Mais subsistait en elle un dernier doute concernant les problèmes non résolus avec son ex-épouse.

Elle ravala la boule dans sa gorge.

— Je n'ai pas tout à fait saisi la deuxième raison de ton voyage à Dallas.

Il émit un gémissement, venu du fond de sa poitrine. Il se recula, la regarda en face et pencha la tête pour l'embrasser.

Tendrement d'abord, puis avec cette passion sauvage qui les emportait toujours et les entraînait dans la folie.

— Ne bouge pas.

Il fouilla dans son bagage à main et en sortit une boîte turquoise.

Quand il se retourna, elle vit que son visage exprimait un mélange de défi et d'incertitude.

— Un de mes amis tient la boutique Tiffany près du parc de l'Université, à Dallas. J'y ai choisi une bague et lui ai fait jurer que je pouvais la rendre si tu souhaitais autre chose.

Avant qu'elle puisse réagir, il s'agenouilla devant elle, retira le papier d'emballage et le ruban, et ouvrit la boîte.

— Épouse-moi, Layla. Je t'adore, je t'aime, et je veux passer les cinquante prochaines années à te rendre heureuse.

Il sortit la bague de son écrin et la glissa à l'annulaire gauche de Layla.

Pendant tout ce temps, Layla avait comme oublié de respirer. Ce qui semblait lui arriver souvent quand Josh était près d'elle.

La bague était éblouissante. Un diamant unique, rond, parfait. Au moins deux carats, peut-être plus. Sur la monture en platine, deux petites baguettes bleues entouraient le solitaire.

Josh caressa du pouce le doigt de Layla.

— Deux saphirs. Un pour tes yeux et un pour l'immense ciel du Texas, où j'ai trouvé mon âme sœur.

Elle leva les yeux et scruta son visage.

— En es-tu sûr ?

Son regard était clair et passionné.

— Absolument, mais tu n'as pas répondu à ma question. Est-ce que tu m'aimes, Layla Grandin ?

Elle soupira de bonheur, tenant sa main en l'air pour faire briller la bague.

— Oh oui, je t'aime.

Sa sincérité fut récompensée par un inoubliable baiser. Il la serra fort contre lui. Suffisamment fort pour qu'elle comprenne à quel point il avait désiré sentir son corps contre le sien.

Elle entendit sa voix murmurer à son oreille :

— Veux-tu m'épouser, Layla ? Veux-tu être ma femme, mon amante, et ma meilleure amie ? Veux-tu construire un ranch, un foyer et une famille avec moi ?

Pour la première fois de sa vie d'adulte, elle avait l'absolue certitude qu'elle avait la bonne réponse à une vraie question.

Elle s'écarta un peu et lui sourit, les yeux remplis de larmes de bonheur.

— Oui, Josh, je le veux.

Épilogue

Cinq jours plus tard, à Las Vegas, au Nevada

Josh tenait la main de Layla devant la chapelle.

Même avec ses lunettes de soleil, il était obligé de plisser les yeux face au soleil aveuglant.

Il pencha la tête sur le côté pour voir le visage de Layla.

— Il est encore temps de changer d'avis, ma chérie. Tu es une Grandin, la première de ta fratrie à te marier. Tu devrais porter une robe hors de prix et avoir toute la population du comté de Maverick en tenue de gala pour admirer la jeune mariée de la haute société prendre époux dans ses plus beaux atours.

Il avait peur qu'elle regrette ce qu'ils s'apprêtaient à faire.

Layla retira ses lunettes de soleil et lui adressa un sourire aussi doux que coquin. Elle portait une robe blanche, sexy, qui dévoilait sa peau et mettait son corps en valeur.

— Ce n'est pas mon souhait, même si j'en suis la première surprise. Nous pourrons toujours donner une fête plus tard. D'ailleurs, avec cette bagarre qui n'en finit pas autour des droits pétroliers, je ne pense pas que ce soit le bon timing pour un mariage tape-à-l'œil.

C'était aussi la raison pour laquelle ils ne partaient pas en lune de miel dans la foulée, hormis leurs deux nuits à Las Vegas.

Josh lui embrassa le front, pour ne pas abîmer son maquillage avant de lui passer la bague au doigt.

— Si tu en es sûre. Je ne veux pas froisser ta famille.

Layla éclata de rire.

— J'imagine que c'est l'un des avantages d'être l'enfant oubliée. Personne ne se soucie de ce que je fais.

Il eut le sentiment qu'elle se trompait complètement à ce sujet, mais l'heure n'était pas aux détours psychologiques.

— Alors… Allons-y !

Quelques heures plus tard, Layla ne se rappelait aucun des vœux qu'elle avait exprimés. Pas plus que le visage du prêtre, ou les fleurs qu'elle avait tenues entre les mains.

Elle n'avait retenu que le regard déterminé de Josh et l'amour manifeste dans ses yeux.

Quand il la regardait ainsi, elle se sentait la femme la plus heureuse au monde.

Il lui réservait encore une surprise de taille. Quand il le lui avait dit, quelques minutes plus tôt, elle l'avait regardé sans comprendre et avait levé les yeux au ciel.

Josh lui avait juré qu'il s'agissait d'une surprise qu'elle serait heureuse de recevoir.

Quand on frappa à la porte, elle vérifia par le judas et ouvrit.

— Tu as été rapide !

Josh sourit.

— Tout ce que j'ai eu à faire, c'est me présenter à l'accueil.

Il lui tendit une grande enveloppe blanche.

— Tous mes vœux de bonheur, madame Banks !

Layla, perplexe, la prit et l'ouvrit. Elle s'était plus ou moins attendue à un autre écrin avec un bijou.

Elle sortit une feuille de papier de l'enveloppe. Il lui fallut quelques secondes pour comprendre ce qu'elle avait sous les yeux. Lorsqu'elle le réalisa, son cœur s'emballa.

— Je pensais que nous ne pouvions pas conclure avant la semaine prochaine.

Ils avaient ajouté son nom quelques jours plus tôt sur les documents de la vente en cours. Josh lui embrassa le front avant de se diriger vers la table basse pour ouvrir la bouteille de champagne mise au frais dans un seau.

— Les vendeurs étaient pressés d'en finir. Ce sont les documents définitifs. Toi et moi allons signer après-demain à notre retour à Royal, mais l'affaire est conclue.

Il lui tendit une flûte et leva la sienne.

— Nous sommes propriétaires d'un ranch, Layla. Juste toi et moi.

Son cœur fit un bond dans sa poitrine.

— Tu penses vraiment qu'on va y arriver ?

— Bien sûr. Nous allons bâtir le meilleur ranch de tout le Texas !

Elle avala son champagne et enroula les bras autour

du cou de Josh, se serrant contre lui, à l'écoute de son souffle.

— Je t'adore, Joshua Banks.

Il frotta son nez contre le sien.

— Sentiment partagé.

Ses larges mains chaudes se posèrent sur ses fesses.

— J'aime beaucoup cette robe de mariée. Beaucoup. Mais je pense que tu serais bien plus à l'aise si tu l'enlevais.

— Josh…

Elle lui caressa les lèvres du bout des doigts.

— C'est vraiment très attentionné de ta part de penser ainsi à mon confort.

Il haussa les épaules, feignant la modestie.

— Je ferais n'importe quoi pour mon épouse. Et tu es si sexy.

— N'importe quoi ?

Elle déboutonna la chemise de Josh.

Il rougit. Elle eut la certitude que sa réaction n'était pas due à l'alcool.

Il se pencha pour murmurer à son oreille :

— N'importe quoi…

Il la souleva et la porta jusqu'au lit. Ils avaient ri tous les deux de ce dessus-de-lit rouge pomme d'amour avec ses chérubins brodés.

Josh le repoussa et déshabilla Layla en un temps record. Il prit une grande inspiration, expira lentement.

— Je regrette que nous ayons perdu tant d'années.

Layla secoua lentement la tête.

— On n'a rien perdu, Josh. Rien du tout. Nous avons mûri. C'est ce que les souffrances et les peines de cœur apportent à une personne. Mais maintenant, je sais ce que je veux. Ce que je veux, c'est toi. Pour le pire et le meilleur. Je t'aime.

Elle l'embrassa pour lui redire en silence la joie qu'il avait apportée dans sa vie. Josh frémit en la serrant fort contre lui. Layla frémit elle aussi.

Ils avaient tellement de chance de s'être trouvés.

Il appuya le front contre le sien.

— Ici, à Las Vegas, tout tourne autour du pari, mais ce que nous avons fait aujourd'hui n'est pas une prise de risque. Pas pour moi. Je n'ai jamais été aussi sûr de quoi que ce soit de toute ma vie. Tu es ma seule et unique, Layla. Je t'aime.

Elle sentit les cicatrices de son cœur guérir grâce à ses mots.

Ils se jetèrent sur le lit.

Layla l'aida à se débarrasser de ses derniers vêtements. Quand ils furent tous les deux nus, Josh s'appuya sur un coude et lui caressa les cheveux.

— Que dirais-tu d'avoir des jumeaux ?

Layla le regarda, bouche bée. Son cœur se mit à battre autant de peur que d'une joie intense.

— Oh ! mon Dieu, je n'ai jamais pensé à ça.

Josh roula sur le dos et rit tellement qu'il en eut les larmes aux yeux.

— Si tu voyais ta tête ! Tu es à croquer, ma chérie.

Leur bonheur remplissait la chambre, comme un tourbillon dans l'air. Pétillant comme le champagne.

Layla caressa le torse de Josh, savourant le pic d'anticipation sexuelle.

Elle n'avait plus de doute. Plus l'ombre d'un doute. Cet homme serait à ses côtés jusqu'à leurs vieux jours.

— Tout cela nous est arrivé si vite que je n'ai même pas eu l'occasion de t'offrir un cadeau de mariage.

Elle se sentait un peu coupable.

Josh l'attira à lui. L'embrassa avec fougue. Se plaça entre ses jambes. Son regard brûlant la cloua sur place.

— J'ai devant moi tout ce que je peux désirer, mon amour. Maintenant, ferme les yeux, et voyons si nous savons toujours comment nous envoler…

STACY CONNELLY

L'amour d'un été

Traduction française de
MICHÈLE DE COINTET

PASSIONS

HARLEQUIN

Titre original :
THE MAVERICK'S SUMMER SWEETHEART

- 1 -

— Dis, papa, tu ne trouves pas ça super ?

Hank Harlow tendit avec réticence les clés de son pick-up Ford au voiturier, un garçon qui devait avoir à peine quinze ans ! Pas vraiment rassuré, il le regarda s'éloigner puis contempla l'entrée majestueuse de Maverick Manor. Oui, c'était impressionnant, pas de doute !

Il était déjà descendu dans un hôtel luxueux mais ce n'était pas un souvenir qu'il aimait raviver. C'était pendant sa lune de miel. Et c'était désormais de l'histoire ancienne. Tout comme son mariage.

— Papa, enfin ! Je te parle !

Sa fille, Janie, se tourna vers lui d'un air exaspéré en ouvrant grand les bras.

— Eh, papa ! Tu m'écoutes ? C'est super, non ?

Papa… C'était ça qui était super, pour lui. Que son exubérante fille de douze ans continue à l'appeler ainsi, alors qu'elle connaissait la vérité.

— Oui, tu as raison, ma chérie. Cet endroit est vraiment *super* ! répondit-il en prenant Janie par les épaules pour entrer dans le hall.

Il connaissait bien Maverick Manor et son histoire. Le grand manoir à colombages avait été autrefois une demeure particulière que l'on appelait dans la région

« Bledsoe's Folly ». Puis, abandonnée par ses propriétaires, elle était devenue une grande carcasse délabrée jusqu'au moment où Nate Crawford l'avait rachetée et transformée en un somptueux hôtel. Accroché au flanc de la montagne, le palace bénéficiait d'une vue spectaculaire sur la vallée et était devenu un lieu de choix où organiser soirées et fêtes.

Mais c'était la première fois que Hank y descendait comme client. Et pas seulement pour une nuit ! Quand il avait demandé à sa fille où elle voulait passer sa première semaine de vacances d'été, cette dernière avait répondu : « À Maverick Manor ! »

Pourquoi ? s'était-il demandé. Séjourner à l'hôtel dans leur propre ville ? Dormir dans un autre lit ? Faire ses valises ? Pour aller juste à trente kilomètres du Bar H, son ranch, où Janie vivait quand elle n'était pas avec Anne, sa mère, et le mari de celle-ci, Daniel Stockton. Ça n'avait aucun sens !

« Janie grandit, elle est avide de nouvelles expériences », lui avait expliqué Anne.

Depuis quelques années, il avait été confronté à de « nouvelles expériences » dont il se serait bien passé ! Son divorce, le retour de l'amour de jeunesse d'Anne avec qui elle s'était mariée. Et maintenant, Janie appelant « papa » un autre homme…

À vrai dire, il y avait eu assez de nouveautés dans sa vie et il n'aspirait qu'à une chose : que plus rien ne change !

« Son amie Abby lui manque beaucoup, avait ajouté Anne. Abby voyage et raconte ses aventures à Janie, qui se sent un peu décalée. Elle voudrait tellement avoir l'air aussi sophistiquée que son amie. »

Il avait préféré ne pas discuter. Cependant, il imaginait mal Janie, véritable garçon manqué, revendiquer le statut de jeune fille « sophistiquée » ! Pourtant, Anne avait sans doute raison. Marissa, la mère d'Abby, s'était mariée avec Autry Jones, et ils vivaient à Paris où Autry dirigeait une filiale de l'entreprise familiale. Évidemment, Paris était autrement plus excitant que la petite ville de Rust Creek Falls perdue au fin fond du Montana !

Et si Janie avait envie de passer une semaine à Maverick Manor, il ferait tout son possible pour que son séjour soit réussi.

— Que veux-tu faire, Janie ? s'enquit-il.

— D'abord, je veux voir ma chambre et admirer la vue ! répondit Janie avec autorité. Ensuite, je veux commander le déjeuner et voir la liste des films qu'on propose.

Ils auraient pu faire tout ça bien tranquillement dans son ranch, mais…

« Janie sera une adolescente dans quelques mois, avait dit Anne. Il faut t'habituer à l'idée qu'elle grandit ! »

Or il avait du mal à s'habituer à cette idée, précisément. Les choses allaient bien trop vite à son goût. Et il appréhendait le moment où il serait assis dans son canapé à regarder des films et manger du popcorn tout seul.

Gemma Chapman contempla son reflet dans le grand miroir en pied. Le bikini de satin noir acheté dans une boutique de la Cinquième Avenue correspondait tout à fait à ce qu'elle recherchait trois semaines auparavant. Subtilement sexy sans être provocant, il était parfait pour sa lune de miel.

Seulement aujourd'hui, il n'y avait plus de lune de miel, et elle ne savait plus où elle en était.

Après avoir découvert, quelques jours avant son mariage, que son fiancé était l'amant de sa meilleure amie, elle remettait tout en question.

Y compris le choix de ses maillots de bain !

Pourtant, Chad Matthews et elle formaient un couple parfait.

Tous deux appartenaient à des familles aisées et avaient fréquenté les meilleures écoles avant d'intégrer la prestigieuse université de Princeton. Elle travaillait dans une banque d'investissement tandis que Chad était déjà associé dans un gros cabinet d'avocats.

Ils adoraient la vie nocturne de New York, les théâtres et les restaurants à la mode où ils retrouvaient le même groupe d'amis.

Elle s'était souvent demandé si c'était bien la vie qu'elle désirait mener, mais sa mère étouffait vite ses doutes.

« Tu dois être reconnaissante à ton beau-père de t'avoir adoptée. »

« Tu as eu une chance folle d'avoir été acceptée à Princeton. »

« Tu dois te réjouir d'avoir eu du travail grâce aux relations de ton beau-père. »

« Tu dois être follement heureuse que Chad veuille t'épouser. »

Avec autorité, sa mère décidait non seulement de ses actes mais aussi de ses sentiments. Et, en fille aimante, elle n'osait la contredire.

Pourtant, quand elle avait appris la liaison de Chad avec sa meilleure amie, Mélanie, elle n'avait eu besoin de personne pour savoir comment réagir. Elle s'était sentie trahie et humiliée. Et très en colère aussi.

Mais avait-elle eu le cœur brisé ? Elle n'en était pas certaine. Elle se demandait surtout comment une relation aussi parfaite vue de l'extérieur pouvait se révéler aussi vide vue de l'intérieur.

L'infidélité de Chad l'avait poussée à s'interroger sur le sens de sa vie en apparence si exemplaire. Aussi, contre l'avis de sa mère qui lui prédisait une dépression nerveuse si elle passait sa lune de miel toute seule, elle avait confirmé sa réservation à Maverick Manor et était arrivée à Rust Creek Falls au début de la journée.

Et quand elle avait découvert l'hôtel et sa chambre, elle n'avait pas regretté sa décision !

Maverick Manor était un endroit magnifique. Quant à sa chambre… La salle de bains possédait tout le confort moderne mais l'immense baignoire sur pied rappelait la vieille demeure originelle. Le parquet de bois brillant semblait réfléchir les poutres apparentes du plafond. Le grand lit à baldaquin faisait face à une cheminée au beau manteau de pierre blonde. Tout était d'un luxe discret et raffiné qui donnait à la suite une touche romantique propre à ravir un couple de jeunes mariés.

À cette pensée, elle grimaça.

Désireuse de fuir tout ce qui lui rappelait son

mariage annulé, elle décida d'aller paresser au bord de la piscine.

Elle rajusta le bandeau qui retenait ses longues boucles brunes, se mit rapidement un peu de brillant à lèvres, tendit la main pour prendre son bâton de mascara mais s'arrêta net. Avait-elle vraiment besoin de se maquiller pour aller au bord d'une piscine ? Elle contempla ses yeux d'un vert profond légèrement cernés par son long voyage, hésita puis haussa les épaules.

— Ridicule, murmura-t-elle en saisissant le peignoir blanc de l'hôtel. Tu n'es pas à New York.

Dehors l'attendaient les splendeurs du Montana, terre de vastes espaces et de majestueuses montagnes abondamment boisées, aux cimes enneigées.

Il y avait aussi la petite ville de Rust Creek Falls, où elle espérait trouver la pièce manquante du puzzle qu'était son enfance. Sa quête n'aboutirait peut-être à rien, mais au moins, elle aurait été jusqu'au bout.

Installée sur une chaise longue, Gemma lisait un magazine. Depuis combien de temps n'avait-elle pas ouvert une revue parlant de mode et de stars de cinéma ? Une éternité ! Sa lecture habituelle se limitait au *Wall Street Journal* et autres journaux financiers, comme l'exigeait son travail de conseillère financière. Mais elle était en vacances et les aventures amoureuses d'une star l'intéressaient bien plus que les cours de la Bourse !

Tandis qu'elle lisait, elle percevait autour d'elle des rires provenant du bassin, sans y prêter vraiment attention. Soudain, elle eut conscience d'une présence tout près d'elle, quelques gouttes d'eau tombèrent sur sa page, et quand elle leva la tête, elle vit une fillette plantée devant elle, immobile.

— C'est le dernier numéro ? demanda celle-ci. Celui où il y a l'article sur Lyle ? Vous savez, le chanteur de 2 LOVE U ?

— Je crois que oui.

— Oh ! Formidable ! Je mourais d'envie de le lire mais il n'est pas encore arrivé au General Store. C'est tellement long, dans les petites villes ! J'ai vu Lyle en concert à Seattle avec mon amie Abby. C'était gé-nial !

Gemma sourit. Quel âge pouvait avoir sa jeune interlocutrice ? Douze ans ? Treize ans ? La fillette blonde était toute gracile dans son bikini à pois, ses yeux bleu vif étaient un peu rougis par l'eau de la piscine et elle avait un aplomb charmant.

— Je l'ai vu à New York, dit-elle.

— Vous habitez New York ! Ça doit être fabuleux ! s'exclama la fillette, ravie. Moi, je vis ici tout le temps. Je m'appelle Janie. Si vous voulez des renseignements sur Rust Creek Falls, je connais tout et tout le monde ici !

Gemma fronça les sourcils. Grâce à ses recherches sur Rust Creek Falls, elle savait que c'était une communauté très soudée, et si Janie disait vrai, peut-être avait-elle une chance, une petite chance, de trouver ce qu'elle recherchait…

— Ça peut m'intéresser, en effet, répondit-elle. Si on se tutoyait ?

— D'accord ! Comment tu t'appelles ?

— Gemma.

Pendant que la fillette lui racontait avec enthousiasme le concert de Lyle à Seattle, Gemma jeta un regard machinal vers l'autre bout de la piscine… et toute la fatigue accumulée pendant les mois passés à préparer son mariage qui n'avait pas eu lieu se dissipa.

À quelques mètres, un homme superbe se hissait souplement hors de l'eau, et elle eut l'impression de le voir bouger au ralenti. L'eau ruisselait sur son torse large, le long de son ventre et de ses jambes aux cuisses musclées. Le cœur battant plus fort dans sa poitrine, elle retint son souffle, comme hypnotisée.

Elle avait eu l'occasion de voir de nombreux hommes à la parfaite musculature dans les salles de gym, mais cet homme-là était différent. Il possédait une beauté brute et authentique, magnifique silhouette qui se détachait sur un fond de montagnes sauvages.

Une fraction de seconde, elle s'imagina que c'était ça, un cow-boy ! Rien d'artificiel ni de sophistiqué dans cet homme. Il secoua la tête pour chasser l'eau de ses cheveux qu'il repoussa en arrière d'un geste vigoureux. Sur son bras, elle vit une cicatrice. Une autre, plus longue, en zig-zag, barrait son torse.

Aucun exercice en salle de sport ne donnait de tels muscles !

Il tendit la main vers sa serviette et leva la tête.

Quand leurs regards se rencontrèrent, Gemma sut d'instinct qu'il fallait qu'elle se détourne… mais elle en fut incapable, comme prisonnière du regard bleu profond de l'inconnu.

Il sourit et de fines rides griffèrent le coin de ses yeux. Il porta alors les doigts à ses lèvres et Gemma se figea. Allait-il lui envoyer un baiser ? Une douce chaleur se propagea dans tout son corps. Pourquoi pas ? Tout semblait possible en ce moment magique !

L'homme posa les doigts sur sa lèvre inférieure… et émit un long sifflement qui fit sursauter Janie, dont le flot de paroles s'arrêta net.

— Oh ! là là, c'est mon père ! s'exclama-t-elle.

— Ton… père ? répéta Gemma, surprise.

Après tout, c'était plausible, il devait avoir entre trente et quarante ans. Mais l'idée qu'il ait une fille presque adolescente ne lui avait pas traversé l'esprit.

Janie soupira en levant les yeux au ciel.

— Il vaut mieux que j'y aille. Papa me traite comme une gamine ! C'est énervant, il me surveille tout le temps ! Il ne se rend pas compte que je suis *déjà* une adolescente !

Sur ces mots, elle courut à l'autre extrémité de la piscine et se mit à parler à son père avec animation. Ce dernier se pencha vers elle avec un visage empreint de tendresse.

Gemma soupira.

Ce magnifique cow-boy était le père d'une adorable fillette blonde et, sans aucun doute, le mari d'une femme blonde tout aussi adorable.

Elle ferma les yeux. Comme pouvait-elle être aussi stupide et naïve ? Une fois de plus, elle s'était laissé prendre au piège de son imagination.

— Papa, il faut absolument que tu fasses la connaissance de Gemma !

L'enthousiasme de Janie ravit Hank. Il aimait la

voir ainsi, les yeux brillant d'excitation. Ce séjour à Maverick Manor était peut-être une bonne idée, en fin de compte.

Ce matin, ils avaient fait une randonnée dans les environs avant le déjeuner puis avaient décidé de passer l'après-midi à la piscine.

Cela faisait une éternité qu'il n'avait pas eu un jour de repos. Même s'il avait un contremaître très compétent, il n'était pas un cow-boy du dimanche ! Quand Janie était chez sa mère, ses journées de travail commençaient avant l'aube et se terminaient quand il était prêt à s'écrouler dans son lit.

Passer l'après-midi avec Janie à la piscine était pour lui le luxe suprême. Mais il faudrait trouver plus d'activités pour les jours suivants pour que sa fille ne s'ennuie pas. C'était une bonne chose si elle s'était déjà fait une amie à l'hôtel.

— Oui, bien sûr, répondit-il. Où est-elle ?

— Papa ! Tu as bien vu que je lui ai parlé pendant au moins une heure !

Janie pointa l'index en direction de la ravissante jeune femme brune qu'il avait remarquée en arrivant.

— Ah… c'est elle, Gemma ?

— Oui ! Bravo, tu as deviné ! Elle habite New York, fabuleux, hein ! Tu as vu ses tongs assorties à son sac de plage ? Elle a dû les trouver dans une boutique de la Cinquième Avenue, c'est sûr !

À vrai dire, il n'avait pas vraiment noté ces détails vestimentaires. Il avait surtout remarqué une longue chevelure brune, des yeux splendides d'un vert profond et mystérieux et un corps aux courbes sensuelles que soulignait un audacieux bikini noir réduit au strict minimum.

La vague de désir qui l'avait submergé l'avait surpris par sa violence et il s'était hâté de plonger dans l'eau fraîche pour nager un crawl vigoureux.

— Janie, elle est ici en vacances, et tu as dû la déranger.

— Pas du tout ! Elle est toute seule.

Seule ? Une femme pareille ? Il en doutait. Son mari ou son compagnon la rejoindrait sans doute plus tard. De toute façon, ce n'était pas son genre. Elle était trop sophistiquée. Lui, il aimait les femmes comme Anne, simples et naturelles.

Et puis elle habitait New York, un monde tellement éloigné de celui de la petite ville rurale de Rust Creek Falls !

Pourtant, il se laissa entraîner par Janie en direction de la chaise longue de la jeune femme. Une fraction de seconde, il eut l'impression que les yeux verts s'agrandissaient et couraient le long de son torse nu, comme si elle l'évaluait. Était-elle impressionnée ?

Mais non, c'était juste son imagination qui s'emballait !

— Gemma, je te présente mon père, Hank Harlow, dit Janie d'un ton cérémonieux. Papa, voilà Gemma…

Sa phrase resta en suspens et Gemma compléta avec un sourire :

— Chapman. Gemma Chapman.

Quand elle lui tendit la main, une dizaine de fins bracelets d'or tintèrent à son poignet.

Hank sentit l'ossature très fine entre ses doigts et fut frappé par la douceur de sa peau. En même temps, il était fasciné par le corps souple et largement dénudé de Gemma. Un bikini était une rareté dans le Montana ! Mais il reconnaissait que jamais aucune femme ne l'avait si bien porté…

— Enchanté, mademoiselle Chapman, murmura-t-il, en s'efforçant de cacher son trouble.

— Appelez-moi « Gemma ».

— Très bien… Gemma. J'espère que Janie ne vous a pas trop ennuyée avec ses bavardages.

Le sourire de Gemma s'élargit.

— Pas du tout ! Au contraire, elle m'a tenu compagnie !

Janie avait-elle raison ? Gemma passait peut-être ses vacances toute seule ?

— Je disais à mon père que tu habitais New York, reprit Janie. Et d'ailleurs, tous les deux, vous allez vous tutoyer car on va passer une semaine ensemble !

— D'accord, Janie, répondit Gemma. C'est vrai que c'est plus simple.

— Et bien plus cool, renchérit Janie. Tu es d'accord, papa ?

Hank se contenta de hocher la tête en signe d'assentiment.

— J'y pense, tu as vu la dernière comédie musicale de Disney à Broadway, Gemma ? demanda Janie avec excitation.

— Bien sûr que oui !

À ces mots, Gemma se leva et Hank se rendit compte qu'elle était plus grande qu'il ne le pensait. Sa tête lui arrivait au menton. La taille parfaite pour la prendre au creux de ses bras et…

Il repoussa vite cette image.

Il était célibataire, père d'une fillette de douze ans, il vivait dans un ranch du Montana et avait renoncé à toute compagnie féminine depuis des années. En outre, Gemma était littéralement hors de portée ! Aucune expression ne définissait mieux l'abîme qui le séparait, lui, le rancher du Montana, de Gemma, femme raffinée habituée à la vie trépidante de New York.

— J'adore aller au théâtre, et c'est mon spectacle favori, ajouta-t-elle.

— Génial ! Je connais toutes les chansons ! s'écria Janie.

— Quelle est ta préférée ?

Hank poussa un petit grognement. Pourvu que Janie ne se mette pas à chanter…

Cela n'échappa pas à Gemma, qui lui lança un regard amusé quand Janie se mit à entonner à tue-tête l'air le plus connu… d'une voix de casserole !

Quelques personnes assises dans des transats tournèrent la tête dans leur direction, mais Janie s'en moquait totalement. Tout comme Gemma, dont la belle voix grave de mezzo se mêla soudain au soprano suraigu de la fillette.

Mais Gemma ne se contentait pas de chanter, elle semblait vivre la chanson de tout son être. Lorsque, à un mouvement qu'elle fit, ses longs cheveux bruns ondulèrent sur son dos nu, Hank fut saisi d'une étrange émotion.

C'était comme si quelque chose en lui se réveillait, quelque chose qui avait été refoulé depuis trop longtemps et qui reprenait vie.

Contrôle-toi, Harlow ! Tu as passé l'âge de te laisser émouvoir par une chanson de Disney !

Quand le duo se tut, quelques applaudissements fusèrent et Gemma, les joues colorées par l'excitation, salua avec grâce, imitée aussitôt par Janie.

— C'était génial ! s'écria Janie en sautant sur place.

— Oui, génial, répéta Hank en souriant.

Gemma se tourna vers lui et il éprouva à nouveau l'émotion qui l'avait saisi quand la jeune femme chantait. Il recula d'un pas, conscient soudain de la trop grande proximité de ce corps féminin et… très dénudé.

— Je voulais aller à New York pour ce spectacle mais on avait déjà réservé à Maverick Manor, expliqua Janie. J'espère que je pourrai y aller à la fin de l'été avec mon autre père, ajouta-t-elle, pensive.

Gemma lui lança un regard surpris.

— Ton… autre père ? demanda-t-elle.

Hank prit une profonde inspiration et expliqua d'un ton neutre qu'il était divorcé et que son ex-femme s'était remariée.

— Je comprends, murmura Gemma.

Elle comprenait ? Il en doutait fort ! Il aurait fallu lui expliquer que Dan Stockton était plus que le beau-père de Janie : c'était en réalité son père biologique. Et la petite fille que Hank avait élevée dès la naissance, qu'il avait prise dans ses bras à son premier cri, bercée pendant des heures quand elle avait mal aux dents, à qui il avait appris à marcher… n'était pas sa fille.

Et pouvait-il dire qu'Anne avait été sa femme ?

À la réflexion, non.

Il n'avait été qu'une sorte de substitut dans la vie

d'Anne. Celui qui était arrivé au moment où elle était seule et désespérée.

Dès le début, Anne avait été honnête avec lui et lui avait parlé de Daniel Stockton, l'homme qu'elle aimait depuis l'université. Ils devaient se marier, mais Daniel était parti sans laisser d'adresse après la mort de ses parents dans un accident de voiture. Et Anne était enceinte de son enfant.

Néanmoins, Hank avait demandé Anne en mariage. Il espérait qu'un jour elle oublierait Dan. Il espérait même qu'un jour elle l'aimerait, lui.

Anne avait accepté, certaine que Dan Stockton ne reviendrait jamais à Rust Creek Falls.

Et finalement, tous deux s'étaient trompés.

- 2 -

— Qu'est-ce que tu aimes faire, Janie ? À part chanter !

De l'autre côté de la table envahie de chips, pop-corn et boissons fraîches, Hank esquissa un demi-sourire.

Gemma avait bien compris que leur duo impromptu l'avait embarrassé, mais il n'en avait rien laissé paraître. Au contraire, il avait félicité sa fille, malgré toutes ses fausses notes.

Quel contraste avec la réaction que ses parents auraient eue ! songea-t-elle. Dans l'esprit de Diane et de Gregory Chapman, chaque chose devait être faite dans les règles de l'art. Monter sur la scène lors d'un spectacle parfaitement rodé pour l'école était chose normale. Mais chanter *a cappella* en bikini au bord d'une piscine, non, cela ne se faisait pas !

Sa mère aurait été mortifiée. Gemma imaginait sans peine son regard réprobateur et ses lèvres pincées !

Elle soupira. Quand elle n'était pas en train de chasser de son esprit l'image de Chad et Mélanie, elle essayait d'oublier la réaction de sa mère quand elle lui avait annoncé l'annulation de son mariage.

« Pense au scandale que ça va faire, Gemma ! Tu nous mets dans une situation intenable ! »

Car le *vrai* scandale, c'était la cérémonie annulée,

mais pas la liaison de son fiancé avec sa meilleure amie !

L'amour n'était pas ce qui comptait le plus, dans ce mariage ; il s'agissait juste d'unir deux puissantes familles du monde des affaires. Gemma connaissait assez son beau-père pour deviner ses pensées : ce dernier se réjouissait avant tout du succès de sa stratégie. L'éducation de cette fille qui n'était pas la sienne avait été pour lui un bon investissement, en fin de compte, car Gemma avait réussi à attirer l'attention de l'un des partis les plus intéressants de New York ! Seulement voilà, le contrat avait été annulé…

Mais à quoi bon penser au passé ?

Gemma reporta son attention sur Janie et… Hank.

Janie l'avait bombardée de questions sur sa vie à New York, et toutes les réponses qu'elle lui donnait l'enthousiasmaient ! La fillette était aux anges.

En revanche, Hank était plus difficile à impressionner. L'argent, les vêtements de grands couturiers, les gens célèbres, les restaurants à la mode, tout cela le laissait totalement indifférent. À peine levait-il un sourcil intéressé de temps en temps, par politesse, sans doute.

Il n'accordait manifestement aucune espèce d'attention à la mode, à en juger par son vieux T-shirt bleu délavé et ses cheveux trop longs dont les boucles retombaient sur son front et dans son cou. Cela dit, cette tenue passe-partout soulignait particulièrement les muscles de son torse et ses biceps puissants…

Une envie de passer la main dans cette chevelure

épaisse saisit Gemma. Par chance, la voix haut perchée de Janie la fit revenir à la réalité.

— Moi, j'aimerais vraiment faire une promenade à cheval !

Gemma n'était jamais montée sur le dos d'un cheval.

Du moins, dans ses souvenirs.

Quelques années auparavant, elle avait trouvé une vieille photo d'elle enfant : elle portait une chemise à carreaux et un jean rentré dans des bottes, un chapeau de cow-boy couvrait ses boucles brunes.

Cette tenue détonnait tellement avec les clichés habituels d'elle, toujours habillée de robes sages et élégantes, qu'elle s'était soudain demandé si elle n'avait pas une sœur jumelle quelque part.

Sa mère avait haussé les épaules avec exaspération.

— Vraiment, Gemma, je me demande d'où tu sors des idées pareilles ! C'était un déguisement pour Halloween !

Bien sûr, sa mère avait raison.

Pourtant, quand elle avait trouvé un jour une boîte de souvenirs, Gemma s'était de nouveau posé des questions.

Pas à propos d'une imaginaire sœur jumelle, mais à propos de son père dont elle savait si peu de choses. De plus en plus, elle avait le sentiment que les vêtements chic qu'elle portait ne coïncidaient pas avec sa véritable personnalité.

Il y avait en elle une zone d'ombre qu'elle était décidée à mettre au jour. Même si deux semaines étaient un court laps de temps pour une telle entreprise.

— Une promenade à cheval est sur ma liste, déclara-t-elle.

— Une… *liste* ? répéta Hank, étonné.

— Oui, mon agenda des vacances !

— Ah bon ? Pour moi, le plaisir des vacances est de n'avoir aucune obligation.

— Je voudrais profiter au maximum de Rust Creek Falls et savoir comment on y vit, expliqua-t-elle.

Il fit une petite grimace ironique.

— Maverick Manor n'a pas grand-chose à voir avec Rust Creek Falls, fit-il remarquer. C'est un hôtel.

— Oui, mais il est situé à Rust Creek Falls, justement !

Il désigna la cascade construite au milieu de la piscine et précisa :

— C'est là que les citadins viennent découvrir l'authentique Far West américain ! Mais il n'y a pas grand-chose d'authentique, ici, à part la situation géographique.

En d'autres mots, c'était un hôtel pour touristes, pour les citadins comme elle, à la recherche d'expériences inédites ! Elle chercha une riposte appropriée.

— Janie m'a dit qu'elle avait vécu toute sa vie ici, mais malgré ça, vous êtes descendus à Maverick Manor. Or, vous ne ressemblez pas beaucoup à des *citadins* !

Elle prononça ce dernier mot en prenant une voix de basse pour imiter celle de Hank, ce qui provoqua un éclat de rire chez Janie.

Hank lança un regard amusé vers sa fille et lui ébouriffa les cheveux d'un geste affectueux. Cet échange père-fille réveilla en Gemma le sentiment de frustration qu'elle ressentait depuis si longtemps.

Jamais son beau-père n'avait eu le moindre geste de tendresse envers elle…

— Nous sommes en vacances, nous aussi, répondit Hank. Maverick Manor est l'occasion d'échapper à la vraie vie de Rust Creek Falls pendant une semaine. Et quand on sera rentrés, notre vie reprendra son cours habituel.

Y avait-il un message caché dans sa dernière phrase ? se demanda Gemma. Sous-entendait-il que tout ce qui pourrait se passer à Maverick Manor ne serait qu'une parenthèse vite reléguée dans le passé ?

L'idée d'avoir une quelconque aventure amoureuse en ce moment ne l'effleurait pas. Surtout après ce qui venait de lui arriver ! Pourtant, son corps avait un avis différent sur la question…

Certes, Hank n'avait pas caché son dédain pour la citadine qu'elle était à ses yeux, et elle aurait dû en être mortifiée ! Mais son attirance pour lui était la plus forte. Elle aimait sa beauté naturelle, sa belle voix grave légèrement teintée de l'accent du Montana, son humour subtil et ses manières un peu désuètes.

Il y avait quelque chose de… sauvage dans le désir qui l'envahissait. Jamais elle n'avait ressenti cela.

Elle but une gorgée de jus de fruits et s'efforça de dévier le cours dangereux que prenaient ses pensées.

— J'ai pris des prospectus dans le hall ; on propose plusieurs randonnées à cheval. Est-ce que vous pourriez me conseiller une écurie ? demanda-t-elle.

— Oui ! s'exclama Janie en riant. Notre ranch !

— Parce que… vous avez un ranch ?

— Oui ! Un super ranch !

Gemma se tourna vers Hank.

— Donc, tu es un vrai cow-boy !

— Par opposition à un faux cow-boy, j'imagine, répliqua-t-il d'un ton sarcastique.

Déroutée, elle se mordit la lèvre inférieure.

— Euh… Je ne sais pas, moi !

Que répondre ? Elle ignorait tout de la vie de l'Ouest ! En revanche, elle s'y connaissait bien en matière de duplicité masculine ! Il y avait beaucoup d'hommes qui prétendaient être ce qu'ils n'étaient pas. Beaucoup trop, à son goût.

— Papa n'est pas un cow-boy mais un *rancher*, expliqua Janie avec sérieux. Le Bar H est un immense ranch avec des centaines de têtes de bétail et des dizaines de chevaux !

Un petit sourire flotta sur les lèvres de Hank tandis qu'il écoutait Janie décrire le ranch. Manifestement attendri par son enthousiasme, il ne chercha pas à corriger ses probables exagérations. Des dizaines de chevaux, des centaines de têtes de bétail…

Mais peu importait car Gemma n'avait aucune idée de ce que cela signifiait concrètement. Ce qui la frappait, c'était la fierté et l'amour qui illuminaient les traits de Janie quand elle parlait de son père. Ils semblaient si unis et complices, tous les deux !

La petite phrase qui l'obsédait depuis son enfance lui revint alors à l'esprit.

Que se passerait-il si… ?

— Janie, je ne crois pas que tout cela intéresse Gemma, déclara Hank, qui semblait embarrassé par l'ardeur de sa fille.

— Mais si ! Gemma veut faire une randonnée à cheval et c'est toi qui devrais t'en occuper. Tu es le meilleur, papa !

Ce fut au tour de Gemma de se sentir embarrassée.

— Janie, c'est adorable de ta part, mais ton père est ici en vacances avec toi, ne l'oublie pas.

— D'accord, mais moi, je me suis inscrite à des tas d'activités proposées par l'hôtel, alors que papa n'a rien pris et sera tout seul, répliqua Janie d'un ton attristé.

À ces mots, le visage de Hank s'assombrit.

D'instinct, Gemma devina que Janie avait touché une corde sensible. « Seul », avait-elle dit.

Hank était un homme blessé. Il avait visiblement souffert dans le passé et s'était réfugié dans la solitude.

Était-ce à cause de son divorce ? Du remariage de son ex-femme ? L'aimait-il encore ?

À cette pensée, Gemma eut un léger pincement au cœur, tout en se disant qu'éprouver un quelconque sentiment pour cet homme était ridicule. Ils se connaissaient à peine et avaient juste échangé quelques paroles banales.

Pourtant, si elle voulait connaître Rust Creek Falls, quoi de mieux que d'être accompagnée par un des habitants de la petite ville ?

Comme c'était en plus un séduisant cow-boy aux yeux bleus comme le ciel du Montana, cela ne gâchait rien !

— Gemma n'aura aucun mal à trouver un guide, dit Hank en se tournant vers sa fille.

— Pas question, papa ! C'est *toi* qui la conduiras parce que tu es le meilleur ! rétorqua Janie avec fougue.

Hank ouvrit la bouche pour protester mais Gemma fut plus rapide que lui.

— Je suis venue dans le Montana pour monter à cheval pour la première fois, dit-elle. J'ai donc le droit d'avoir le meilleur instructeur du pays, non ?

Tandis qu'elle soutenait avec aplomb le regard de Hank, un frisson courut le long de son dos. Toujours cette sensation qu'il y avait une sorte d'alchimie entre eux.

Il lui était impossible de comprendre ce qui se passait, mais une chose était sûre : la *city girl* de Manhattan et le rancher du Montana avaient bien plus de choses en commun qu'on n'aurait pu l'imaginer.

— C'est ce que tu as l'intention de mettre pour le dîner ? demanda Janie quand Hank entra dans la chambre de sa fille.

Assise sur le canapé devant l'écran géant du téléviseur, Janie arrêta son émission et le considéra d'un air réprobateur.

Étonné, Hank baissa la tête pour examiner sa tenue. Sa chemise écossaise était boutonnée et sa ceinture de cuir était parfaitement en place sur son jean noir qui tombait sur des chaussures bien cirées.

— Je ne vois pas ce qui cloche, marmonna-t-il.

Il aurait pu s'habiller dans l'obscurité sans risque de se tromper tant le contenu de son placard était sommaire ! Des chemises à manches courtes pour l'été, d'autres à manches longues pour le printemps et l'automne, des jeans, quelques pulls pour l'hiver, et son long manteau de cuir.

Il n'avait plus qu'à caler son Stetson sur sa tête et enfiler ses bottes de cuir, et il était prêt à sortir dans Rust Creek Falls sans que personne ait à redire sur sa tenue.

— Tu devrais mettre une cravate, suggéra Janie.

— Tu sais bien que je n'en ai pas, ma grande.

— Peut-être, mais Gemma, elle, va *s'habiller.*

Hank imaginait mal comment elle pourrait faire autrement ! Gemma poussait la sophistication jusqu'à assortir son vernis à ongles aux motifs de son fourre-tout ! De délicates petites fleurs mauves ornaient chacun de ses ongles, à l'instar des violettes brodées sur son sac.

Comment pouvait-il avoir remarqué des détails aussi futiles ? Il s'en voulut soudain d'accorder tant d'intérêt à Gemma Chapman. Mais cette femme délicate et si féminine le fascinait. Beaucoup trop à son goût, d'ailleurs.

— Désolé, ma grande, mais je n'ai rien de mieux à me mettre.

— Pourtant, on soigne sa tenue quand on va à un rendez-vous, lui fit remarquer Janie en soupirant.

— Eh ! Mais ce n'est pas un rendez-vous ! C'est juste un dîner !

Qui plus est, un dîner entre deux parfaits inconnus que tout opposait, avec une préadolescente en guise de chaperon.

Bon sang ! Comment avait-il pu accepter ce dîner ?

Il se remémora leur conversation de tout à l'heure, non sans irritation…

— Tu as des plans pour ce soir, Gemma ? avait demandé Janie.

— Oui. Je pensais réserver une table dans un endroit recommandé par les guides, The Ace in the Hole. Vous devez connaître ?

— The Ace, avait répété Hank avec lenteur.

Il avait imaginé Gemma Chapman seule, un samedi soir, dans ce bar où les cow-boys de la région se réunissaient en fin de semaine.

— Ah non, ce n'est pas possible, Gemma, tu ne peux pas aller au Ace ! s'était-il exclamé.

Gemma avait froncé les sourcils et relevé le menton d'un air de défi.

— Et pourquoi pas ? On dit qu'il y a beaucoup d'animation et que c'est un bar typique du Far West.

Le bar était en effet plus qu'animé, le samedi soir, jour de paye des cow-boys qui venaient là pour faire la fête et chercher de la compagnie féminine. Ils seraient ravis de montrer à Gemma comment on s'amusait au Far West !

— Une femme comme toi n'a rien à faire dans cet endroit, avait-il déclaré, péremptoire.

— Quoi ? C'est une interdiction ?

Cette fois-ci, la jeune femme s'était redressée en frémissant de colère et, d'un geste vif, avait rejeté ses longs cheveux bruns en arrière.

Telle une pouliche fougueuse, avait-il pensé. Pas sûr que Gemma apprécie cette comparaison, mais elle lui était venue spontanément à l'esprit !

Sans vraiment réfléchir, il avait alors proposé de

réserver une table au Ace pour trois tôt dans la soirée, avant l'arrivée de la foule et le début de la danse.

L'image de Gemma dans les bras d'un autre homme le troublait. Quant à la pensée qu'elle puisse être dans ses bras à lui… Il se rendait compte qu'il entrait dans un territoire dangereux qu'il valait mieux éviter.

— D'accord, c'est juste un dîner, mais il faut que tu sois élégant, reprit Janie, le ramenant à l'instant présent.

— Désolé, ma grande, mais c'est ce que j'ai de plus chic ! Et toi, tu ne te changes pas ?

Janie était toujours en jogging et sweat-shirt, sa tenue favorite pour regarder un film.

— Je ne me sens pas très bien, murmura-t-elle avec une petite grimace.

— Que se passe-t-il ? Tu as mal au cœur ? On n'aurait jamais dû manger autant de pop-corn, tout à l'heure ! Je vais voir ce que la pharmacie de l'hôtel a dans ses stocks, dit-il en se dirigeant vers le téléphone.

— Papa, non, ce n'est pas mon estomac, c'est… J'ai très très mal à la tête.

Janie ferma les yeux en portant une main à son front d'un air douloureux et s'allongea sur le canapé en murmurant :

— Ça doit être le soleil à la piscine, j'aurais dû mettre un chapeau.

À ces mots, Hank la regarda, les yeux légèrement plissés. Il y avait des parasols à côté de chaque transat ! Difficile d'attraper une insolation.

Les paupières de Janie frémirent et elle lui glissa un regard furtif. Il comprit alors que sa fille simulait un malaise. Mais dans quel but ? C'était elle qui avait insisté pour organiser ce dîner.

— Si tu ne te sens pas bien, je vais appeler Gemma, on annule tout et…

— Non, pas question ! s'écria Janie en se redressant d'un coup. Ce serait très impoli vis-à-vis de Gemma d'annuler au dernier moment.

Elle s'allongea de nouveau en calant un oreiller sous sa tête.

— Je vais rester ici et commander quelque chose à manger, décréta-t-elle. En revanche, toi, tu *dois* y aller !

Quand il vit son expression si innocente et en même temps un peu anxieuse, il n'eut plus aucun doute : Janie jouait la comédie. Pour une raison bien simple : elle cherchait à tout prix à ménager un tête-à-tête entre Gemma et lui !

Il réprima un sourire amusé et ému à la fois.

Bien joué de la part de son chaperon de douze ans !

— Janie…

— Papa, je t'en supplie, vas-y ! Je me débrouillerai très bien toute seule. Ce soir, je regarde un film que j'adore, et je te promets que je commande quelque chose de super sain pour le dîner. Tu peux vraiment y aller et passer une bonne soirée avec Gemma.

Une bonne soirée avec Gemma ?

Depuis qu'Anne s'était remariée, tout le monde s'acharnait à lui trouver une compagne. Janie surtout s'inquiétait de le savoir seul. Il avait beau dire que tout allait bien comme ça, elle ne le croyait pas.

« Être bien, ce n'est pas la même chose qu'être heureux, Hank. »

Les paroles de sa mère lui revenaient souvent à l'esprit. Cette dernière était morte quelques années après son mariage avec Anne. Même si elle adorait sa petite-fille et sa bru, Penny avait mis le doigt sur la faille du couple.

« Tu dois vivre avec quelqu'un qui t'aimera tel que tu es. »

Le problème pour lui était moins ce qu'il était que celui qu'il n'était pas. Après cinq ans de mariage, il avait compris que jamais il ne remplacerait Daniel Stockton dans le cœur d'Anne.

Dépasser le stade du simple bien-être demandait des efforts, il en était conscient. Il lui faudrait vaincre sa peur de s'engager dans une quelconque relation amoureuse.

D'une certaine manière, Gemma Chapman pouvait être une solution à court terme. Après ses vacances, elle repartirait à New York, et lui, il rentrerait au Bar H à la fin de la semaine. Il aurait alors plus d'assurance et de confiance en lui quand il rencontrerait une femme plus en harmonie avec lui.

Une femme qui serait à l'opposé de la superbe et trop sophistiquée New-Yorkaise !

Et il ne serait pas dans cet état de panique ridicule à l'idée d'aller dîner en tête à tête avec Gemma Chapman.

Cinq minutes plus tard, tandis qu'il errait dans les couloirs de l'hôtel, Hank se dit que sa soirée ne commençait pas sous les meilleurs auspices. Janie l'avait d'abord laissé tomber en prétextant une migraine probablement fictive et maintenant, il soupçonnait Gemma de lui avoir donné un mauvais numéro de chambre.

Un jeune couple enlacé apparut et Hank recula un peu. Quel âge avaient ces amoureux ? Une vingtaine d'années ? Ils étaient jeunes et s'aimaient, ne prêtant aucune attention au monde extérieur.

Hank songea à sa jeunesse. Il était à peine en âge de boire sa première bière qu'il dirigeait déjà le ranch familial car son père avait eu un infarctus. À une époque où la plupart de ses amis entraient à l'université, il avait dû suivre les traces des générations de Harlow avant lui.

Pendant près de dix ans, sa vie avait consisté à travailler, manger et dormir, au rythme de la vie de son bétail. Après la naissance des veaux au printemps venait le grand rassemblement des bêtes à l'automne. Les cycles se succédaient, aussi réguliers que ceux du soleil qui se levait et se couchait chaque jour.

Les longues heures de travail ne lui pesaient pas, ni la chaleur des étés brûlants, ni les neiges de l'hiver, ni la vie éreintante du ranch.

À l'époque, il croyait que son travail avait une utilité : faire fructifier les terres de Rolling Hills dont son père avait hérité. Son oncle possédait l'autre part d'héritage.

La maladie de son père avait occasionné de grosses dépenses, et d'importantes parts de terrain avaient été revendues à son oncle. Quand, après la mort de son père, Hank avait voulu les racheter, son oncle lui avait opposé un refus net.

Ça avait été un choc pour lui, et son monde s'était écroulé. On lui arrachait le fruit de son travail et de sa jeunesse perdue !

Rolling Hills ne serait plus jamais à lui.

Alors il avait vendu à son oncle ce qui lui restait de l'héritage familial et était parti.

Sa mère l'avait suivi, et ils avaient vécu un temps à Bozeman. Puis, quand il avait rencontré Anne, il avait pensé que tout serait différent.

Ils s'étaient mariés, il avait acheté le Bar H à Rust Creek Falls et Janie était née. Ils formaient une famille et la vie recommençait.

Du moins c'est ce qu'il avait cru.

Puis il y avait eu leur divorce, un nouveau choc pour lui.

Et un nouvel échec.

Alors il s'était plongé dans le travail, fuyant toute relation féminine.

Et maintenant il était là, dans ce couloir, le cœur battant et les mains tremblantes. Tout ça parce qu'il avait accepté de passer la soirée avec Gemma Chapman, une parfaite inconnue rencontrée quelques heures auparavant !

Une fois de plus, il se dit que ce dîner était une erreur, qu'il valait mieux rebrousser chemin et inventer n'importe quel prétexte pour l'annuler.

À cet instant, une serveuse poussant un chariot apparut.

— Excusez-moi, mademoiselle, je cherche la chambre d'une de vos clientes.

— Le règlement de l'hôtel interdit de révéler le nom de nos clients, répondit la jeune femme, sur la défensive.

— Oui, bien sûr, excusez-moi. Je cherche la suite numéro 103.

Curieusement, la serveuse serra plus fort la barre du chariot, comme si elle craignait que Hank s'en empare !

Intrigué, il examina le plateau. Sur la nappe blanche trônait une grosse bouteille de champagne dans un seau à glace, un plat d'huîtres posé sur un lit de glace l'accompagnait, et sur le côté, il y avait un somptueux gâteau au chocolat en forme de cœur recouvert de fraises, ainsi que deux flûtes en cristal.

— Vous cherchez la suite 103, c'est ça ? La suite lune de miel ? s'enquit la serveuse.

— La suite… *quoi* ? répéta-t-il, réprimant un sursaut.

Le mot resta coincé dans sa gorge.

Ce fut alors qu'il aperçut un carton posé contre le seau à glace. On y lisait le mot « Félicitations » écrit en grandes lettres anglaises rouges. Au-dessous, il y avait les noms des heureux destinataires.

À GEMMA ET CHAD

Qui diable était Chad ?

Question stupide ! Le deuxième occupant de la suite 103, bien sûr !

— Oui, monsieur, la suite 103 est bien la suite

lune de miel, répondit la serveuse. Vous vous êtes peut-être trompé ?

Oui, il s'était certainement trompé !

Il ignorait à quoi jouait Gemma Chapman, mais une chose était sûre : il n'était pas disposé à jouer le rôle de l'idiot !

- 3 -

La salle à manger de l'hôtel était presque déserte. Il est vrai que Gemma prenait un petit déjeuner tardif.

Tout en mangeant ses œufs brouillés, elle réfléchissait.

Nate Crawford, le propriétaire de l'hôtel, lui avait proposé de changer de chambre mais elle avait crânement refusé.

Elle assumait parfaitement d'être seule dans la suite nuptiale, malgré l'humiliation d'avoir été trahie par Chad.

À cela s'était ajoutée la défection de Hank, la veille au soir. C'était beaucoup !

Elle se doutait bien que Janie avait manipulé son père pour qu'il accepte ce dîner à trois au Ace, mais de là à ce que Hank se volatilise… Elle n'en revenait pas.

Dire qu'elle s'était préparée avec un soin particulier, le cœur battant ! Ses longs cheveux retombaient en boucles brillantes sur ses épaules, sa robe noire avait un décolleté plongeant qui lui dénudait le dos, et ses hauts talons soulignaient le galbe parfait de ses jambes.

Combien de temps avait-elle attendu ? Elle ne se rappelait plus, mais il lui avait fallu un très long moment pour se rendre à l'évidence : Hank ne viendrait pas.

En fait, elle n'avait pas imaginé qu'il lui ferait faux bond, peut-être à cause de ses manières un peu désuètes. Ou bien parce qu'elle avait fantasmé sur le cœur pur et loyal du *vrai* cow-boy qu'il était…

Mais il n'était pas venu. Ne lui avait pas téléphoné pour annuler. Rien. Manifestement, elle s'était autant trompée sur Hank Harlow que sur son ex-fiancé : tous deux étaient aussi peu fiables l'un que l'autre !

Pour couronner le tout, une serveuse lui avait apporté sur un chariot un énorme plat d'huîtres, une bouteille de champagne et un gâteau au chocolat en forme de cœur !

Il ne manquait plus que ce cadeau pour lui rappeler ce mariage qui n'avait pas eu lieu ! Envoyé par un invité négligent qui avait oublié d'annuler sa commande, sans doute.

Elle s'était retenue de boire le champagne pour se remonter le moral mais avait dévoré le gâteau au chocolat.

Quant aux huîtres, qu'elle détestait mais que Chad adorait, elle les avait jetées à la poubelle.

Et finalement, elle avait dîné au restaurant de l'hôtel avant de retourner dans sa chambre pour y passer la première nuit de sa lune de miel, en proie à un horrible cafard. Ce que lui avait prédit sa mère…

Si ce n'est que la vraie raison de son désespoir n'était pas la trahison de Chad !

Le lendemain matin, bien décidée à profiter de son séjour envers et contre tout, elle avait emporté sa tablette au petit déjeuner pour chercher des randonnées équestres sur Internet. Mais ses pensées revenaient inévitablement à Hank, qui aurait dû être son guide. Un vrai cow-boy du Montana.

Cela dit, le Montana regorgeait de vrais cow-boys, donc il était très facile de s'adresser à un des ranchs listés par l'hôtel.

Oui, bien sûr, mais ce ne serait pas la même chose. Hank était unique…

Afin de ne plus penser à lui, elle consulta sa liste d'occupations pour ses vacances. Une longue liste ! Et si elle voulait en venir à bout, il ne s'agissait pas de traîner !

Aussi se leva-t-elle prestement en ajustant la bride de son sac à son épaule.

Elle arrivait dans le hall quand soudain, elle entendit la voix de Janie qui l'appelait. Embarrassée, elle se tourna vers elle avec un sourire forcé. Si Janie était là, son père devait être dans les parages. Or, rencontrer Hank était la dernière chose qu'elle souhaitait.

Janie portait un jean et une chemise à carreaux. Une vraie tenue de fille de rancher ! Mais le visage de la fillette n'était pas éclairé de son sourire habituel.

— Comment vas-tu ce matin, ma petite Janie ?

— Oh ! Ça va mieux… Je n'ai plus mal à la tête comme hier soir, c'est déjà ça.

— Tu as été malade ?

— Oui, c'était affreux, je n'ai jamais eu ça, murmura Janie. J'ai dit à mon père d'aller dîner quand même avec toi mais il n'a pas voulu me laisser seule dans ma chambre.

C'était une raison plausible pour annuler un dîner, admit Gemma, mais dans ce cas, pourquoi Hank ne lui avait-il pas téléphoné pour la prévenir ? Janie, en outre, semblait croire qu'elle était au courant de tout. Bizarre.

— Alors hier soir, ton père et toi…

— On a dîné tous les deux dans ma chambre. Et toi, tu as fait quoi ?

— J'ai dîné au restaurant de l'hôtel puis je me suis couchée tôt.

— C'est vraiment dommage qu'on n'ait pas pu aller au Ace.

— C'est dommage, oui…

Gemma sentit sa voix mourir dans sa gorge à la vue de Hank qui entrait dans le hall.

Elle avait vaguement espéré qu'elle avait exagéré le charme de Hank, la veille. Le décalage horaire et la fatigue avaient égaré son jugement.

Hélas, il était plus séduisant que jamais !

Vêtu d'un jean qui moulait ses cuisses puissantes et d'une chemise à carreaux soulignant ses larges épaules, il incarnait le parfait cow-boy… pour la *city girl* qu'elle était. Elle ne risquait pas d'oublier dans quelle catégorie Hank l'avait placée !

— Papa, je disais à Gemma qu'on avait dîné dans ma chambre hier.

— Très bien, dit Hank d'une voix grave.

— Tu devrais venir voir ma chambre, Gemma, reprit Janie. Elle est tellement cool !

— Oh ! je suis sûr que Gemma en a une tout aussi bien, remarqua Hank froidement avec un sourire sarcastique. C'est sans doute la plus belle suite de l'hôtel.

Gemma précisa avec un petit haussement d'épaules :

— Oui, c'est la suite…

… lune de miel.

Elle ne prononça pas les mots mais quand elle croisa le regard sardonique de Hank, elle comprit ! Il savait, c'était évident !

Mais que savait-il exactement ? Et surtout, quelles conclusions avait-il tirées ? Avait-il pensé… qu'elle cherchait à séduire un autre homme pendant sa lune de miel ?

Une vague de colère la submergea.

Quand elle avait découvert la trahison de Chad, elle n'avait pas crié, ni hurlé, ni pleuré, comme si elle était complètement extérieure à ce qui lui arrivait. Comme si elle regardait une mauvaise série télévisée.

Mais hélas, c'était la réalité. C'était sa vie, son fiancé, sa meilleure amie. Comment avait-elle pu rester aussi indifférente à ce drame qui brisait son existence ? Pourquoi, au lieu d'être anéantie par le chagrin, s'était-elle sentie bizarrement… soulagée ?

Ce qui ne l'avait pas empêchée de ressentir un pénible sentiment d'humiliation.

Tandis qu'elle téléphonait pour annuler la cérémonie, décommander la salle, prévenir les invités, elle s'était demandé combien, parmi ses amis et ceux de Chad, étaient au courant de la liaison de son fiancé avec Mélanie ?

Sa confiance en ses amis avait été sérieusement ébranlée. Tout autant que celle en son propre jugement.

Pourtant, quand elle avait rencontré Hank, elle avait aussitôt eu confiance en lui. C'était un homme sur lequel on pouvait compter.

S'était-elle trompée, une fois de plus ?

— Janie, peux-tu nous laisser seuls une seconde, ton père et moi ?

Ne se rendant pas compte de la tension entre les deux adultes, la fillette eut un grand sourire.

— Bien sûr ! Je vais voir où en est la randonnée de cet après-midi ! lança-t-elle en s'éloignant. Papa, n'oublie pas que tu dois apprendre à Gemma à monter à cheval, hein ?

— Je suis sûr que tu as autre chose à faire que monter à cheval, marmonna Hank, une fois que sa fille eut disparu.

— Certainement ! Et à ton avis, qu'est-ce que je pourrais bien faire ? répliqua Gemma en croisant les bras sur sa poitrine, frémissant de colère. Qu'est-ce que l'on peut bien faire pendant… sa lune de miel ? Dis-moi, Hank !

Il regarda autour de lui, l'air gêné.

— Gemma, écoute…

— Non, c'est *toi* qui vas m'écouter ! Oui, je suis dans la suite lune de miel, mais je ne suis pas mariée et je ne suis plus fiancée. Tu regardes un peu trop de mauvaises séries télévisées, Hank Harlow ! Tu t'imagines que je suis une dévoyée parce que je viens de New York ? Que je suis à l'affût d'une petite aventure facile ?

Une vive rougeur colora les joues de Hank, à la grande satisfaction de Gemma. Il ouvrit la bouche, la referma, puis murmura :

— Je ne vois pas le rapport avec les séries télévisées, mais en tout cas…

— Papa, papa !

Janie courait vers lui, tout excitée, et Hank bénit manifestement l'arrivée de sa fille.

— Qu'est-ce qu'il y a, ma grande ?

— Les parents de Davey sont malades. Intoxication alimentaire. Ils devaient nous encadrer pour la promenade dans la nature. Le guide de l'hôtel cherche des volontaires. Dis, papa, tu crois que tu…

— Pas de problème, ma grande, je vous accompagne, répondit Hank.

— Super ! Je vais dire à Mme Mitchell que tu viens avec Gemma ! s'exclama la fillette en s'éloignant.

Hank l'arrêta dans son élan.

— Attends, Janie ! Gemma habite New York. Les New-Yorkaises et la nature ne font pas forcément bon ménage, fit-il remarquer.

Gemma encaissa le coup sans broncher et murmura :

— Il est vrai que tu es un expert en la matière, Hank Harlow !

Puis elle adressa un grand sourire à Janie et ajouta :

— Dis à Mme Mitchell que je serais très heureuse de vous accompagner.

Tandis que la fillette repartait en sautillant de joie, Gemma se tourna vers Hank avec un air de défi.

— Tu me crois vraiment incapable de marcher sur un chemin de montagne ? s'enquit-elle d'un ton sec.

— Disons que… ça peut être amusant de te voir tenter l'expérience, répondit-il en la détaillant de la tête aux pieds.

Il eut un petit sourire narquois quand son regard s'arrêta sur les sandales à talons qu'elle portait.

Elle frémit. Évidemment, c'était comme si un

grand « made in New York » était inscrit sur toute sa personne !

La nuit précédente, Hank était resté longtemps éveillé à regarder le plafond de cette chambre inconnue. Pourquoi se tourmenter à propos de Gemma ? Elle n'était pas pour lui, c'était évident. De toute façon, il n'était pas à la recherche d'une liaison, en tout cas certainement pas avec une femme qui était son contraire !

Pourtant, le soulagement qu'il avait éprouvé en apprenant qu'elle n'était ni mariée ni fiancée lui avait révélé que Gemma ne lui était pas si indifférente que ça.

Toutefois, une question le taraudait.

Toujours la même, depuis la veille.

Qui diable était Chad ?

Même s'il ignorait tout de cet épisode de la vie de Gemma, il était assez honnête pour reconnaître qu'il l'avait jugée trop vite. Et mal jugée. Il avait honte de la réaction impulsive qu'il avait eue.

Et il ne pouvait s'en prendre qu'à lui-même. Son mariage malheureux et sa crainte de voir arriver Daniel Stockton d'un moment à l'autre l'avaient rendu méfiant.

Jamais il n'aurait dû accepter ce dîner, hier, se répéta-t-il pour la centième fois. Cela avait été un désastre pour lui et Gemma.

Irrité contre lui-même, il se passa la main sur la nuque en se dirigeant vers le groupe d'enfants.

Quelle excitation ! Les garçons se bagarraient tandis

que les filles prenaient des photos avec leur smartphone. Dans les deux cas, ils faisaient un vacarme infernal.

Tous attendaient Gemma… qui apparut soudain, vêtue d'un jogging noir et d'un sweat-shirt assorti, ses longs cheveux retenus en une queue-de-cheval qui sautait dans son dos au rythme de sa marche rapide.

— Allez, les enfants ! On y va ! cria le jeune guide en la voyant.

Hank regarda Gemma sans mot dire. Le tissu fin de son pantalon moulait ses jambes, soulignant le galbe parfait de ses cuisses fines et les courbes de ses hanches.

Au prix d'un grand effort, il se détourna afin d'écouter le guide qui donnait des instructions pour la randonnée.

— Maintenant, je vous propose de vous mettre par deux, ce sera beaucoup plus pratique pour marcher. Vous pourrez vous aider mutuellement dans les passages difficiles.

Aussitôt, Hank se tourna vers sa fille, mais elle avait déjà trouvé une camarade de marche. Quand Janie croisa le regard de son père, elle se précipita vers lui et s'écria de sa voix haut perchée :

— Papa, tu vas prendre Gemma comme partenaire !

— Je crois que…

— Tu as entendu ce qu'a dit le guide ? Deux par deux ! En plus, c'est toi qui as dit que les New-Yorkaises et la nature ne faisaient pas bon ménage !

Pris au piège par sa propre fille !

Il grimaça et décida de se concentrer sur ce qui le séparait de Gemma, ce qui lui permettrait d'oublier l'attirance immédiate qu'il avait eue pour elle dès qu'il l'avait vue. Hier soir, les choses avaient mal tourné, entre eux. Ce qui était tout aussi bien.

Une New-Yorkaise ultra-sophistiquée et un cow-boy solitaire ? L'assemblage était pour le moins bancal ! Et voué à l'échec.

Quand Janie avait parlé de « promenade dans la nature », Gemma avait pensé à une courte marche aux alentours de l'hôtel. Mais ils s'étaient vite éloignés de Maverick Manor et, lui semblait-il, de la civilisation ! Plus ils s'enfonçaient dans cette forêt sauvage, plus elle se sentait mal à l'aise !

Tout clochait ! À commencer par ses bottines de cuir qui étaient parfaites pour les trottoirs de New York mais totalement inadaptées au relief accidenté du Montana !

Dire qu'elle était censée communier avec la nature ! Se connecter à la terre. Impossible quand des branches d'arbres lui fouettaient le visage ! Et son attention était tellement concentrée sur les ornières du sentier qu'elle marchait les yeux rivés au sol pour ne pas se tordre la cheville et ne voyait rien du paysage alentour.

— Ça va, Gemma ? demanda Hank, qui marchait devant elle.

Il avançait sans difficulté dans cette espèce de jungle hostile. Pour rien au monde, elle ne lui avouerait ses craintes !

— Très bien, oui ! répondit-elle gaiement. C'est magnifique !

Le paysage autour d'elle était en effet splendide.

De hauts sapins bordaient le sentier étroit et on voyait au-dessus d'eux des pics enneigés émergeant des montagnes de granit.

Mais pour elle qui vivait au milieu de gratte-ciel de verre et d'acier, le grand ciel du Montana était étouffant, et la nature semblait se refermer sur elle de tous les côtés. Une nature inquiétante, en plus ! Au moindre bruissement de feuilles, elle sursautait, se rappelant les avertissements du guide. « Toujours se tenir à bonne distance de la faune naturelle. »

Car il y avait des ours et autres bêtes sauvages dans la région…

Conseil avisé, certes, mais que ferait-elle si elle se retrouvait tout à coup nez à nez avec un ours ? Difficile de garder une bonne distance, dans ce genre de circonstance !

« Tu détesteras le Montana, lui avait dit sa mère. Tu ne supporteras pas d'être dans un endroit perdu pendant deux jours, encore moins pendant deux semaines ! »

Gemma refusait de lui donner raison. Elle ne regrettait rien. Ni le Montana ni le mariage annulé.

Et elle ne croyait pas non plus aux histoires – aux mensonges ? – que sa mère lui avait racontées sur son père.

— Tu n'es pas obligée de continuer, déclara soudain Hank en s'arrêtant.

Janie et les autres étaient loin devant eux, pataugeant allègrement dans la boue du chemin tandis que Gemma s'efforçait avec soin d'éviter les flaques d'eau en sautillant à droite et à gauche, comme à la marelle.

— Si tu veux retourner à…, commença-t-il en la rejoignant.

— Ah non ! Je n'ai pas l'intention de rentrer à New York ! l'interrompit-elle avec indignation.

— Je te proposais juste de retourner à l'hôtel, pas à New York, précisa-t-il, visiblement désorienté par son exaspération.

Se rendant compte qu'elle avait les nerfs à fleur de peau, elle répondit d'un ton radouci :

— Non, pas possible. Le groupe a besoin de deux accompagnateurs pour encadrer les enfants.

C'était lui qui avait proposé de fermer la marche. Sans doute prévoyait-il que la New-Yorkaise craquerait lamentablement au bout de quelques mètres !

Ou bien il essayait seulement de lui faciliter les choses.

— Je dois aller jusqu'au bout, murmura-t-elle d'un air déterminé. Et… oups !

Son pied glissa sur une plaque de boue, le sol se déroba et elle partit en arrière.

Elle ferma les yeux, s'attendant à s'étaler dans une flaque d'eau glacée. Au lieu de quoi, son dos fut arrêté par une poitrine solide et chaude tandis que les bras de Hank l'enveloppaient, juste sous les seins.

— Ça va ? murmura-t-il à son oreille.

Quand elle tourna la tête, leurs bouches se retrouvèrent à quelques millimètres l'une de l'autre. Un frisson la parcourut. Il suffisait qu'elle s'abandonne à cette étreinte, qu'elle se laisse griser par le parfum boisé de l'after-shave de Hank, qu'elle oublie le monde autour d'elle…

In extremis, elle se souvint des mots sarcastiques de Hank. Pour lui, ce serait « amusant » de la voir marcher sur les sentiers de montagne !

Elle s'arracha brusquement à ses bras et le repoussa avec force, risquant une autre chute. Qui ne se produisit heureusement pas.

— Tout va bien, déclara-t-elle sèchement. Je peux très bien me débrouiller toute seule !

Le visage impassible, Hank leva les bras et recula d'un pas.

Gemma maudissait sa réaction. Pourquoi son corps réagissait-il ainsi ?

— Je n'ai pas besoin de ton aide, précisa-t-elle sur le même ton.

— C'est évident, rétorqua-t-il avec un soupçon d'ironie.

Les joues de la jeune femme s'enflammèrent tandis qu'elle se remettait en marche.

— J'imagine que tu ne m'expliqueras pas pourquoi tu dois aller jusqu'au bout, fit-il remarquer.

Personne n'avait compris. Ni ses amis, ni Chad, et certainement pas sa mère. Pourquoi diable Hank Harlow comprendrait-il, lui ? Hier soir, il avait prouvé à quel point il se méprenait sur elle.

Elle poussa un petit grognement peu élégant en contournant un gros rocher situé au milieu du sentier boueux.

— Cela fait partie de mon initiation à la vie à Rust Creek Falls, répondit-elle en se retournant vers lui. Une randonnée dans la boue, et puis… chercher à séduire un inconnu pendant ma lune de miel !

Elle eut alors l'immense satisfaction de voir les joues de Hank s'empourprer.

— Tu vas me le rappeler souvent ? marmonna-t-il.

— Çà oui ! Tu peux compter sur moi !

D'un geste vigoureux de la main, elle repoussa sa queue-de-cheval par-dessus son épaule. Son attention se détourna alors du chemin, son talon droit se coinça dans un gros caillou, sa cheville se tordit, et avant qu'elle ait pu faire quoi que ce soit, elle tomba sur le dos et se mit à glisser le long du talus.

Impossible de s'arrêter ! La pente était trop raide !

Avec un grand « splash », elle termina sa glissade dans un ruisseau, heureusement peu profond.

Tout étourdie, elle parvint à s'asseoir. L'eau était glacée.

Il y eut alors un bruit de branches cassées et de piétinement, et Hank apparut.

— Gemma ! cria-t-il d'une voix inquiète. Ça va ?

Elle fit un rapide bilan de sa situation : elle était trempée, elle avait froid et elle était… ridicule ! À part ça…

— Oui, tout va très bien, répondit-elle d'un air digne.

Les mains sur les hanches, Hank se campa devant elle avec un large sourire en déclarant :

— Voilà en tout cas un spectacle que je ne suis pas près d'oublier !

La fureur envahit Gemma.

— C'était ce que tu attendais, hein ! s'exclama-t-elle. La New-Yorkaise et la nature ne font pas bon ménage !

— Je me suis trompé ! En fait, vous vous entendez

plutôt bien. La preuve, Dame Nature t'a gentiment habillée de sa boue !

Hors d'elle, Gemma plongea la main dans la boue, en prit une poignée et la lança en direction de Hank. Mais comme il venait de se pencher vers elle pour l'aider, la boue, au lieu d'atteindre son torse, s'écrasa sur son visage…

Il y eut un silence et ils s'immobilisèrent.

Une coulée brune dégoulina le long de la joue de Hank et goutta sur sa chemise. Hank se redressa et s'essuya lentement le visage.

— Euh… Je n'avais absolument pas l'intention de faire ça. J'ai mal visé, expliqua Gemma d'une voix plate.

Hank sortit de sa poche un mouchoir dont il se servit pour enlever le reste de traces brunes.

— En fait, c'est tout à fait par hasard que tu m'as envoyé une poignée de boue sur le visage, hein ? répliqua-t-il.

— Non, j'ai *effectivement* lancé de la boue vers toi. Mais c'est *par hasard* qu'elle a atterri sur ton visage. Je visais le torse.

— Tir raté, donc.

— Tu as bougé ! rétorqua-t-elle d'un ton accusateur. Et…

Elle ne put achever sa phrase car Hank s'était avancé et l'avait saisie par le bras, une lueur inquiétante dans ses yeux bleus. Elle recula mais Hank la tira avec force et l'extirpa du ruisseau sans difficulté pour la plaquer contre lui.

Le souffle coupé, elle posa les mains sur les larges

épaules de Hank en tentant d'ignorer la sensation brûlante qui l'envahissait. Que voulait-il ?

Hank se figea dès que leurs corps furent en contact. Son regard fouillait son visage. Que cherchait-il ? Leurs lèvres étaient si proches…

— Parle-moi de Chad, demanda-t-il soudain d'un ton dur.

À ces mots, Gemma s'arracha à ses bras et recula de quelques pas en chancelant, stupéfaite. Quelle idée d'évoquer un tel sujet alors qu'elle sortait d'un bain d'eau glacée ! En outre, elle n'avait pas la moindre envie de penser à son ex-fiancé et encore moins d'en parler !

Elle lui lança un regard furieux.

— Que sais-tu sur lui ? s'enquit-elle.

— Pas grand-chose.

Il haussa les épaules et précisa :

— Je sais qu'il aime les huîtres, le champagne et les gâteaux au chocolat recouverts de fraises.

Gemma écarquilla les yeux. Comment connaissait-il tous les détails de son dîner de la veille ?

— Je sais aussi que cet homme est un parfait abruti, continua-t-il du même ton sec.

— Parce qu'il aime le champagne et les huîtres ?

Ce genre de menu ne doit pas être du goût d'un rancher ! songea-t-elle avec un brin d'amusement.

— C'est un idiot parce qu'il t'a laissée dîner toute seule dans une suite lune de miel.

À ces mots, elle fit une petite grimace. Elle s'assit sur un rocher pour ôter une de ses chaussures emplies d'eau.

— Ce n'est pas Chad qui m'a laissée toute seule, c'est *toi*, Hank, répondit-elle froidement.

Il tressaillit et se passa la main dans les cheveux, manifestement embarrassé.

— Oui, c'est vrai, je suis un imbécile, moi aussi, marmonna-t-il. Je sais que ce n'est pas une excuse, mais… cela fait des années que je n'ai pas eu de rendez-vous avec une femme. Disons qu'hier soir, j'ai un peu paniqué à l'idée de me ridiculiser devant toi.

Gemma le regarda, surprise. Avec quelle franchise il avouait ses faiblesses ! Elle n'en revenait pas ! D'instinct, elle lui avait fait confiance dès le début. Peut-être avait-elle eu raison, en fin de compte ?

Pourtant, la veille, elle avait imaginé, en ne le voyant pas arriver, qu'il était avec une autre femme. Une femme plus belle, plus excitante. Comme Chad qui lui avait préféré sa très sexy meilleure amie.

D'accord, Hank était honnête, mais il lui avait prêté des intentions minables !

— Mais tu as tout de même insinué que je cherchais une aventure amoureuse pendant ma lune de miel ! fit-elle remarquer.

— Franchement, je ne comprends pas moi-même pourquoi j'ai eu une telle pensée, avoua-t-il avec un soupir. J'étais déjà plein de doutes, mais quand j'ai vu que tu étais dans la suite lune de miel et que l'on apportait un dîner pour deux avec une carte de félicitations… Mets-toi à ma place ! J'étais furieux !

Il fit une pause avant de reprendre d'une voix plus calme :

— J'aurais dû au moins te téléphoner pour annuler notre dîner.

— Je ne te le fais pas dire !

Elle s'interrompit, hésita, puis décida d'être aussi franche que lui.

— Cela m'aurait évité de croire que tu m'avais laissée tomber pour dîner avec une autre femme, précisa-t-elle en rougissant un peu.

Hank la fixa en silence pendant un si long moment qu'elle se sentit de plus en plus embarrassée. D'autant qu'elle devait faire piètre figure, dans ses vêtements trempés…

Elle se détourna pour se remettre en marche.

Mais Hank la retint par le bras. Sa main était ferme mais douce.

Elle resta immobile, consciente de la chaleur du corps de Hank si proche d'elle.

— Il n'y a pas une seule femme dans le Montana avec qui j'aimerais dîner, à part toi, murmura-t-il à son oreille.

Son souffle la caressa, provoquant un délicieux frisson en elle. Si seulement elle pouvait le croire ! Voilà qui mettrait du baume sur son ego blessé !

Avec un soupir, elle s'écarta.

Il est temps de redescendre sur terre ! songea-t-elle en considérant son pantalon trempé. Le groupe ne tarderait pas à les rejoindre et elle devait retrouver une apparence décente.

Gemma entreprit d'abord d'essorer ses vêtements du mieux qu'elle put. Aussi enleva-t-elle son sweat-shirt d'un geste vif, révélant les courbes sensuelles de son buste vêtu seulement d'un fin T-shirt blanc.

— Eh, que fais-tu ? s'exclama Hank.

— Mon sweat est trempé, expliqua-t-elle en le tordant avec vigueur.

— Ton pantalon aussi !

Elle lui lança un regard moqueur et sourit.

— Eh, cow-boy, ne te fais pas trop d'illusions ! Je n'ai pas l'intention de faire un strip-tease !

D'un geste décidé, elle noua les manches de son sweat-shirt autour de sa taille puis posa les mains sur les hanches.

— Bon, comment on sort de là, maintenant ? demanda-t-elle en indiquant la pente du talus d'un geste du menton.

Hank s'arracha avec difficulté à la contemplation du buste de Gemma. Le profond décolleté du T-shirt révélait des seins ronds et fermes qu'il avait une folle envie de prendre dans ses mains. Il était au supplice. Pourquoi était-elle si belle et désirable ?

— Par le même chemin qu'à l'aller, mais on ira plus lentement, répondit-il ironiquement en escaladant le bas du talus.

Il cala ses pieds dans un creux de la terre, se tourna vers Gemma et lui tendit la main.

— Allez ! Tu es tout à fait capable de monter !

Après avoir pris une grande inspiration, Gemma mit une main dans la sienne, et ils commencèrent leur ascension vers le chemin qui se trouvait à plusieurs mètres au-dessus.

Hank montait lentement en prenant soin d'éviter les

passages trop glissants. Quand il proposa à Gemma de s'arrêter pour souffler un peu, elle refusa énergiquement.

Il admirait sa détermination et son endurance, car il était évident qu'elle n'avait sans doute jamais escaladé le moindre monticule ! Une autre qu'elle aurait paniqué ou se serait plainte. Gemma, elle, serrait les dents et avançait, plaçant chaque pas dans les siens.

Elle était plus solide qu'elle n'en avait l'air, se dit-il. Et aussi, plus vulnérable.

Pourtant, sa beauté aurait dû lui donner de l'assurance. Dire qu'elle avait craint qu'il l'ait délaissée pour une autre femme ! Voilà qui révélait un étonnant manque de confiance en soi.

Gemma Chapman était décidément déroutante !

Quand ils franchirent le dernier obstacle et se retrouvèrent sur le sentier de randonnée, elle poussa un cri de triomphe.

— Hourrah ! On est arrivés !

Hank retint un petit sourire. On aurait pu croire qu'elle venait d'escalader le Granite Peak, un des sommets les plus élevés de la région !

Des rires lui parvinrent et il devina que les enfants seraient là d'une minute à l'autre. Il saisit le bras de Gemma, qui lui lança un regard interrogateur.

— Je suis désolé pour hier soir, murmura-t-il. Mais ce que je t'ai dit est vrai : il n'y a pas une seule femme dans le Montana avec qui j'aimerais dîner, à part toi.

— Dans *tout* le Montana ?

— Oui.

Une lueur malicieuse dansa dans les yeux verts de Gemma quand elle rétorqua :

— Tu sais que le Montana est l'État le moins peuplé des États-Unis ?

Il laissa échapper un petit soupir.

— Tu ne me facilites pas les choses, marmonna-t-il.

— J'ai rendu les choses trop faciles pour certains hommes, autrefois.

Comme l'imbécile de New York qui l'avait laissée partir, songea-t-il.

— Je vais t'apprendre une chose à propos des *vrais* cow-boys, reprit-il. Ils n'ont pas peur de la difficulté. Et je voudrais te le prouver.

Elle repoussa sa queue-de-cheval et le regarda droit dans les yeux.

— Et… comment ? s'enquit-elle.

— Je vais te montrer ce qu'est la *vraie* vie à Rust Creek Falls.

- 4 -

— Je n'aurais jamais imaginé qu'il y ait des magasins où l'on puisse acheter à la fois des vêtements, de la nourriture et des outils de jardin ! s'exclama Gemma en entrant au Crawford General Store.

Le bâtiment de brique rouge était en effet l'endroit où les habitants de Rust Creek Falls faisaient l'essentiel de leurs courses. Hank n'avait donc pas hésité à y conduire Gemma afin qu'elle s'achète des vêtements confortables pour monter à cheval.

À présent, il se disait que ce n'était peut-être pas au goût de Gemma, habituée aux boutiques chic de New York. Il aurait dû l'emmener dans un des magasins de Kalispell où les vêtements étaient suspendus à des cintres au lieu d'être simplement empilés les uns sur les autres comme chez Crawford, entre la nourriture pour chiens et le bricolage !

— Hank ! Comment ça va ? Ça fait un moment que je ne t'avais pas vu ici !

Hank maudit son manque de prévoyance. L'autre avantage, à Kalispell, c'était qu'il ne risquait pas d'y rencontrer la blonde et pulpeuse Natalie Crawford, une des filles du propriétaire, réputée pour son penchant à draguer tous les hommes de la région.

— Ça va bien, merci, répondit-il d'un ton neutre.

Natalie battit des cils et lança un regard lourd de sous-entendus en direction de Gemma.

— Tu m'as l'air bien occupé, Hank, fit-elle remarquer d'un air narquois.

Gemma lui tendit la main avec un grand sourire.

— Je me présente, Gemma Chapman. Je suis ici en vacances et j'avais envie de faire un peu de shopping.

Natalie promena un regard appréciateur sur la fine chemise de lin et le pantalon noir satiné de Gemma.

— Je préfère être franche, ma jolie, vous ne trouverez pas ce genre de choses à Rust Creek Falls, déclara-t-elle.

— Nat, on va monter à cheval, intervint Hank. Gemma a besoin d'un jean et d'une chemise.

— Alors j'ai tout ce qu'il vous faut !

Elle sortit une série de vêtements des étagères et les déposa dans les bras de Gemma qui garda un air imperturbable.

— J'espère que vous ferez autre chose que des randonnées à cheval, reprit Natalie. La vie nocturne ici n'est pas très passionnante, mais il y a The Ace in the Hole où on peut jouer au billard.

Gemma fit une petite moue désolée.

— Euh… je ne sais pas jouer au billard, avoua-t-elle.

— Eh bien, si vous avez une soirée libre, je vous apprendrai quelques bons coups, répondit Natalie avec un grand sourire.

Hank chercha désespérément un moyen de la faire taire.

— Vous n'irez pas toutes les deux seules au Ace, déclara-t-il. Pas question !

Il imaginait déjà la belle blonde et la superbe brune inclinées au-dessus de la table de feutre vert, s'entraînant à tirer dans les boules. Une aubaine pour les cow-boys du samedi soir qui seraient ravis de les initier au billard !

L'idée d'un homme tenant Gemma dans ses bras lui était insupportable !

— Hank, j'ai déjà quatre grands frères, rétorqua Natalie. Je n'ai pas besoin d'un cinquième pour me faire la leçon !

Elle ajouta quelques chemises à la pile dans les bras de Gemma en demandant :

— Et vous, Gemma ? Venez-vous d'une famille nombreuse ?

— Je suis fille unique, répondit Gemma.

— Ah, vous en avez de la chance ! s'exclama Natalie. Toute l'attention était pour vous. Et une salle de bains pour vous toute seule ! Quel bonheur !

— En fait, j'ai passé mon enfance dans un pensionnat, précisa Gemma avec un sourire forcé.

Le cœur de Hank se serra à la vue de la tristesse qui se peignit soudain sur les traits de la jeune femme. Il l'imagina petite fille, avec ses grands yeux verts interrogateurs, ses longs cheveux dans le dos, ses bras menus, vêtue probablement d'un uniforme sévère. Seule et loin de sa famille.

Mais Gemma se reprit. Elle rejeta ses cheveux en arrière, comme pour chasser ces souvenirs, en ajoutant sur le ton de la plaisanterie :

— Donc j'ai partagé une salle de bains avec une dizaine d'autres filles !

— Un vrai cauchemar ! Ouh, je vous plains ! On pourrait aller se consoler de tout ça autour d'une bière au Ace, ça vous dit ? suggéra Natalie.

— On devait y aller hier soir, mais… il y a eu un contretemps, dit Gemma en lançant un regard de reproche en direction de Hank.

Il soupira. Apaiser la colère de Gemma ne serait pas une mince affaire !

— Janie a eu un gros mal de tête et on a annulé, expliqua-t-il.

Natalie haussa les sourcils.

— J'espère que tout est rentré dans l'ordre et que…

— Oui, tout va bien, l'interrompit Hank, qui n'avait pas la moindre envie de connaître les commentaires de Natalie.

Inutile de s'attarder sur ce sujet délicat !

— Nat, je crois que Gemma a assez de choses, fit-il remarquer. C'est juste pour quelques randonnées à cheval.

— Alors on va passer à l'essayage, déclara Natalie.

— Parce qu'il y a une cabine d'essayage ? s'enquit-il.

— Oui, monsieur ! On n'est pas chez les sauvages, ici, rétorqua Natalie en lui jetant un regard noir.

La cabine, située tout au fond du magasin, était minuscule. Quand Natalie tira le rideau, elle révéla un étroit miroir en pied, un petit banc de bois et une patère clouée dans le mur.

Gemma ne devait pas avoir l'habitude de ce minimalisme rustique, songea Hank, regrettant une nouvelle fois de n'avoir pas pris la direction de Kalispell.

Mais un large sourire illumina les traits de Gemma

quand elle jeta les vêtements sur le banc. Elle extirpa du tas une chemise à carreaux rouges et noirs et la tint devant elle.

— Qu'en penses-tu, Hank ? demanda-t-elle. Ça fait cow-girl du Montana ? Ou c'est trop bûcheronne de la côte Ouest ?

— Oh ! je ne sais pas vraiment…, marmonna-t-il, peu désireux de se lancer sur ce sujet qui lui semblait épineux.

Natalie intervint et le poussa sur le côté en fermant le rideau avec autorité.

— Allez ouste, Hank ! Gemma va essayer tout ça !

À vrai dire, il était mal à l'aise dans cette situation pour le moins inhabituelle pour lui. Il essayait surtout de ne pas imaginer ce qui se passait dans la cabine, Gemma faisant glisser son pantalon le long de ses jambes fines…

Il y eut un bruit métallique d'anneaux glissant sur une tringle, et Gemma réapparut. Il sursauta.

Il l'avait vue pour la première fois vêtue d'un bikini quasi symbolique et il savait qu'elle était superbe. Sophistiquée, sexy, chic. La New-Yorkaise inaccessible pour lui, le rancher du Montana.

Mais là… Le jean en denim moulait ses longues jambes, épousant les courbes douces et sensuelles de ses hanches minces, et la chemise sans manches en imprimé bandana rouge avait un décolleté profond qui révélait un soupçon de dentelle noire à la naissance de ses seins. Ses cheveux relevés en queue-de-cheval complétaient l'image parfaite de la cow-girl.

Gemma s'était métamorphosée en véritable femme du Montana !

Tous ses raisonnements qui le poussaient à garder ses distances – leurs vies si différentes et son refus à lui de s'aventurer dans une liaison sans avenir – furent réduits à néant par cette apparition.

— Hank ?

La voix de Gemma le rappela à la réalité mais il resta muet.

— Je crois que vous lui avez causé un choc, intervint Natalie. Pas facile de savoir, avec ce genre d'homme… Le cow-boy fort et taciturne.

La clochette de la porte d'entrée retentit et Natalie laissa échapper un petit soupir.

— Quelqu'un vient d'entrer, il faut que j'y aille, dit-elle. Mais si vous essayez autre chose, surtout appelez-moi !

— C'est parfait, murmura Gemma quand Natalie eut disparu.

Ses grands yeux verts brillaient tellement que Hank aurait juré qu'elle était au bord des larmes si un radieux sourire n'avait pas éclairé son visage.

Il approuva d'un signe de tête.

— C'est exactement…

Elle s'interrompit.

— Exactement… quoi ? demanda-t-il.

— … ce que porterait une vraie cow-girl, conclut-elle dans un souffle. Tu ne trouves pas ?

— Oui, c'est vrai.

Pourtant, la méfiance de Hank persistait. Oui, Gemma avait soudain l'air de s'intégrer complètement à Rust Creek Falls, mais elle restait avant tout une New-Yorkaise qui avait un travail et une vie ailleurs, dans une ville prestigieuse. Et un ex-fiancé.

Il ignorait pourquoi Gemma avait rompu, mais il s'était déjà trompé une fois en croyant qu'il pourrait se faire aimer d'une femme qui en aimait un autre. Il avait trop souffert pour commettre la même erreur une seconde fois.

Gemma avait conscience d'être trop émotive. Ce que sa mère lui avait bien souvent reproché. Mais en portant une tenue si semblable à celle de la petite fille de la photo, elle avait l'impression d'être tout simplement… elle-même. D'être celle qu'elle serait devenue si sa vie avait suivi un cours différent.

Si son père n'était pas mort dans un accident quelque temps après avoir pris cette photo.

Quand elle était enfant, elle avait souvent posé des questions sur son père, et sa mère s'était contentée de lui répondre qu'il l'avait abandonnée quand il avait su qu'elle était enceinte.

Pourquoi Gemma aurait-elle douté de ses paroles ? Elle avait donc toujours cru à cette version, jusqu'au jour où elle avait découvert une boîte au fond d'un placard.

Il y avait dedans des dizaines de photos d'elle enfant, et très souvent dans les bras d'un beau cow-boy souriant.

Son père.

Son père qui était parti, certes, mais qui était aussi revenu. Sa mère avait omis de lui raconter cette autre partie de son passé.

À en juger par le nombre de photos, il était même revenu plusieurs fois. Quand elle avait quelques mois, puis plus tard, et ce, pendant plusieurs années.

Jusqu'à ce fatal accident qui lui avait coûté la vie, juste avant qu'elle fête ses quatre ans.

Elle avait lu la date de sa mort sur la copie du certificat de décès qui se trouvait aussi dans la boîte. C'est là qu'elle avait appris qu'il était né à Rust Creek Falls.

Malgré son travail très bien payé, malgré son somptueux appartement et sa garde-robe de rêve, malgré ses fiançailles avec Chad, elle avait toujours ressenti comme un vide dans son cœur. Un manque.

Ce séjour à Rust Creek Falls était peut-être voué à l'échec, mais il était aussi sa seule possibilité de découvrir la vérité sur son père. Ce cow-boy souriant qui tenait sa petite fille dans ses bras. Elle.

Comment expliquer cela à Hank ? Il devait la prendre pour une folle !

Toutefois, il n'en montrait rien et approuvait sa tenue.

Quand il leva la main vers son visage, elle sentit son cœur battre soudain plus vite. Il toucha les boucles d'oreilles qu'elle portait, et elle frissonna quand elle sentit ses doigts effleurer la peau de son cou.

— Ça, c'est en trop, dit-il en laissant retomber sa main.

— Une cow-girl a le droit de porter quelques bijoux, non ?

— Oui, bien sûr ! Surtout quand elle habite à New York !

Le sarcasme la blessa, et elle retourna dans la cabine.

— Peux-tu dire à Natalie que j'ai fini mes achats ? demanda-t-elle.

— Oui. Qu'achètes-tu exactement ?

— Tout ! répliqua-t-elle d'un air de défi en tirant le rideau d'un coup sec.

Gemma avait suffisamment de vêtements dans son appartement de New York pour savoir que le shopping thérapeutique pouvait facilement remplir un placard mais n'avait pas forcément le pouvoir de remplir le vide de son cœur.

Pourtant, elle était contente de ses achats, en particulier d'une paire de boots aux talons épais qui lui donnait de l'assurance. Elle se sentait prête à monter sur le dos d'un cheval, et aussi… à venir à bout de l'obstination du cow-boy qui se tenait à ses côtés, son portefeuille à la main, devant la caisse du magasin.

— Non, c'est moi qui paye mes achats, décréta-t-elle d'un ton catégorique.

— C'est moi qui ai eu l'idée de venir ici, rétorqua Hank.

— Et c'est moi qui ai voulu prendre des leçons d'équitation ! Tu ne m'as d'ailleurs pas dit quel était ton tarif.

— Un gentleman…

— Hank, tu ferais mieux de ne pas insister, l'interrompit Natalie, manifestement ravie de cet échange. Combien prends-tu de l'heure, au fait, pour des leçons d'équitation ? Ça pourrait m'intéresser…

Hank leva les mains d'un geste résigné.

— D'accord, d'accord !

— Parfait ! s'exclama Gemma en tendant sa carte de crédit.

Tout en procédant à la transaction, Natalie arborait un grand sourire.

— Première querelle, fit-elle remarquer avec un clin d'œil. Et maintenant, vous vous embrassez et vous faites la paix !

Ils ne s'embrassèrent pas, mais Gemma vit le regard de Hank fixer soudain ses lèvres légèrement tremblantes.

La toux discrète de Natalie la ramena à la réalité et elle saisit le reçu en rougissant. Hank s'était déjà emparé des sacs pleins de vêtements et se dirigeait vers la sortie.

Après avoir remercié Natalie, elle le rejoignit sur le parking.

Comme il restait silencieux, elle craignit de l'avoir froissé en insistant pour payer.

— Hank, ne te fais pas de souci pour moi sur le plan financier. Tout mon séjour est payé par mon ex-fiancé. L'hôtel, les autres frais…

Le regard furieux que lui jeta Hank l'arrêta net.

Elle se mordit la lèvre, consciente de sa gaffe.

Certains amis avaient approuvé sa décision de venir à Maverick Manor, malgré l'annulation du mariage. Tout son séjour et les frais annexes étaient réglés par Chad, cela avait été convenu depuis longtemps entre eux. Et elle avait repoussé une discussion avec lui sur ce sujet à son retour du Montana. Ils régleraient leurs comptes financiers plus tard.

Manifestement, Hank ne l'avait pas interprété de cette façon.

Jugeait-il qu'elle profitait de la situation et que c'était une forme de vengeance ? se demanda-t-elle en cherchant désespérément un moyen d'effacer ses paroles malheureuses.

Il ouvrit la portière de son pick-up et déposa les sacs sur la banquette arrière en disant :

— Attends-moi là, j'ai oublié quelque chose.

— Je peux t'accompagner ?

— Non, j'en ai pour une minute.

Elle allait s'installer quand une femme âgée passa à sa hauteur.

— Bonjour, madame, dit spontanément Gemma.

La femme se tourna vers elle et, au lieu de lui répondre, s'arrêta net et la fixa avec étonnement.

— Désolée, mais je ne me rappelle pas votre nom, répondit-elle en secouant sa tête grisonnante.

— Oh ! ça n'a rien d'étonnant, nous ne nous sommes jamais rencontrées ! Je m'appelle Gemma Chapman.

Hank revint à cet instant.

— Bonjour, Melba ! Je vois que vous avez fait connaissance avec Gemma. Gemma, je te présente Melba Strickland. Melba et son mari, Gene, tiennent une pension de famille.

Mais Melba continuait à fixer Gemma, sans faire attention à Hank.

— Gemma Chapman, répéta-t-elle lentement. Non, ça ne me dit rien.

Hank fronça les sourcils, surpris, tandis que Melba enchaînait :

— Mais j'ai une excellente mémoire des visages, et je sais que je vous ai déjà vue, mademoiselle. J'en mettrais ma main à couper !

— Je suis arrivée à Rust Creek Falls samedi dernier, et c'est la première fois que je viens ici. Peut-être confondez-vous avec quelqu'un d'autre, suggéra Gemma.

— Moi ? Je ne me trompe jamais, déclara Melba avec fermeté. Donnez-moi juste un peu de temps et ça me reviendra.

La vieille femme secoua la tête, adressa un dernier regard à Gemma et reprit sa marche lente vers le magasin.

— Les Strickland tiennent cette pension de famille depuis plus de trente ans, expliqua Hank. Ils ont vu passer beaucoup de gens.

— Elle doit me confondre avec une ancienne cliente.

Toutefois, il était bizarre qu'une habitante de Rust Creek Falls l'ait considérée non pas comme une inconnue, mais comme quelqu'un qui avait habité là autrefois.

Gemma remarqua alors le grand sac en papier que Hank tenait à la main.

— As-tu trouvé ce que tu cherchais ?

— J'ai trouvé ce dont tu avais besoin, répondit-il en sortant un magnifique Stetson.

Avant même qu'elle ait pu réagir, il le lui avait mis sur la tête.

— Hank, il ne fallait pas…

— Même une aspirante cow-girl ne peut monter à cheval sans chapeau !

Si seulement elle avait eu un miroir ! Elle finit par se contenter de la vitrine du magasin qui réfléchissait sa silhouette.

Elle y vit une image un peu floue où elle ne se reconnut pas. Cette femme en jean et boots, avec un Stetson sur la tête, était-ce bien elle ? Qu'était devenue l'élégante conseillère financière en tailleur strict et talons hauts qui travaillait vingt-quatre heures sur vingt-quatre dans les bureaux de Carlston, Landry and Greer ? Et la fiancée trahie et humiliée qui était arrivée à Maverick Manor pour une lune de miel solitaire ?

Elle apercevait une femme nouvelle : la petite fille de la photo jaunie avait grandi et s'était transformée en une femme du Montana.

Des larmes perlèrent à ses paupières.

— Hank, c'est… c'est parfait…

— Tu aimes vraiment ta tenue ?

La gorge nouée, elle se contenta de hocher la tête.

La chemise imprimée bandana rouge et le jean étaient plus que de simples vêtements. C'était le lien qui la rattachait au passé et à ce père qu'elle n'avait jamais connu.

Peut-être même avait-il acheté sa tenue d'enfant dans ce même magasin ?

Quant au chapeau…

Il faisait partie du présent, oui, d'un glorieux présent ! Le beau cow-boy qui le lui avait offert ignorait sans doute à quel point ce cadeau lui était précieux.

— Wow, magnifique ! s'exclama Janie. J'adore cette robe !

Gemma sourit de l'enthousiasme que la fillette manifestait devant sa garde-robe.

En rentrant à Maverick Manor, elle avait retrouvé Janie, qui venait de terminer une chasse au trésor organisée par l'hôtel. Après avoir raconté ses multiples aventures dans les cuisines et les caves, Janie avait insisté pour visiter la chambre de Gemma. Et le contenu de son armoire !

À présent, elle tournoyait dans la pièce, revêtue d'une tunique aux motifs géométriques, trois fois trop grande pour elle. Juchée sur des stilettos qu'elle perdait à chaque pas, elle se livrait à une inspection méthodique de la garde-robe de Gemma en poussant de grands cris admiratifs.

Pourtant, Janie était un vrai garçon manqué, toujours en jean et chemise de coton. Ses cheveux blonds étaient simplement glissés derrière les oreilles, son visage ne portait aucun maquillage, même pas un peu de brillant à lèvres.

— As-tu des tuniques comme la mienne ? demanda Gemma.

— Eh, tu rigoles ! Je n'ai que des T-shirts avec des personnages de dessins animés ! Et si tu voyais la robe que ma mère m'a achetée à Pâques !

Janie leva les yeux au ciel avec une mine exaspérée.

— C'est exactement la même qu'il y a trois ans !

Dire que je viens de finir ma sixième, gémit-elle. Je suis une *adolescente*, mais personne ne semble en tenir compte. On va parfois à Kalispell, il y a des tas de choses, mais… j'ai toujours peur de faire un mauvais choix et d'avoir l'air idiote dans d'autres tenues, conclut-elle avec un petit haussement d'épaules embarrassé.

— Toi, idiote ? Certainement pas, Janie ! Ce genre de tunique t'irait très bien… si elle était à ta taille, bien sûr !

Gemma caressa un instant l'idée d'aller avec Janie à Kalispell. Mais ce serait empiéter sur le territoire de Hank.

Maladroit et dangereux.

— Alors demain, mon père et toi, vous allez faire une randonnée à cheval, reprit Janie, les yeux brillants. Tu dois être super impatiente !

« Impatiente » n'était sans doute pas le mot qui convenait !

Car maintenant que le projet devenait réalité et qu'une date avait été fixée, l'excitation de Gemma s'était muée en appréhension.

— Janie, tu es sûre que tu ne veux pas venir avec nous ?

Ce serait tellement plus rassurant ! Si une enfant pouvait tenir sur un cheval, il n'y avait pas de raison qu'elle n'y arrive pas !

Mais Janie secoua la tête.

— Pas possible ! On va pêcher dans la rivière. En plus, ça vous permettra d'être tous les deux tout seuls, papa et toi ! Je crois que tu lui plais beaucoup.

À ces mots, Gemma rougit comme une adolescente et bredouilla :

— Tu… tu crois vraiment ?

— Oui, j'en suis même sûre ! C'est comme quand la mère d'Abby, ma meilleure amie, a rencontré Autry Jones. Abby a su tout de suite qu'ils tomberaient amoureux et se marieraient. Maintenant, ils vivent tous à Paris.

— Oh ! Formidable, murmura Gemma.

Si Janie avait en tête de vouloir la marier avec son père, peut-être fallait-il très vite l'en dissuader ? Par des arguments rationnels.

— Je ne sais pas si ton père aimerait être un rancher à Paris, fit-elle remarquer.

Janie éclata de rire.

— Enfin, Gemma ! Il n'est pas question qu'il aille vivre à Paris !

Puis elle se tut, les sourcils froncés. Sans doute se rendait-elle compte que New York ne présenterait pas non plus beaucoup d'attrait pour son père.

Elle poussa un grand soupir et leva vers Gemma ses clairs yeux bleus.

— Je voudrais juste qu'il soit heureux, tu comprends ? Ça fait longtemps que je cherche des solutions. L'année dernière, Zach Dalton a passé une annonce dans un journal pour se marier. Je me suis dit que je pourrais essayer de faire ça à sa place.

Gemma se figea à l'idée de la réaction de Hank. Nul doute qu'il apprécierait peu ce genre d'initiative !

Elle se pencha vers Janie et la regarda droit dans les yeux.

— Promets-moi, Janie, que jamais, au grand jamais, tu ne feras une chose pareille, déclara-t-elle gravement.

Un sourire enchanté illumina alors le visage de la fillette.

— Mais… je n'ai plus besoin de faire ça ! Puisque maintenant tu es là ! répliqua-t-elle.

- 5 -

Hank n'aurait pas pu choisir une plus belle journée d'été pour la randonnée à cheval.

Le temps était chaud mais il y avait assez de nuages dans le ciel bleu du Montana pour les protéger du grand soleil. Une petite brise soufflait et caressait les hautes herbes, apportant de puissantes senteurs de pins.

Et Gemma était juste aussi belle et extraordinaire que cette terre qu'il aimait.

Ils étaient en route pour retrouver un de ses ouvriers, Russell Neal, chargé de conduire les chevaux à l'entrée d'un chemin de randonnée équestre.

Gemma avait tenu à garder la vitre baissée et le vent jouait avec sa longue queue-de-cheval. Son jean délavé très ajusté moulait ses longues jambes.

Hank évitait de regarder dans sa direction, tant l'envie de la prendre dans ses bras le tenaillait. Par chance, sa chemise à carreaux flottait autour de son buste et était boutonnée presque jusqu'au menton ! Elle portait pour seuls bijoux deux petits brillants aux oreilles.

Lorsqu'il aperçut le van de Russell, garé à une cinquantaine de mètres, Hank ralentit puis stoppa en arrivant à sa hauteur. Russell tenait deux chevaux par la bride.

— Salut, Hank !

Russell sourit à Gemma et ôta son Stetson en ajoutant avec l'accent particulier du Montana :

— Bonjour, « ma'am ».

— Gemma Chapman, dit-elle aimablement.

— Enchanté, « ma'am » !

Nouveau large sourire de Russell, manifestement sous le charme.

Hank appréciait beaucoup Russell, qui travaillait dur mais qui avait aussi la réputation d'être une tête brûlée… et un grand amateur de femmes. N'était-il pas en train de flirter ouvertement avec Gemma ?

Non. Il était bien trop jeune pour elle, se rassura-t-il.

Avant de se demander aussitôt si lui, en revanche, n'était pas trop vieux !

— Bon, le temps passe, déclara-t-il en s'emparant des rênes des deux chevaux. Merci, Russell, on se retrouve ici dans trois heures, d'accord ?

— D'accord, Hank ! À tout à l'heure !

Après un dernier coup de chapeau en direction de Gemma, Russell se mit au volant du van et démarra. Il y eut un léger nuage de poussière puis le van disparut après un grand virage.

— Hank, tu es sûr que tout se passera bien ? demanda Gemma d'une voix inquiète.

Avait-il jamais été sûr de quoi que ce soit ? Il en doutait.

Pendant les années où il avait vécu avec Anne, il avait

été rongé d'incertitude. Jusqu'au jour où il avait pris conscience qu'Anne n'oublierait jamais Dan Stockton.

Et aujourd'hui, Gemma avait fait irruption dans sa vie. Une femme exceptionnelle, unique, qui sortait d'une rupture sentimentale douloureuse et passait sa lune de miel toute seule. Avant de repartir pour toujours à New York où sa vraie vie l'attendait.

Et lui, il était là, à passer du temps avec elle. Il ne savait plus où il en était.

Chose qu'il détestait particulièrement. Il avait besoin de stabilité et de certitudes.

— C'est juste une promenade à cheval, assura-t-il. Ce sera très tranquille. Je te présente Hondo. C'est mon cheval. Toi, tu vas monter Lightning, ajouta-t-il en désignant le bel alezan au front marqué d'un triangle blanc. C'était le cheval de ma mère. Il est trop vieux maintenant pour le travail au ranch. Il est à la retraite mais finit ses jours au Bar H.

— C'est gentil de ta part de le garder.

— Oui, j'ai la réputation d'être un brave type, murmura-t-il ironiquement.

Combien de fois avait-il entendu ça ?

« Hank Harlow est un brave type. »

Parfois, il regrettait de l'être.

— Il est magnifique, reprit Gemma. Mais ce serait peut-être mieux si je montais un cheval… plus petit, non ? De la taille… d'un poney ?

Amusé, Hank sourit et flatta l'encolure du cheval.

— Lightning a une grande ossature, mais il est doux comme un agneau. On peut faire exploser un pétard à côté de lui, il ne bronchera pas.

Gemma le regarda avec effroi.

— Eh ! Promets-moi de ne pas faire cette expérience aujourd'hui !

— Pas d'inquiétude ! Je veux juste que tu te sentes en confiance avec Lightning.

Il resserra un peu la sangle de la selle avant d'ajouter d'un ton grave :

— Avec moi, tu es en sécurité.

« Avec moi, tu es en sécurité. »

Gemma le savait. Hank était un homme honnête et loyal, et elle avait en lui une confiance totale.

Mais hélas, l'immense cheval qui se tenait devant elle ne lui inspirait pas le même sentiment de sécurité !

Le but de son séjour dans le Montana était de prendre des risques et de faire ce qui lui plaisait. Monter à cheval faisait partie de sa liste. Mais la réalité était un peu plus inquiétante qu'elle ne l'avait pensé au départ.

— Rien ne t'oblige à faire cette randonnée, dit Hank.

Elle mordilla sa lèvre inférieure, partagée entre sa peur du cheval et son désir de ne pas renoncer à son projet.

— Je sais, mais tu t'es donné du mal…

— Cela n'a pas d'importance.

— Les chevaux sont là, sellés et prêts…

— Pas d'importance, répéta-t-il d'un ton patient. Ce sont tes vacances, Gem. Tu fais exactement ce que tu veux.

Son cœur battit plus fort en l'entendant employer ce diminutif.

Elle prit une grande inspiration. Pas question d'abandonner !

— Je veux faire cette randonnée, déclara-t-elle d'un ton déterminé en refoulant sa peur. Après tout, j'ai acheté tout l'équipement.

Un petit sourire retroussa les lèvres de Hank.

— Tu avais aussi un maillot de bain, répliqua-t-il.

— Quel rapport ?

— À la piscine, le premier jour. Tu étais en maillot de bain, mais tu ne t'es pas baignée.

— J'ai trempé les pieds dans l'eau.

Elle s'était mise près des marches, là où l'eau était peu profonde. Ce qui soudain lui parut navrant.

Était-ce vraiment ce qu'elle voulait ? Passer sa vie à barboter dans les eaux peu profondes ? Avait-elle peur de prendre des risques ? De nager là où elle n'avait pas pied ? Non !

Après avoir pris une profonde inspiration, elle s'approcha de Lightning et agrippa le pommeau de la selle.

— Allons-y ! lança-t-elle bravement.

— Oooooh, doucement…

Hank passa un bras musclé autour de sa taille pour la retenir. Elle frissonna en sentant son souffle tiède dans son cou.

— Il faut d'abord faire connaissance avec le cheval, lui expliqua-t-il.

— D'accord, murmura-t-elle, troublée de le sentir si proche.

Hank prit sa main dans la sienne et en posa la paume sur l'encolure de Lightning. Le pelage du cheval était doux et chaud. Quand Lightning hennit et secoua la tête en faisant tinter le mors, elle sursauta et voulut reculer.

Mais Hank était derrière elle, bloquant toute fuite.

— Doucement, murmura-t-il.

Gemma ne savait pas à qui il s'adressait. À elle ? Au cheval ? Mais peu importait : elle avait retrouvé son calme.

Lightning la regarda de ses grands yeux marron tout tranquilles et elle lui caressa à nouveau le cou, sans l'aide de Hank cette fois-ci.

— Oui, mon grand, tu es tout beau et tout gentil, dit-elle autant pour flatter le cheval que pour se réconforter.

Lightning eut un mouvement de la tête, comme s'il approuvait, et elle se mit à rire.

— Tu es d'accord, hein ? continua-t-elle. Et tu as sans doute deviné que je ne suis jamais montée sur le dos d'une grande bête comme toi. J'avais pourtant tout bien organisé mais parfois, ça ne se passe pas comme prévu.

Mariage, lune de miel. Tout s'était effondré.

Et là, elle se retrouvait dans les bras d'un magnifique rancher du Montana. Ce qui n'était nullement inscrit dans ses projets…

Elle s'arrêta de caresser Lightning, qui lui donna alors un petit coup de tête.

Hank se mit à rire.

— Lightning est un peu insistant, parfois, quand il veut quelque chose, expliqua-t-il.

— Que veut-il ?

— Ce que tout homme souhaite : capter l'attention d'une jolie femme, répondit Hank dans un souffle.

Ils se promenèrent à travers de petites collines verdoyantes plantées d'arbres, puis le long d'un ruisseau aux eaux tumultueuses pour atteindre la cascade qui donnait son nom à la ville, Rust Creek Falls.

Gemma essayait au maximum de profiter de ce splendide paysage, mais toute son attention se concentrait... sur les efforts qu'elle déployait pour rester en selle !

Elle avait beau écouter les patientes instructions de Hank – relâcher les genoux, avoir le dos souple et suivre avec le bassin le rythme de Lightning –, elle avait l'impression de rebondir sur la selle comme un sac de pommes de terre et voyait venir avec terreur le moment où elle tomberait à côté de sa monture !

— Tu te débrouilles très bien, dit Hank, qui chevauchait à ses côtés.

Il faisait naturellement corps avec sa monture, avec une aisance merveilleuse.

— Ça va ? s'enquit-il.

— Oui... ou... ii, balbutia-t-elle entre deux rebonds.

Mais au fond d'elle-même, elle était découragée : sa grande aventure dans le Montana était un échec. Elle avait sans doute vu trop de westerns où les femmes chevauchaient avec assurance aux côtés de magnifiques cow-boys dans les plaines immenses...

Si elle avait appris à monter à cheval dès son enfance, comme Janie, ce serait différent. Mais à présent, il était trop tard pour apprendre.

Trop tard pour changer.

Quelle naïveté de s'imaginer que tout serait différent à son retour du Montana ! Elle reviendrait tout simplement à sa vie habituelle, qui était censée la combler : un bel appartement, un bon travail, New York.

Tout ce qu'elle rejetait en ce moment.

— Je ne suis pas douée pour l'équitation, je crois, murmura-t-elle.

Hank arrêta son cheval et Lightning fit de même.

Bon, fin de la promenade, je suis trop nulle, songea Gemma, mortifiée.

Malgré les larmes qui lui picotaient les yeux, elle affronta le regard de Hank, s'attendant à une remarque sarcastique.

— Tu abandonnes déjà ? demanda-t-il avec un petit sourire.

— C'est toi qui as décidé de t'arrêter. Tu en as assez, j'imagine, répondit-elle avec un soupir.

Hank la fixa un instant et mit pied à terre.

— Que fais-tu ? demanda-t-elle, inquiète, tandis qu'il libérait ses pieds des étriers.

— On va essayer autre chose.

Et il sauta agilement sur le dos de Lightning, derrière elle.

Elle sentit soudain le grand corps solide de Hank l'envelopper. Ses cuisses se collèrent aux siennes, ses bras l'enserrèrent à hauteur des hanches. Elle avait le dos plaqué contre son torse.

Avant même qu'elle ait pu réagir, il effleura le flanc de Lightning pour lui ordonner de se remettre en marche. Hondo, dont Hank tenait les rênes d'une main, suivit le mouvement.

— Et pour information, ce n'est que le début de la leçon, murmura-t-il à son oreille.

Une demi-heure plus tard, ils arrivèrent à la cascade. Gemma avait l'impression qu'ils avaient parcouru des kilomètres, tantôt au petit trot, tantôt au galop !

Hank mit pied à terre et l'accueillit dans ses bras. Elle vacilla sur ses jambes endolories par la longue chevauchée et Hank la retint par le bras.

— Doucement ! C'est normal. Il faut s'habituer, dit-il.

Elle avait du mal à reprendre son souffle, la tête lui tournait, mais elle était ravie.

— C'était formidable ! s'exclama-t-elle. Et ça…

Elle s'interrompit pour montrer la cascade dont l'eau tourbillonnante se jetait dans une piscine naturelle creusée dans le roc. L'écume captait la lumière du soleil, créant un magnifique arc-en-ciel.

— Ça, c'est magnifique ! conclut-elle. Les photos ne lui rendent pas justice.

— Les photos ?

— J'ai regardé sur Internet avant de venir ici. On y citait Falls Mountain et Owl Rock.

— C'est vrai que c'est une belle ville, pour nous qui y vivons. Mais… ce n'est pas une destination habituelle pour les lunes de miel ! Il y a des dizaines d'endroits plus beaux et plus connus. Pourquoi Rust Creek Falls ?

Elle choisit la réponse la plus simple : lui révéler la vérité.

— Rust Creek Falls est la ville où est né mon père, répondit-elle doucement.

— Vraiment ?

— Oui. Il s'appelait Daryl Reems.

Le cœur battant, elle guetta la réaction de Hank.

— Je ne connais pas ce nom, dit-il en secouant la tête.

Naïveté de sa part d'avoir espéré retrouver sa trace après tant d'années. Elle tourna la tête vers Lightning afin que Hank ne voie pas sa déception.

— Cela aurait fait soixante ans, ajouta-t-elle. Mais il a beaucoup bougé, en fait.

C'était la version de sa mère, corroborée par les photos trouvées dans la boîte. Cartes postales du Grand Canyon, des parcs nationaux de l'Utah, de Mount Rushmore… Grâce aux timbres, Gemma avait réussi à retracer les itinéraires de son père jusqu'à son décès.

Elle se ressaisit et se tourna de nouveau vers Hank avec un sourire.

— J'espérais en fait avoir hérité un peu de son talent naturel concernant les chevaux !

— Mais on ne peut pas être une bonne cavalière après la première leçon ! Et puis le talent naturel ne suffit pas. Il n'est rien sans travail et détermination.

— Ah, je crois que je devine la suite. Une New-Yorkaise n'a aucune de ces qualités, selon toi !

Il éclata de rire.

— Mon ange, je crois que je n'ai jamais rencontré une femme aussi déterminée et résistante que toi !

Quoi ? Un compliment ? C'était tellement inattendu

qu'elle en resta muette. Savoir que Hank avait de l'admiration pour elle, qu'il lui trouvait des qualités, la toucha profondément. Et il l'avait appelée « mon ange »…

Spontanément, elle posa les mains sur ses épaules et se haussa sur la pointe des pieds pour l'embrasser sur la joue. Un simple baiser reconnaissant. Mais à ce moment, il tourna la tête. Leurs lèvres se rencontrèrent et… ne se séparèrent pas.

Cela ne la surprit pas. Ne rêvait-elle pas depuis des jours de ce baiser ? Un baiser donné par *son* cow-boy ?

Les lèvres de Hank étaient incroyablement douces. Exigeantes aussi, mais tendres.

Celles d'un homme qui savait ce qu'il voulait.

Un désir intense l'envahit. Comment se détacher de cette bouche qui aiguisait ses sens ?

Elle réussit à le repousser doucement.

— Je n'avais pas l'intention de faire ça, dit-elle en souriant.

— Ah ! Tu m'as embrassé… par accident ? répondit-il, une lueur amusée dans les yeux.

— Je voulais t'embrasser sur la joue !

— Raté !

— Tu as bougé !

Elle sourit à ce rappel de leur randonnée sur les sentiers boueux. Mais sous l'apparente badinerie, il y avait la violence d'un désir qui les consumait tous les deux et ne demandait qu'à exploser.

Que se passerait-il ensuite ? Après un baiser aussi parfait, magique ?

Il était impossible qu'il ne se passe plus rien. Impossible.

Après une bonne demi-heure de promenade au milieu des hautes herbes et des fleurs sauvages, Hank décida de retourner vers la cascade où étaient restés les chevaux.

Il régnait une paix délicieuse, que seuls troublaient le gazouillis des oiseaux et le bourdonnement des insectes.

Ils marchaient côte à côte, leurs bras se frôlaient. À un moment, Gemma trébucha sur un caillou et Hank la rattrapa par une main, qu'il garda dans la sienne.

— Il faudrait rentrer, dit-il. Je voudrais être à l'hôtel quand Janie aura fini sa partie de pêche.

Au nom de Janie, Gemma s'arrêta brusquement.

— Oh ! J'ai oublié de te mettre au courant ! s'exclama-t-elle en dégageant sa main.

— Quoi donc ?

— Janie a un grand projet pour toi !

— Je redoute le pire, marmonna-t-il avec une petite grimace. Car quand Janie a quelque chose en tête…

— … elle va jusqu'au bout. Oui, j'avais remarqué.

Elle lui expliqua comment Janie allait procéder pour lui trouver une femme.

Hank la fixa, totalement ébahi.

— Je n'arrive pas à y croire, murmura-t-il. Je me rappelle encore quand Zach a mis cette annonce. Le journal a reçu des dizaines de lettres de femmes rêvant toutes de devenir Mme Dalton !

Irrité, il ôta son chapeau et s'en frappa la cuisse.

— Je ne sais pas ce qu'il y a de pire, d'ailleurs. Être inondé de réponses ou n'en recevoir aucune, ajouta-t-il.

— Tu crois que personne ne répondrait ? Tu plaisantes, Hank ?

Il remit son Stetson dont le bord cacha une partie de son visage.

— Non, pas vraiment. Je suis rouillé, Gemma. Ça fait tellement longtemps que je vis seul.

Impossible de voir son expression. Seule sa mâchoire crispée indiquait sa tension.

Rouillé ? Après le baiser qu'ils avaient échangé, elle en doutait fort !

— Il y a le ranch, bien sûr, qui m'occupe non-stop, reprit-il. Mais il y a aussi Janie. Quand son… quand Dan est revenu et s'est marié avec mon ex-femme, il lui a fallu du temps pour s'habituer au changement de nos vies.

— Même si vous étiez divorcés, Janie a dû avoir du mal à accepter qu'un autre homme prenne ta place, je comprends tout à fait.

Hank baissa la tête de façon que son chapeau lui cache entièrement le visage.

— Elle n'a pas été la seule, répondit-il d'une voix sourde.

— Mais tu es son père ! Rien ne peut changer ça !

La mâchoire de Hank se crispa un peu plus.

— Oui, tu as sans doute raison, dit-il d'un ton neutre.

— Hank…

— Nous avons réussi à nous en sortir, tous les quatre. Janie a fini par accepter Dan parce qu'il rendait sa mère heureuse.

Il s'approcha des chevaux et caressa l'encolure de Hondo. Ses mains étaient grandes et fortes, marquées de cicatrices par endroits.

Il était solide et responsable, et il n'était pas homme à supporter facilement un échec, surtout celui de son mariage. Gemma ne s'étonna pas qu'il ait eu du mal à s'en remettre.

Elle ne put s'empêcher d'éprouver de la jalousie envers cette femme qui avait eu une telle emprise sur le cœur de Hank.

— On forme une drôle de paire, finalement, tous les deux, dit-elle avec un soupir. Ton divorce remonte à des années et ma rupture est toute récente !

À ces mots, il se tourna vers elle et rejeta son Stetson en arrière. Ses yeux bleus la fixèrent avec attention.

— Donc, ton ex-fiancé et toi…

— C'est fini ! Définitivement fini ! Et crois-moi, je ne suis pas prête à m'engager de sitôt dans une relation amoureuse sérieuse. Je suis là pour découvrir le Far West et pour m'amuser.

Elle marqua une pause, le regarda droit dans les yeux et conclut avec un sourire :

— Qu'en penses-tu, cow-boy ? Est-ce que quelques jours te suffiront pour retrouver la forme ?

- 6 -

— Alors, ma grande, contente de ta journée ? demanda Hank quand Janie le rejoignit dans le hall.

Un grand sourire illumina le joli visage de sa fille quand elle répondit :

— C'était fantastique ! On a fait une randonnée, puis on est allés pêcher dans la rivière. Papa, tu ne me croiras pas, mais personne ne savait comment monter un hameçon ! Même pas les garçons !

— Ils n'ont pas tous la chance de vivre ici, comme toi.

Janie haussa les épaules.

— Ouais, je sais.

Son expression s'assombrit et elle se mordit la lèvre inférieure, signe qu'elle avait quelque chose sur le cœur.

— Il y en avait un, justement…

— Oui ? dit Hank d'un ton léger.

— Un garçon.

— Quel garçon ?

— Il s'appelle Bennett et vient de Chicago. Je lui ai montré comment faire mais il n'y arrivait pas du tout, ça l'a énervé, et il s'est mis en colère.

C'est parce que c'est un idiot ! Tous les garçons sont des imbéciles !

Hank se garda bien d'exprimer sa pensée tout haut ; son côté « papa poule » aurait exaspéré Janie.

— C'est souvent difficile pour un garçon de reconnaître qu'il ne sait pas faire quelque chose, fit-il remarquer d'une voix calme.

Enfin, la plupart d'entre eux.

Lui, il était différent. Il avait réussi à avouer ses doutes à Gemma, cet après-midi.

« Je suis rouillé », lui avait-il dit. Ses propres mots le frappèrent. Comment avait-il pu faire un tel aveu ! Gemma avait dû le juger maladroit et niais !

Bon sang ! Avouer à la première femme qu'il embrassait depuis une éternité qu'il était *rouillé* ! Ridicule.

Rien d'étonnant à ce que Gemma ait filé dans sa chambre dès leur retour sous prétexte de prendre une douche.

« Qu'en penses-tu, cow-boy ? Est-ce que quelques jours te suffiront pour retrouver la forme ? »

Il n'avait rien répondu, faute de trouver les mots adéquats. Et elle avait changé de sujet.

Mais la question de Gemma tournait dans sa tête, obsédante. C'était comme une braise qui attendait juste qu'on souffle dessus pour prendre feu.

Prendrait-il le risque de se brûler ?

La voix de Janie le ramena à la réalité.

— Les garçons peuvent être tellement bêtes ! Mais au fait, comment ça s'est passé, avec Gemma ? Elle montait quel cheval ? Et vous faites quoi demain ? Et ce soir ?

Hank sourit à ce flot de questions.

— On n'a rien de prévu, Janie. Gemma mène sa vie, et moi la mienne.

Il attachait beaucoup trop d'importance à toute cette histoire. Il avait été seul pendant si longtemps que l'arrivée de Gemma l'avait troublé plus que de raison.

Tout était si nouveau et si… séduisant. Dangereux aussi, sûrement.

Il était pourtant tenté de se jeter dans l'aventure.

Hélas, il était probable qu'ils se rendraient bien vite compte qu'ils n'avaient rien en commun.

Dans peu de temps, Gemma rentrerait à New York où elle retrouverait sa vie trépidante. Son séjour à Rust Creek Falls deviendrait un souvenir vague dans son esprit. Elle aurait un petit sourire amusé en y pensant, au début, puis elle l'oublierait, happée par sa vie passionnante.

Mais en attendant… Quel mal y avait-il à montrer la région à Gemma, à lui donner ce goût de Far West qu'elle était venue chercher ici ? Et aussi, oui, profiter de l'occasion pour « retrouver la forme » ?

— Papa ! Tu ne m'écoutes pas !

Il sursauta et répondit :

— On pourrait proposer à Gemma de dîner avec nous ?

Janie écarquilla soudain les yeux en fixant un point derrière son père.

— Je crois que Gemma a déjà des projets pour ce soir, dit-elle en souriant.

Hank se retourna et resta bouche bée.

Gemma s'avançait dans leur direction, vêtue d'une sorte de long pull fin argenté qui lui arrivait à mi-cuisses.

Ses épaules fines étaient largement découvertes et l'encolure en V s'arrêtait à la naissance de ses seins. Elle portait un pantalon noir et des bottines vernies à talons qui accentuaient la finesse de ses jambes.

Ses cheveux étaient relevés en chignon sur le haut de la tête, ce qui allongeait encore sa silhouette et soulignait la délicatesse de ses traits.

Elle traversa gracieusement le hall pour les rejoindre, son long pull lançant de légers éclats argentés à chacun de ses mouvements.

— Alors, Janie, comment s'est passé ton après-midi ? s'enquit-elle.

— Très bien. C'était chouette.

Mais la voix de Janie manquait d'enthousiasme, ce qui n'échappa pas à Gemma.

— Ohhhh, je crois que tu as des tas de choses à me raconter, dit-elle en plissant les yeux.

— Je crois, oui ! Ce soir, c'est possible ?

— Non, pas ce soir, désolée, ma charmante ! Natalie m'a téléphoné et on va toutes les deux au Ace in the Hole.

Un de ses longs pendants de perles et d'argent effleura son épaule nue quand elle inclina un peu la tête pour rajuster une mèche échappée de son chignon.

Hank se figea. Il aurait dû s'en douter ! Venant de Natalie, cela ne l'étonnait pas.

— Gemma, ce n'est pas une bonne idée d'aller là-bas toute seule, dit-il.

— Je ne suis pas venue jusqu'ici pour me morfondre dans ma suite, répliqua-t-elle. Et je ne serai pas toute seule mais avec Natalie.

Elle s'interrompit, le fixa avec intensité avant d'ajouter :

— Même si j'aurais préféré, évidemment, que *quelqu'un* ait proposé de m'accompagner.

— Çà alors ! Tu passes ta lune de miel toute seule ?

Natalie regarda Gemma avec un mélange de stupeur et d'admiration.

— Eh oui !

Avec une petite grimace, Gemma leva son verre de Montana Mule, cocktail traditionnel du Montana à base de vodka, et toucha le verre de Natalie.

— Tu as un sacré culot, dis donc, murmura celle-ci. J'avais remarqué ça quand tu es venue au magasin. Pas facile de tenir tête à Hank Harlow !

— C'était normal que je paye mes vêtements, mais son geste partait d'une bonne intention.

— Oui, Hank est un type bien.

Trop bien sans doute pour accepter son audacieuse proposition ! songea Gemma.

Elle regrettait d'avoir fait cette offre ridicule d'une aventure. Hank avait dû juger cela affreusement vulgaire… Et il s'était bien gardé de lui répondre !

— Je sais peu de choses sur lui, dit-elle. Je connais Janie, j'ai appris qu'il avait divorcé il y a plusieurs années. Mais quelque chose m'échappe.

— Quoi donc ?

— Pourquoi est-il toujours célibataire, après tout ce temps ?

— Moi, je me demande surtout pourquoi une New-Yorkaise aussi sophistiquée que toi a choisi de passer sa lune de miel dans ce trou perdu de Rust Creek Falls. Toute seule.

Comme elle restait silencieuse, Natalie eut le bon goût de changer de sujet. À son vif soulagement ; elle n'avait pas très envie d'entrer dans tous les détails de l'annulation de son mariage.

— Comment as-tu rencontré Hank ? s'enquit Natalie.

— Il séjourne comme moi à Maverick Manor.

— Quoi ? Pas possible ! s'exclama Natalie, ébahie.

— Janie et lui passent la semaine là-bas. Qu'y a-t-il de si étonnant ?

— Hank ne quitte jamais son ranch, sauf de temps en temps pour aller en ville, quand Janie est là. Partir une semaine, ce n'est pas son genre. Sauf si c'est Janie qui a eu cette idée. Car il ferait n'importe quoi pour sa fille.

Ça, Gemma le savait ! Seule Janie avait le pouvoir d'arracher Hank à la solitude de son ranch.

Elle sentit son cœur se serrer. Quelle tristesse de le savoir si solitaire. Il travaillait dur, sans trêve, les visites de sa fille étaient ses seuls moments de bonheur, sans doute…

Oui, Hank ferait n'importe quoi pour que Janie soit heureuse. Mais lui, qu'est-ce qui pourrait le rendre heureux ?

Gemma but une gorgée de son cocktail qui lui picota la langue, puis une autre, jusqu'à ce qu'elle finisse son verre.

La tête lui tournait un peu mais elle en commanda un autre.

Une bière et une seule, ensuite je m'en vais, décida Hank en poussant la porte du Ace in the Hole.

Une fois Gemma partie, il n'avait pas réussi à se débarrasser de l'image de la jeune femme seule dans ce bar de cow-boys… Certes, il y avait Natalie avec elle, mais ce n'était pas pour le rassurer, au contraire !

Et puis Janie avait insisté…

— Papa, tu devrais y aller toi aussi ! Je suis sûre que tu en meurs d'envie.

— Je préfère passer la soirée avec toi.

— On a une soirée cinéma avec tous les autres enfants.

— Parfait, je t'accompagne !

— Ils donnent *Shrek* et on l'a déjà vu une dizaine de fois ! Donc, tu ferais mieux d'aller rejoindre Gemma.

— Elle est avec Natalie, sa nouvelle amie, elles vont bien s'amuser toutes les deux.

— Mais toi aussi tu es son nouvel ami, non ?

Difficile de discuter avec sa fille quand elle avait une idée dans la tête !

— Je ne veux pas te laisser toute seule, ce sont tes vacances, ma grande.

À ces mots, Janie avait eu un large sourire.

— C'est vrai, je suis grande ! D'ailleurs ce soir, c'est moi la baby-sitter des plus jeunes ! M. Crawford m'a demandé de les surveiller.

Il n'avait donc plus aucun prétexte pour rester à l'hôtel…

Il boirait juste une bière en s'assurant que Gemma n'avait aucun ennui puis il retournerait à Maverick

Manor. Après avoir persuadé Gemma de rentrer aussi, espérait-il.

Bien sûr, il savait qu'elle n'avait pas besoin d'un chaperon, elle qui vivait à New York ! Mais l'idée de la savoir entourée de cow-boys qui la dragueraient le rendait fou !

Il était… jaloux.

« Est-ce que quelques jours te suffiront pour retrouver la forme ? »

Il l'ignorait. La seule chose qui était certaine, c'était que Gemma était au centre de toutes ses pensées ! C'était la première fois depuis une éternité qu'une femme attirait ainsi son attention.

Elle était intrépide et cela lui plaisait. Il avait aimé la façon dont elle s'était emparée des rênes de son cheval avec détermination, comme si elle était une cavalière chevronnée ! Elle semblait prête à tenter toutes les expériences.

Il s'arrêta net.

Au centre de la piste de danse, il y avait Gemma, entourée d'une dizaine de danseurs.

Tandis qu'elle suivait les mouvements de la danse, son long pull attirait la moindre parcelle de lumière, créant comme une symphonie argentée en rythme avec la musique.

Mais ce qui frappa Hank, ce fut l'éclat qui irradiait de tout son être. Hypnotisé, il ne put détacher son regard de sa silhouette mouvante.

Elle se penchait en avant et en arrière, en rythme avec les autres danseurs. À un moment, elle se trompa, heurta son voisin et éclata de rire en renversant la tête en arrière.

Le cow-boy la reçut dans ses bras d'un air ravi et tournoya avec elle. Gemma riait aux éclats, quelques mèches échappées de son chignon collaient à ses joues...

Hank serra les poings. C'en était trop pour lui !

Il tourna le dos à la piste et se fraya un chemin vers la sortie.

À cet instant, une voix familière le héla.

— Hank ! Enfin, te voilà !

Natalie le saisit par le bras et l'entraîna vers le bar.

— Tu n'allais pas repartir à peine arrivé, tout de même ? cria-t-elle pour couvrir le bruit de la musique.

— Je n'ai pas dit à Gemma que je venais et...

— Vraiment ? Tu es pourtant un homme intelligent, Hank ! Laisser une femme qui t'intéresse toute seule dans ce bar est complètement débile !

Il chercha en vain un argument pour la contrer mais n'en trouva pas. Par chance, le barman lui demanda ce qu'il voulait boire.

— Une bière.

Il avait bu la moitié de sa bouteille quand Gemma les rejoignit, suivie de près par le beau cow-boy souriant.

— Hank ! Je n'aurais jamais pensé que tu viendrais ! s'exclama-t-elle, les yeux brillants.

Elle était un peu essoufflée par la danse et son pull découvrait largement une épaule nue et dorée.

Il la trouva plus ravissante que jamais.

— Je t'avais déjà entendue chanter, alors j'étais curieux de te voir danser, répondit-il, les yeux fixés sur la peau nue de Gemma.

— Vous chantez, Gemma ? demanda son cavalier. Racontez-moi !

— Rien de spécial. Hank me taquine, c'est tout, répliqua-t-elle en souriant.

Que de complicité dans ce sourire ! nota Hank, qui se détendit aussitôt.

— Je me présente : Garrett Dalton, dit le cavalier de Gemma.

Hank serra la main qu'il lui tendait. Il connaissait la famille Dalton, récemment installée à Rust Creek Falls après l'incendie de leur ranch à Hardin. Ils travaillaient dur. Garrett s'occupait surtout de mécanique. Il avait la réputation d'aimer les voitures de course et… les femmes !

— Hank Harlow.

— Tu es au Bar H, c'est ça ? J'en ai beaucoup entendu parler. Il paraît que ça marche bien pour toi.

Hank hocha la tête. En général, la mention du Bar H provoquait en lui l'envie urgente de rentrer chez lui et de se remettre au travail. Un travail exigeant auquel il consacrait tout son temps.

Sans regret, car le ranch était toute sa vie.

Pourtant, à cet instant, il n'éprouva rien de tout cela. Pour la première fois, il avait autre chose en tête : Gemma, qui avait bouleversé sa vie. Il but une nouvelle gorgée de bière. Grâce à Dieu, dans quelques jours, il serait de retour au Bar H et de nouveau en selle…

— Si vous permettez cette question, reprit Garrett en se tournant vers Gemma, qu'est-ce qu'une belle femme comme vous peut bien faire à Rust Creek

Falls ? Comment se fait-il que l'on ne se soit jamais rencontrés ? demanda-t-il avec un sourire charmeur.

— Je suis ici en vacances et je suis descendue à Maverick Manor, répondit Gemma, manifestement plus amusée que séduite par les œillades de Garrett.

— Intéressant !

Natalie se mit à rire.

— Attention, Gemma, Garrett est un vrai don Juan !

Gemma sourit mais ne releva pas.

Hank porta sa bouteille à ses lèvres, et s'aperçut qu'elle était vide.

— Une autre bière, Hank ? demanda Gemma. C'est ma tournée !

Elle se pencha vers lui et murmura :

— On m'a dit qu'il fallait *d'abord* que j'offre à boire à un homme.

— D'abord ? répéta-t-il, se demandant ce qui viendrait ensuite.

— Pas de panique, cow-boy ! Je t'invite à danser ! Allez, viens, on va s'amuser un peu !

Avec un signe de tête en direction de la piste de danse, elle tendit la main vers lui.

Quand les doigts fins de Gemma touchèrent sa paume, il sut qu'il la suivrait jusqu'au bout du monde…

— Si je comprends bien, la danse à deux temps est sur ta liste « vacances au Far West » ? remarqua Hank tandis qu'ils se mêlaient aux autres couples.

— J'ai toujours eu envie de l'apprendre.

Et Hank était le seul homme avec qui elle avait

envie de danser ! Sa main sur son épaule était chaude et douce.

— Qu'y a-t-il encore sur ta liste ?

— Des tas de choses, répondit-elle avec un soupir.

Se promener dans une charrette de foin… avec Hank.

Dormir à la belle étoile… avec Hank.

Chad l'avait psychologiquement démolie, elle avait perdu toute confiance en elle, elle doutait de tout.

Mais quand elle croisait les yeux bleus de Hank, elle y lisait un désir intense, et ce n'était pas un effet de son imagination. C'était la réalité.

Il la guidait avec habileté. Manifestement, il connaissait bien cette danse.

— Tu m'avais caché ça, cow-boy ! Tu danses très bien !

Il se contenta de sourire tout en serrant un peu plus sa main.

— Tu danses avec Janie, c'est ça ? reprit-elle.

Il s'éclaircit la gorge.

— Ma foi… oui ! Janie adore danser depuis qu'elle sait marcher.

Gemma imagina le père et la toute petite fille valsant ensemble…

— Tu es un homme bien, chuchota-t-elle, la gorge soudain nouée par l'émotion.

Pas étonnant qu'il n'ait pas donné suite à sa proposition d'une brève aventure amoureuse ! Ce n'était pas son genre.

Ni le sien, en fait, songea-t-elle. Elle n'avait jamais vraiment flirté avec les garçons pendant ses années de lycée et d'université, tant elle était obsédée par l'idée de réussir ses études.

Puis elle avait rencontré Chad, qui avait incarné pour elle la perfection, qui était si séduisant et charmeur. Il l'avait cruellement trahie et elle avait fui, humiliée.

Maintenant, elle dansait dans les bras de Hank, le cow-boy du Montana. Alors qu'elle ne le connaissait que depuis quatre jours. D'instinct, elle lui avait fait confiance. Pourquoi ? Elle l'ignorait.

À cet instant, une voix féminine appela Hank, qui se figea dans ses bras. Une femme blonde et menue les regardait avec surprise.

— Anne ? Que fais-tu ici ? demanda Hank.

La dénommée Anne montra d'un geste du menton une table un peu plus loin où un groupe de femmes discutaient.

— Je suis avec des amies, on avait besoin de se changer les idées.

— Oui, bien sûr.

Mais Hank était tendu et Gemma se sentait mal à l'aise. Mieux valait dissiper tout malentendu en se présentant.

— Je suis Gemma Chapman, dit-elle aimablement.

— Anne Stockton. Je suis ravie de faire votre connaissance.

En dépit de son expression perplexe, elle semblait sincère.

— Où avez-vous rencontré Hank ? demanda-t-elle.

— On séjourne tous les deux à Maverick Manor, répondit Hank.

— Alors je comprends !

Anne sourit comme si cela expliquait tout.

Gemma, en revanche, ne comprenait rien à la situation.

— Il y a une soirée cinéma à l'hôtel, expliqua Hank. Janie est chargée de surveiller les plus jeunes.

— Elle doit être enchantée d'être promue au rôle de baby-sitter, fit remarquer Anne. Bon, il faut que j'y aille. Passez une bonne soirée, tous les deux !

Tandis qu'Anne rejoignait ses amies, ils retournèrent sur la piste de danse. Mais ils avaient perdu le rythme et l'esprit de Gemma était ailleurs.

— J'ai annulé mon mariage parce que mon fiancé avait une liaison avec ma meilleure amie, dit-elle d'une traite.

À cet instant, elle fit un faux pas, chercha en vain à garder son équilibre mais glissa sur le parquet en entraînant Hank dans sa chute.

— Oh ! Gem, c'est... Je suis désolé d'apprendre ça, murmura-t-il en se relevant.

Il lui tendit la main pour l'aider à se remettre debout.

— Hank, ce que je veux dire aussi, c'est que je ne veux pas être importune. Si tu as une relation... spéciale avec Anne, je ne...

— Gemma, je ne suis ni fiancé ni marié.

— Mais Anne ?

— Anne est la mère de Janie. Et mon ex-femme.

Son ex-femme !

Gemma ouvrit des yeux ronds. Tout s'expliquait...

Comme la musique changeait, ils retournèrent au bar.

Natalie et Garrett étaient en train de danser, ce qui

laissa le temps à Gemma de digérer cette nouvelle information.

Elle jeta un coup d'œil discret en direction de la table d'Anne. Les femmes de son groupe avaient les yeux fixés sur elle. Les commentaires devaient aller bon train !

— C'est si facile d'oublier la vie ordinaire quand on est en vacances dans un hôtel, ici, dans le Montana, murmura-t-elle, pensive. Ensuite, je rentrerai à New York et reprendrai ma vie habituelle comme si rien n'avait changé.

À cette pensée, sa gorge se serra.

Serait-elle vraiment capable de rentrer chez elle sans avoir l'impression de laisser une part d'elle-même à Rust Creek Falls ?

Elle eut un geste en direction des clients du bar.

— Et je ne reverrai jamais tous ces gens, ajouta-t-elle. Mais toi, tu vis ici.

Hank afficha un petit sourire moqueur.

— Miss Gemma, es-tu inquiète pour ma réputation ?

— Oui ! Enfin… non, mais…

— J'ai la réputation d'être le « chic type » du coin, un homme « bien », comme on dit. Mais cela ne me gênerait pas de changer un peu de dénomination !

Il mit un billet de vingt dollars sur le comptoir.

— On y va ? proposa-t-il en se levant.

— Oui !

Gemma imaginait sans peine que le lendemain toute la ville ne manquerait pas de commenter l'événement : Hank avait passé la soirée avec une femme inconnue au Ace et ils étaient repartis ensemble !

Ce qui n'avait pas l'air de déranger Hank, d'ailleurs.

Dehors, l'air était frais, agréable contraste avec l'atmosphère confinée du bar.

— Je suis garé un peu plus loin, dit Hank. Attends-moi ici le temps que j'aille chercher la voiture.

— Non, j'ai envie de marcher un peu.

Un groupe de cow-boys sortit du bar en titubant et en riant bruyamment. Hank passa un bras protecteur autour de la taille de Gemma et la guida vers une ruelle tranquille.

— En fait, tu as des tas de qualités autres que celles du « chic type », reprit Gemma. Tu es un excellent cavalier, un très bon danseur. Et aussi…

Elle marqua une pause avant d'achever, une lueur taquine dans les yeux :

— Tu sais merveilleusement embrasser une femme !

— Ça, c'est entre nous, répliqua-t-il.

— Tout à fait ! s'exclama-t-elle en riant.

Elle n'avait pas la moindre envie que les femmes de Rust Creek Falls soient au courant de ce détail.

— Donc, Anne et toi…

— Oh ! Tu as vraiment envie de parler de ça ? grommela-t-il.

— Je suis curieuse.

À vrai dire, elle éprouvait un petit sentiment de jalousie. Anne était tellement différente d'elle ! Blonde, menue, le teint frais, aucun maquillage. L'incarnation même de la femme de rancher vivant au grand air.

Et si Anne était le type de femme que Hank aimait…

— On a divorcé il y a six ans, dit-il.

— Vous semblez bien vous entendre.

— Oui, on s'est toujours bien entendus.

— Alors pourquoi avez-vous divorcé ?

— Parce que Anne ne m'a jamais aimé.

Stupéfaite, Gemma s'arrêta.

Il avait dit ça d'un ton calme, sans la moindre émotion. Comment était-ce possible ? Comment une femme pouvait-elle *ne pas aimer* un homme comme Hank ?

— Hank, ce n'est pas possible !

— Et pourtant, ça l'est. Tout a été très clair entre nous dès le début. Anne a été très franche : elle aimait un autre homme, son amour de jeunesse. J'ai cru qu'elle changerait, au fil du temps, qu'elle finirait par l'oublier et par m'aimer. Seulement, l'amour ne se commande pas. Mais je ne suis pas à plaindre ! Il y a Janie, et Anne et moi sommes bons amis !

Ils étaient face à face, la lumière d'un réverbère éclairait partiellement le visage de Hank, accusant la fermeté de ses traits. Dans ses yeux bleus brillait une lueur, celle du désir.

Il prit délicatement le menton de Gemma entre les doigts, se pencha vers elle, et ses lèvres effleurèrent les siennes. Une fois. Avec une douceur infinie.

Gemma prononça son nom dans un soupir.

La bouche de Hank revint, plus exigeante.

— Gemma…, murmura-t-il d'une voix rauque.

Il s'empara alors de ses lèvres, leurs langues se titillèrent, comme pour mieux se goûter.

Gemma ferma les yeux et, enlaçant le torse de Hank, s'abandonna à son baiser.

Leurs corps étaient rivés l'un à l'autre, les mains

de Hank la tenaient par les hanches, leurs cœurs battaient à l'unisson.

Hank laissa errer ses lèvres sur ses joues, son front, de nouveau sa bouche puis le long de son cou. Elle rejeta la tête en arrière pour lui offrir sa gorge qu'il embrassa avec volupté.

Il suivit ensuite la ligne de son décolleté découvrant une épaule… Sa bouche était brûlante sur sa peau. Elle fut envahie par un désir fulgurant. Les pointes de ses seins se durcirent, elle se cambra, le ventre embrasé.

Comme elle le désirait !

Elle aurait donné n'importe quoi pour…

Des rires tout proches, un coup de klaxon, le ronronnement d'un moteur qui démarrait…

Ils sursautèrent, revinrent à la réalité et s'écartèrent l'un de l'autre, haletants.

Gemma ouvrit les yeux et vit, juste en face, de l'autre côté du trottoir… le bureau du shérif !

Être arrêtée pour atteinte aux bonnes mœurs ! Cela ne faisait pas partie de sa liste de vacances !

Hank plongea ses yeux brûlant de désir dans les siens.

— Comment envisages-tu la suite, Gemma ?

— La suite ? répéta-t-elle, étonnée.

— Oui, cette liaison qui durerait quelques jours, tu te rappelles ce que tu m'as proposé ?

Ainsi, il lui demandait tout simplement de faire l'amour avec lui mais c'était à elle de tout organiser !

Elle sentit sa gorge se nouer. Dans l'esprit de Hank, bien sûr, Gemma la New-Yorkaise avait une grande habitude des aventures amoureuses !

Cela dit, c'était tout de même elle qui était à l'origine de cette idée.

Elle avait le choix entre battre en retraite en invoquant un prétexte quelconque, ou foncer.

Comme elle l'avait fait depuis qu'elle avait surpris Chad et Mélanie ensemble.

Ce jour-là, elle aurait pu quitter l'appartement de Chad sur la pointe des pieds en feignant de n'avoir rien vu. Et fermer les yeux sur ce qui n'était qu'une « passade », selon les mots de Chad.

Au lieu de ça, elle avait ouvert grand la porte de la chambre de Chad et avait jeté sa bague de fiançailles au milieu de la pièce. Ensuite, elle avait pris son avion pour Rust Creek Falls.

Pas une seule seconde, elle n'avait regretté cette décision. Et aujourd'hui, elle en était même fière !

Donc, même si le seul comportement raisonnable et décent était de faire machine arrière, elle tint bon et choisit… de rester dans les bras de Hank.

Là où elle avait envie d'être depuis le premier jour.

— La suite ? dit-elle d'un ton léger. On va suivre notre inspiration !

— Et quand la… *lune de miel* sera terminée, que se passera-t-il ?

Le regard de Hank était grave.

Quant à elle, elle préférait ne pas penser à cet « après » qui lui faisait peur.

— Nous le savons tous les deux, Hank. Tu vas rentrer au Bar H et moi à New York.

Elle eut un petit haussement d'épaules qu'elle aurait

voulu désinvolte, mais qui, hélas, ne l'était pas du tout, avant d'ajouter :

— Ce qui se passera à Maverick Manor restera à Maverick Manor.

- 7 -

Gemma était dans son lit en train de savourer une tasse de café, bien calée contre les oreillers, quand on frappa à la porte. Surprise, elle posa son café sur la table de nuit et se leva.

Qui cela pouvait-il être ? se demanda-t-elle, intriguée, en enfilant une robe de chambre satinée.

Hank ? Son cœur battit plus vite. Si c'était lui…

Mais… c'était Janie.

— Comment vas-tu, ce matin, ma charmante ? demanda Gemma avec un sourire.

Janie se précipita vers le canapé où elle se lova au milieu des coussins.

— Raconte-moi comment ça s'est passé hier soir au Ace ! Vous vous êtes bien amusés ?

— C'était très bien, répondit Gemma.

Pas question d'entrer dans le détail de sa soirée !

— En tout cas, papa est rentré tard. Il était tellement fatigué qu'il dort encore ! Ça ne lui arrive jamais !

— Vraiment ?

— Ja-mais, répéta Janie. Il est toujours debout avant tout le monde, travaille avant le lever du jour, puis il revient boire un café et repart s'occuper du bétail. Et il rentre toujours tard. Sauf quand je suis au ranch avec lui.

Gemma sourit à cette précision. L'amour que Hank portait à Janie était indiscutable.

— Comme il ne travaille pas en ce moment, il profite de l'occasion pour se reposer et se détendre, fit-elle remarquer.

Janie fit une petite grimace.

— Ouais, tu as raison. J'ai faim et je me disais qu'on pourrait prendre le petit déjeuner ensemble ?

— Volontiers ! dit Gemma Laisse-moi juste le temps de m'habiller.

— Tu étais magnifique, hier soir, j'adore tes boucles d'oreilles ! Mais tu sais…

Elle s'interrompit, poussa un grand soupir et prit un air de martyr en continuant :

— Mes oreilles ne sont pas percées. Je n'ai pas le droit ! On me prend pour un bébé et ça m'exaspère.

— Pourtant, hier soir, tu étais la baby-sitter des plus petits. Au fait, ça s'est bien passé ?

Le visage de la fillette se rembrunit.

— Oui, oui.

À son manque d'enthousiasme flagrant, Gemma comprit aussitôt qu'il y avait un problème.

— C'était juste « bien », sans plus ? s'enquit-elle.

— Les petits ont été très gentils.

— Et les grands ? demanda doucement Gemma.

Janie serra les coussins contre elle et resta silencieuse un long moment, la tête baissée.

— Il y a ce garçon, toujours le même, dit-elle enfin dans un murmure.

Gemma passa une main dans les cheveux blonds de la fillette en souriant.

— Raconte-moi, Janie. On a tout le temps…

Hank se réveilla en sursaut, surpris de voir les rayons du soleil passer à travers les rideaux. Il jeta un coup d'œil sur son réveil et étouffa un juron. 8 heures !

Il n'avait pas dormi si tard le matin depuis un séjour à l'hôpital pour lui recoudre un côté du torse déchiré par les cornes d'un taureau. Et cela remontait à plus de dix ans !

Il bondit hors de son lit et se hâta vers la salle de bains.

Tout ça à cause d'une soirée passée avec Gemma ! À vrai dire, il avait pensé à elle une bonne partie de la nuit, incapable de comprendre ce qui lui arrivait.

Jamais encore une femme ne l'avait autant troublé. Bouleversé, même. Il avait conscience que tout allait très vite. Trop vite. C'était de la folie de s'engager dans une liaison avec une femme qui quitterait Rust Creek Falls dans dix jours. Et ne reviendrait sans doute jamais.

Mais que faire ? Il était incapable de résister à son attirance pour Gemma…

Il se demanda quel programme elle avait prévu pour aujourd'hui. Peut-être pouvait-il lui proposer l'escalade d'Owl Rock ?

Dès qu'il fut habillé, il frappa à la porte de Janie.

— Allez, ma grande, il est temps de se lever !

Comme il n'obtenait pas de réponse, il poussa la porte entrouverte et vit que la chambre était vide.

Un post-it était collé au téléphone : Janie l'informait qu'elle allait chez Gemma. Ce qui ne le surprit guère, après le feu roulant de questions auquel il avait été soumis la veille, à son retour à l'hôtel !

Comme il était resté très vague, Janie cherchait une autre source d'information…

Quelques instants plus tard, il retrouva Gemma et Janie dans la salle à manger de l'hôtel.

— Eh, papa ! Tu sais quoi ? s'écria Janie.

— Non, mais tu vas me le dire.

— Aujourd'hui, on va toutes les deux au spa ! C'est une affaire entre filles.

Janie fit un clin d'œil à Gemma.

— Maverick Manor offre un grand choix de soins du corps, expliqua cette dernière. Massages, manucure, pédicure, sauna… On va bien en profiter !

Que Gemma soit attirée par toutes ces… frivolités de femmes de la ville ne l'étonna pas, mais Janie ! Janie, le garçon manqué, qui adorait patauger dans les flaques d'eau laissées par un orage d'été quand elle était petite. Qui le suivait comme son ombre dans le ranch, adorait les chevaux et le travail de la terre autant que lui.

Il était sceptique.

— Tu as vraiment envie d'essayer tous ces… trucs ? lui demanda-t-il, les sourcils légèrement froncés.

— Oui ! Gemma m'a dit que c'était très rigolo et agréable !

Quand il croisa le regard de Gemma, il y vit cette même petite étincelle de défi qu'elle avait eue la veille en l'entraînant vers la piste de danse.

Il aurait dû en être irrité, mais il admirait l'impétuosité de Gemma, qui était toujours prête à se lancer dans de nouvelles expériences. Son enthousiasme était si contagieux qu'avec elle, il avait l'impression de tout faire pour la première fois.

De fait, c'était vrai : tout devenait une « première fois », quand il était avec Gemma.

Il était rare que Hank ait autant de temps libre. Après quelques longueurs dans la piscine et une visite éclair à la salle de gym, il se retrouva dans sa chambre devant la télévision à passer d'une chaîne à l'autre sans que rien retienne son attention.

Aussi décida-t-il d'aller à Rust Creek Falls.

Un quart d'heure plus tard, il poussait la porte du Daisy's Donuts, ravi de retrouver l'odeur des gâteaux sortant du four.

— Hank ! Ça fait plaisir de te voir ! lança Eva Armstrong Stockton de derrière le comptoir. D'après ce que j'ai compris, tu prends tous tes repas à Maverick Manor en ce moment !

La jolie blonde lui sourit, les yeux brillant de malice.

Hank s'assit sur un tabouret devant le comptoir.

— Tu as bien compris. Mais là-bas, il n'y a rien de comparable à tes gâteaux, crois-moi !

— Merci pour le compliment ! Tu déjeunes ici ?

Elle posa un pichet de café fumant devant lui.

— Bien sûr ! Je vais prendre un hamburger bœuf et pain de seigle.

Quelques minutes plus tard, Eva lui servit un superbe sandwich accompagné d'une assiette de frites dorées.

— Alors, est-ce que Janie est contente de son séjour à l'hôtel ? Quand je l'ai rencontrée la semaine dernière, elle était dans un état d'excitation pas possible !

Lorsque Dan Stockton était revenu à Rust Creek Falls, Janie n'avait pas seulement rencontré son père biologique mais aussi une ribambelle d'oncles, tantes et cousins. Eva était la femme de Luke, le frère aîné de Dan.

— Elle est enchantée, répondit-il. Il y a des tas d'activités organisées pour les enfants de son âge. Mais aujourd'hui, elle passe une journée au spa.

— Oh ! Quelle chance elle a ! Je donnerais n'importe quoi pour être à sa place.

— Je me demande en fait ce qu'elle va faire là-bas, marmonna-t-il, les sourcils froncés. C'est un garçon manqué, je la vois mal dans un salon de manucure.

Eva éclata de rire.

— Beaucoup de filles, surtout dans la région, commencent en garçons manqués puis changent au moment de l'adolescence, répondit-elle.

— Pas Janie ! protesta Hank avec vigueur. Certainement pas *elle* ! C'est une pure cow-girl.

— Et toi, Hank ? Tu te plais à Maverick Manor ?

— C'est très agréable. Très bon service, belle piscine…

Il eut un geste évasif avant de mordre dans son hamburger.

Eva leva les yeux au ciel avant de répliquer :

— J'imagine bien que le service est impeccable ! Je pensais plutôt à une certaine beauté brune avec qui tu as dansé au Ace, hier soir. On ne parle que de ça à Rust Creek Falls.

— Ah oui, Gemma, dit-il de son air le plus détaché.

— Oui ! Garrett Dalton était très fâché que tu l'accapares pendant toute la soirée.

Il profita de ce qu'il avait la bouche pleine pour se contenter de hocher la tête, mais Eva insista.

— Et alors ? Tu n'es pas bavard !

— Je n'ai pas grand-chose à raconter. Gemma est en vacances à Maverick Manor et je lui ai montré quelques endroits intéressants dans la région.

— Et entre autres, The Ace in the Hole !

— Je suis *aussi* en vacances, j'ai le droit de me distraire un peu, non ?

Il termina l'assiette de frites avant de reprendre :

— De toute façon, mon séjour à Maverick Manor est bientôt terminé.

— Et Gemma ?

— Elle reste encore une dizaine de jours avant de rentrer chez elle, à New York.

Eva poussa un grand soupir en se penchant vers lui.

— Vous allez vous dire « au revoir » et c'est tout ?

Il haussa les épaules.

— Elle est seulement de passage à Rust Creek Falls, Eva.

— Un « au revoir » est peut-être un peu lapidaire, non ? Qui sait ce que réserve l'avenir…

Hank ne prit pas la peine de répondre.

Il y avait longtemps qu'il ne croyait plus en l'avenir, en tout cas dans le domaine de l'amour.

Pourtant, au moment où il avait pris la main de

Gemma dans la sienne, le premier jour, quelque chose s'était réveillé en lui, une sorte d'étincelle qui avait redonné vie aux choses les plus ordinaires.

Il avait alors compris qu'il se contentait de passer d'un jour à l'autre sans vivre réellement. Comme s'il était engourdi et insensible.

Et chaque émotion qu'il éprouvait avec Gemma ramenait en lui une vie oubliée : celle de son cœur.

Tout devenait brillant, grand, beau.

Et terriblement effrayant.

Car il avait appris à ses dépens que trop aimer une femme rendait sa perte encore plus douloureuse.

Mais ce qui se passe avec Gemma n'a rien à voir avec l'amour, se rassura-t-il aussitôt.

Non. Pas question de s'engager dans les chemins dangereux et tortueux de l'amour. Pas avec une femme qui sortait d'une rupture sentimentale douloureuse. Pas avec une femme qui vivait à New York, à plus de trois mille kilomètres du Montana.

D'un geste machinal, il massa son côté blessé par le taureau et se rappela que les erreurs servaient toujours de leçon.

Il n'était pas assez fou pour l'oublier.

— Super ! J'ai adoré ! s'écria Janie en sortant de l'espace spa avec Gemma.

Elle contempla avec béatitude ses ongles parfaitement manucurés recouverts d'un vernis rose pâle.

— J'ai hâte de savoir ce que papa va penser de mon nouveau look !

— Moi aussi ! renchérit Gemma.

Hank risquait d'avoir un choc en voyant la transformation de son garçon manqué en charmante adolescente aux cheveux noués avec soin sur la nuque, le front égayé d'une frange blonde, les yeux bleus soulignés par un léger trait de mascara.

— Le voilà !

Janie se précipita vers son père, qui venait d'entrer dans le hall, et bouscula au passage sans le moindre scrupule les voyageurs qui arrivaient.

Gemma la suivit en souriant, mais plus lentement, en prenant soin d'éviter les gens. Mais quand elle vit l'expression de Hank, son sourire s'évanouit.

Elle avait prévu de la surprise de sa part, oui, mais pas ces sourcils froncés sous l'effet de la colère. Elle était trop loin pour entendre leur conversation, mais quand elle vit les épaules de Janie s'affaisser, elle comprit qu'il y avait un drame.

Elle hâta le pas mais arriva à la hauteur de Hank au moment où Janie, en pleurs, s'enfuyait en courant.

— Janie, attends ! cria Hank.

Mais sa fille s'engouffra dans un couloir et disparut.

Étouffant un juron, il se tourna vers Gemma.

Elle ouvrit la bouche pour lui dire que tout s'arrangerait, que Janie l'aimait et…

— Bon sang, mais tu te rends compte de ce que tu as fait ? s'exclama-t-il, furieux.

— Moi ? Mais qu'est-ce que j'ai fait ?

Elle encaissa le choc tant bien que mal. Elle avait oublié le Hank des premiers jours qui lançait des jugements rapides et cassants et la blâmait pour sa futilité.

— Tu savais qu'on allait au spa ! ajouta-t-elle, indignée.

— Oui, mais je ne savais pas en quoi ça consistait ! Je ne suis pas le genre d'homme à fréquenter les spas, tu dois t'en douter ! As-tu vu sa coiffure ? Et elle est maquillée ! Elle ressemble à…

Il s'interrompit et son expression se durcit quand il conclut :

— C'est encore une enfant, Gemma !

— Dans quelques mois, ce sera une adolescente, Hank. Elle est à l'âge où on commence à s'intéresser aux vêtements, à son apparence et aux garçons !

— Je connais ma fille mieux que toi. Janie est un garçon manqué. Elle aime la pêche, les chevaux, le ranch et la nature !

« Je connais ma fille mieux que toi. »

Gemma, elle, n'avait jamais connu son père. Si elle avait eu plus d'informations sur lui, peut-être aurait-elle été un garçon manqué, comme Janie, et elle aurait aimé la pêche, les chevaux.

Mais elle n'avait pas eu le choix. Sa mère l'avait inscrite à des cours de danse, de chant et de piano.

Diane Chapman devait être sûre, elle aussi, qu'elle connaissait bien sa fille. En tout cas la version qu'elle avait patiemment fabriquée au fil des années : la fille sophistiquée, riche et bien élevée de Diane et Gregory Chapman. Et elle avait effacé avec soin tout ce qui était relié à la petite enfance de Gemma. Sauf la boîte de photos oubliée au fond d'un placard…

— Oui, Janie est un garçon manqué, Hank. Mais elle grandit, peut-être sera-t-elle une cow-girl, peut-être pas. La question est surtout de savoir si tu l'aimes assez pour la laisser devenir ce qu'elle veut être.

Les paroles de Gemma ne firent qu'accroître la colère de Hank. Comme si elle avait la moindre idée de ce qu'était l'amour qu'un père portait à son enfant !

Tandis qu'il regagnait sa chambre, furieux, il se rendit soudain compte que Gemma avait connu la situation inverse. Celle de l'enfant que l'on n'avait pas assez aimée.

Elle était restée évasive sur son passé mais il avait compris qu'elle avait eu une enfance solitaire et qu'elle en avait souffert. Elle était la fille d'un cow-boy, mais ne savait pas monter à cheval. Son père était né à Rust Creek Falls, mais elle n'était jamais venue dans le Montana. Elle avait été élevée à New York et envoyée dans un pensionnat.

Comme il entrait dans sa chambre, il secoua la tête pour chasser ces pensées.

Dans l'immédiat, il lui fallait parler avec Janie… Elle s'était enfermée dans la salle de bains. Et il eut beau s'excuser et supplier, elle refusa obstinément de sortir.

En désespoir de cause, il alla chez Gemma, qui accepta, elle, de lui ouvrir sa porte.

— Gemma, je suis désolé, j'ai tout raté. Je me suis comporté comme un rustre avec Janie et avec toi.

— Janie était toute contente de te montrer son nouveau look.

Un terrible sentiment de culpabilité envahit Hank. Il avait blessé Janie. Et aussi Gemma.

— Janie n'a pas le droit de se maquiller avant treize ans, répondit-il avec un soupir.

Réponse stupide, songea-t-il. Le problème n'était pas le maquillage mais l'allure générale de Janie quand elle avait couru vers lui, si différente, paraissant plus âgée, semblable à la femme qu'elle serait plus tard…

— Je suis désolée, Hank, je l'ignorais. J'aurais dû t'en parler avant.

— Janie, elle, le savait.

— D'accord, je ne discute pas. Mais Janie a envie de profiter de tout ce que peut offrir Maverick Manor. Et puis il y a ce garçon…

— *Quoi ?* Quel garçon ?

Gemma poussa un long soupir. Hank semblait complètement perdu.

— Tu te rappelles leur partie de pêche ? demanda-t-elle.

— Oui, Janie leur a montré comment on montait un hameçon, personne ne savait faire ça.

— Elle ne t'a pas *tout* raconté. Des filles se sont moquées d'elle et l'ont traitée de garçon manqué.

— C'est ridicule !

— Oui, mais c'est ce qui s'est passé, hélas. Du coup, Janie a eu envie d'être un peu plus… féminine. L'ennui, c'est que tu es la dernière personne au monde capable de lui donner des conseils en la matière, conclut Gemma avec un léger sourire.

Il haussa les épaules. Rien à répondre à ça !

Mais l'idée que l'on puisse blesser Janie lui fendait le cœur.

Et pourtant, c'était exactement ce qu'il avait fait

tout à l'heure en la rabrouant, réalisa-t-il soudain avec tristesse.

— Hier, Janie était une petite fille, *ma* petite fille. Et maintenant…

— Hank, ce n'est pas un peu de maquillage qui va changer Janie ! Elle t'adore et sera toujours *ta petite fille*.

— Tu ne comprends pas, Gemma, dit Hank d'une voix sourde. Parce que tu ignores que…

— Quoi donc ? dit-elle comme il s'interrompait.

— Janie n'est pas ma fille.

À ces mots, Gemma recula d'un pas, stupéfaite.

— Janie…

— … n'est pas ma fille, répéta-t-il en se laissant tomber sur le canapé.

Les yeux de Gemma s'agrandirent et il s'attendit à y lire de la pitié. Mais ce fut la colère qui les anima.

— Quoi ! Tu veux dire qu'Anne…

— Anne ne m'a pas trompé, non, ce n'est pas ce que tu crois, l'interrompit-il. Elle était enceinte quand nous nous sommes rencontrés et mariés. Elle m'a prévenu tout de suite. Je savais.

Et il avait tout accepté, car il pensait qu'Anne finirait par l'aimer. Ils avaient tellement de choses en commun !

— Pour tout le monde, j'étais le père de Janie. Mais un jour, Dan est revenu à Rust Creek Falls, et il a repris sa place. Il partage à présent la vie d'Anne. Et de Janie.

Il secoua la tête et passa une main dans ses cheveux.

— Moi, je ne suis plus que son beau-père, reprit-il d'une voix lasse.

Bouleversée, Gemma alla s'asseoir près de lui et posa une main sur son bras.

— Hank, tu es son père ! La biologie ne peut pas effacer toutes ces années pendant lesquelles tu l'as élevée ! C'est toi qui l'as bercée pendant ses premières nuits, qui lui as appris à marcher, puis à danser, puis à monter à cheval !

— Dan est revenu il y a deux ans et tout a changé. Je n'ai rien à lui reprocher, il fait partie de la vie de Janie, même si au début, ça a été difficile. Il *est* son père. Et ce qui m'a frappé tout à l'heure, quand j'ai vu Janie, c'est sa ressemblance frappante avec Bella, la sœur de Dan, quand elle était adolescente.

Il se tut un instant, les sourcils froncés, puis continua de la même voix morne :

— J'ai toujours été persuadé que Janie ressemblait à Anne, mais en fait, c'est une Stockton, c'est flagrant !

— Il faut bien plus que l'ADN pour faire une famille, tu le sais très bien.

— J'essaye de m'en convaincre. Mais dans les mauvais jours, je me rappelle toutes ces années avec Anne… Savoir qu'elle aimait un autre homme et qu'un jour cet homme pourrait revenir et prendre ma place !

Gemma serra son bras.

— Dès le début, j'ai vu que Janie était heureuse, même si j'ignorais son histoire, dit-elle d'une voix douce. Mon père est mort juste avant l'anniversaire de mes quatre ans. Je n'ai aucun souvenir de lui, et mon beau-père m'a mise en pension dès qu'il a pu le faire.

— Gemma, je suis désolé…

— Je ne te raconte pas ça pour que tu me prennes en pitié, Hank, mais pour que tu te rendes compte de la chance qu'a Janie. Elle a Anne et Dan, mais surtout, elle t'a, *toi* ! Elle t'adore !

Elle réfléchit, soupira puis reprit d'une voix vibrante :

— Pourquoi veut-elle à tout prix nous réunir, toi et moi ? Parce qu'elle s'inquiète pour toi. Elle sait que tu es un homme remarquable et que la femme qui attirera ton attention aura autant de chance qu'elle !

À la fin de sa tirade, Gemma se mordit la lèvre, consciente d'en avoir trop dit. Mais elle soutint vaillamment le regard bleu intense de Hank. Comme elle aimerait être cette femme…

Elle n'aurait jamais imaginé qu'il n'était pas le père de Janie tant son amour pour la fillette éclatait à chaque instant. La biologie, l'ADN, quelle importance à côté des liens du cœur et de l'âme, tellement plus puissants !

Elle n'avait pas eu cette chance, elle. Son beau-père lui avait tout de suite fait comprendre qu'elle n'était que le « produit » indésirable de ce qu'il appelait une « erreur de jeunesse » de sa mère. Une erreur qu'il fallait faire disparaître au plus vite.

Comme s'il lisait dans ses pensées, Hank tendit la main vers elle et passa doucement les doigts dans ses cheveux. Il fit glisser une boucle brune derrière son oreille avant de caresser ses longs pendants de perles.

— Tu es très belle, Gem, murmura-t-il. J'aurais dû te le dire plus tôt.

— Tu aurais surtout dû dire ça à Janie.

— Oui, c'est vrai, mais… il n'est jamais trop tard.

— Pour dire à Janie qu'elle est ravissante ?

— Non. Il n'est pas trop tard pour *toi* pour décider si tu aimes les bottes de cow-boy, les Stetson et les chevaux. Il n'est pas trop tard pour devenir la femme que tu veux vraiment être.

Que voulait-il dire ?

L'aimerait-il assez pour la laisser libre de choisir qui elle voulait être ?

Non, ce n'était pas ça, elle comprenait de travers.

Elle se força à revenir à la raison. Hank voulait tout simplement être gentil avec elle, l'encourager, même si pour lui elle ne représentait qu'une New-Yorkaise en vacances dans le Montana.

— Ce que je veux, c'est… être avec toi, dit-elle dans un souffle.

Elle avait prononcé ces mots sans vraiment s'en rendre compte.

Pas de bravade, pas d'air de défi, pas de cheveux rejetés en arrière avec impatience. Juste un chuchotement.

Hank se figea et plongea son regard dans le sien.

— Moi aussi, je veux être avec toi, murmura-t-il d'une voix rauque. Mais…

Il ferma les yeux un instant et quand il les rouvrit, une lueur moqueuse avait remplacé le désir qu'elle y avait lu l'instant précédent.

— … ma fille s'est enfermée dans la salle de bains et il faudrait que j'arrive à la convaincre d'en sortir sans faire appel à la sécurité de l'hôtel pour enfoncer la porte !

Par chance, Hank n'eut pas besoin d'en venir à cette solution extrême. Dès que la voix de Gemma se fit entendre, une clé tourna dans la serrure.

— Tu peux entrer, Gemma, mais pas mon père ! lança Janie par l'entrebâillement de la porte.

Gemma rassura Hank d'un sourire, entra et referma derrière elle.

— C'est ma faute, avoua Janie. Je n'ai pas la permission de me maquiller avant treize ans.

Gemma s'abstint de tout reproche. À quoi bon ? Le mal était fait. Il s'agissait maintenant de réparer les dégâts.

Le visage de Janie était tout barbouillé de mascara tant elle avait pleuré.

Et Hank attendait de l'autre côté de la porte pour se faire pardonner.

Gemma tendit une boîte de mouchoirs en papier à la fillette.

— J'avais oublié de te prévenir, ma charmante. Quand on se maquille, les larmes sont interdites ! Sinon, on se transforme en clown en quelques secondes !

Janie laissa échapper un petit rire tandis qu'elle essuyait ses joues maculées de mascara.

— Je suis déçue. Je pensais que papa me trouverait jolie.

— Il te trouve ravissante, avec ou sans maquillage, tu le sais ! En fait, il m'a dit que tu ressemblais à ta tante Bella.

— C'est vrai ?

Janie rougit de plaisir.

— Bella est tellement jolie ! s'exclama-t-elle.

Gemma remit de l'ordre dans la coiffure de la fillette.

— Tu as beaucoup d'oncles et de tantes, je crois, dit-elle d'un ton neutre.

— Oh oui ! Une quantité astronomique ! Et plein de cousins aussi !

Janie, toujours aussi volubile, se lança dans la description de la famille Stockton qu'elle avait découverte après le retour de Dan Stockton. Elle parlait sans gêne et semblait avoir bien surmonté le traumatisme de l'arrivée inattendue de son père biologique.

— Au début, c'était bizarre, dit-elle. Toute cette famille qui arrivait tout d'un coup ! Alors que j'avais seulement ma mère et mon père…

Elle s'interrompit et tortilla nerveusement son mouchoir en papier.

— Mon père… Hank, corrigea-t-elle.

— Hank t'aime énormément.

— Oui, je sais. Il n'a que moi, en fait.

Le cœur de Gemma se serra. Janie n'était qu'une enfant mais elle avait déjà la sensibilité d'une adulte.

— Tu crois que tu vas lui pardonner d'avoir été un peu trop… sévère avec toi ? demanda-t-elle.

Le visage de Janie s'illumina tandis qu'elle hochait la tête avec vivacité.

— Je peux lui dire d'entrer, alors ?

De nouveau Janie hocha la tête.

Quand Gemma sortit de la salle de bains, elle se retrouva face à Hank, dont le visage exprimait un mélange d'angoisse et de tristesse.

Le retour du père biologique de Janie l'avait ravagé et le tourmentait encore.

Elle comprenait les implications d'une telle situation, elle qui toute sa vie s'était posé des questions sur son père biologique. Même maintenant, alors qu'il était mort, elle en souffrait encore et cherchait des réponses.

C'était pire pour Hank. Dan était vivant. Il habitait dans la même ville que lui. Mais surtout, il était bien vivant dans le cœur d'Anne, qui n'aimerait que lui.

Hank…

La nuit précédente, ils s'étaient tous deux mis d'accord sur une liaison sans attaches.

Alors pourquoi sentait-elle au plus profond de son cœur le désir de briser cette règle ? De rompre ce « contrat » pourtant si raisonnable ?

- 8 -

Le lendemain, Hank gara son pick-up devant le centre commercial en poussant un soupir de martyr.

— Je pourrais vous attendre ici, proposa-t-il.

— Papa, allez, viens ! On va s'amuser ! lança Janie en sortant de la voiture.

Il avait été convenu qu'ils iraient tous les trois renouveler la garde-robe de Janie. Pas question de refuser, après le drame de la veille !

— Pas de panique, Hank, le rassura Gemma tandis que les portes automatiques s'ouvraient devant eux. C'est jeudi et on n'est pas en plein rush de Noël.

Peu après, il errait comme un malheureux dans le rayon « junior ».

Très excitée, Janie courait d'un rail de vêtements à un autre et entassait chemises, robes et pantalons sur son bras droit tout en écoutant les conseils de Gemma.

— Regardez ! s'écria-t-elle en mettant devant elle une tunique à motifs géométriques noirs et blancs. Presque la même que la tienne, Gemma ! Je la prends !

Mais le moment le plus éprouvant pour Hank fut celui où Janie et Gemma se tournèrent vers lui après leurs achats.

Pensant qu'il en avait fini, il se dirigeait vers la sortie quand la main de Gemma se posa sur son bras.

— On va maintenant faire un tour au rayon « hommes », dit-elle.

— Quoi ? Mais je n'ai besoin de rien ! protesta-t-il.

— Si, justement !

L'air interrogateur, Gemma pointa l'index vers un polo rouge vif.

— Ah non ! répliqua-t-il. Tu veux que le bétail se précipite sur moi ?

— Papa ne porte que des jeans et des chemises à carreaux, précisa Janie en levant les yeux au ciel.

— C'est l'habit du rancher, ma grande. Le bétail se moque totalement de mes vêtements, crois-moi !

Malgré ses réticences, il finit par acheter quelques chemises et… une cravate. Pour faire plaisir à Janie.

Tout ça finira au fond de mon placard sans que j'aie eu l'occasion de m'en servir, songea-t-il en prenant le sac que lui tendait le vendeur.

Ils étaient en train de dîner dans un des restaurants du centre commercial quand une voix féminine le héla. Une femme blonde et solide se fraya un chemin jusqu'à leur table.

— Hank Harlow ! Çà alors ! Je n'aurais jamais imaginé que tu viennes à Kalispell au milieu de la semaine !

— Ma fille avait des achats à faire, Missy, répondit-il.

Janie avait disparu pour se resservir au buffet, et seule Gemma était avec lui, attirant toute l'attention de Missy.

Il fit les présentations.

— Gemma Chapman, Missy Denbrough, qui a un ranch tout près d'ici.

— Le Double D, précisa Missy avec fierté.

Elle examina Gemma avec attention et ajouta :

— Je ne vous ai jamais vue, je crois.

— Gemma habite New York et est ici en vacances, expliqua Hank.

— Le Montana doit être un réel changement, pour vous ! s'exclama Missy avec un grand sourire. Vous devez vous ennuyer. Il n'y a pas grand-chose à faire ici !

— Oh ! non, je ne m'ennuie pas du tout, répondit Gemma.

— Pour le moment ! Mais quand vous vous trouverez sous la neige en plein mois d'août à cause d'une tempête, sans réseau téléphonique, vous changerez peut-être d'avis ! répliqua Missy. Mais d'ici là, vous serez rentrée à New York, j'imagine.

Gemma se doutait bien qu'il y avait des femmes à qui Hank Harlow plaisait, à Rust Creek Falls, mais elle n'avait pas pensé qu'elle assisterait à une rencontre de ce genre.

Missy s'installa d'autorité à leur table et se mit à discuter avec Hank. Discussion sur le prix du bœuf, les récoltes d'alfalfa et autres sujets totalement étrangers à l'univers de Gemma.

Ils étaient tous deux tellement pris par leur conversation qu'elle se sentit soudain exclue de leur monde.

Certes, leur après-midi de shopping s'était bien passé. Finalement Hank s'était plié de bonne grâce à toutes les exigences de Janie, et il semblait content.

Pourtant, la seule chose qui l'intéressait était son ranch. Et son métier de rancher. Gemma prit conscience de sa frivolité : elle n'appartenait pas au monde de Hank, ancré dans la terre et le travail.

N'avait-il pas souligné lui-même qu'elle n'était ici que pour des vacances ? Qu'elle venait de New York ? Où elle repartirait bientôt, comme l'avait deviné Missy.

Cette dernière ne tarda pas à partir et Gemma murmura d'un ton neutre :

— Elle est sympathique.

— Oui. Et elle connaît très bien son travail. Elle a été élevée dans le ranch familial et y consacre maintenant son temps.

C'était une compagne parfaite pour lui, songea-t-elle avec un pincement au cœur.

— Est-ce que tous les deux, vous avez pensé à…

Elle laissa sa phrase inachevée et rougit.

Hank fronça les sourcils et se raidit.

— À… quoi ?

— Euh… à sortir ensemble ? conclut-elle.

— Non, je n'y ai jamais pensé.

— Pourtant, vous avez tant de choses en commun !

— Seulement le travail dans un ranch.

— Et tu adores ton travail, Hank.

— C'est vrai. Parfois je le regrette, ça me prend toute ma vie.

Il marqua une pause puis reprit avec un sourire moqueur :

— Proposer un rendez-vous à Missy, ce serait comme si j'en proposais un à Carl, le contremaître du Bar H !

À ces mots, Gemma éclata de rire.

— J'espère que tu n'as pas l'intention de dire ça à Missy !

— Non ! Et toi, pas un mot de tout ça à Carl, hein ?

— Promis !

Gemma ne connaissait rien au fonctionnement d'un ranch, mais elle avait d'autres talents.

— Natalie m'a parlé de ses plans pour son magasin et je lui ai proposé de lui donner quelques conseils en matière de finances.

Était-ce un effet de son imagination ? Il lui sembla que Hank se crispait.

— Nat t'en sera très reconnaissante, j'en suis sûr. Ton travail à la banque doit te manquer, fit-il remarquer d'un ton neutre.

En fait, elle n'avait pas pensé une seule fois à son travail, depuis son arrivée à Rust Creek Falls. Ni à New York, d'ailleurs.

— J'aimerais bien travailler pour des gens comme Nat, expliqua-t-elle. Chez Carlston, Landry and Greer, le but est d'enrichir les riches. Évidemment, je ne vais pas me plaindre, c'est un travail très bien payé. Je m'en tire plutôt bien et je vais même avoir une promotion.

Là, l'expression de Hank se durcit très nettement, et Gemma comprit que ce sujet était délicat.

— Je pourrais aussi jeter un coup d'œil sur tes investissements, proposa-t-elle avec prudence. Janie m'a dit que tu travaillais sans arrêt, que tu ne prenais jamais de vacances, que…

Elle s'interrompit, au supplice, à la vue de l'expression impénétrable de Hank. Il se pencha vers elle avec un petit sourire. Il avait l'air plus amusé que fâché, en fait !

Il posa les mains sur les siennes.

— Merci pour ton offre, Gemma. Mais ne t'inquiète pas pour moi, mes finances se portent bien.

Ses mains étaient grandes, solides, puissantes. Elles racontaient son histoire : celle d'un homme acharné au travail, fort, courageux.

— Merci surtout pour ce que tu as fait pour Janie, ajouta-t-il. Ça vaut tout l'or du monde.

— Je voudrais te donner tant de choses, murmura-t-elle. Mais j'ignore ce que tu veux de moi.

Il posa sur elle un regard intense.

— Ce que je veux de toi ? Tout ! Absolument tout !

Ce soir-là, Hank proposa à Gemma une promenade aux alentours de l'hôtel. La nuit était claire et douce. Mais quand il prit un sentier inconnu qui s'enfonçait dans un bois, Gemma s'arrêta net.

— Tu veux vraiment m'emmener dans la jungle du Montana au milieu de la nuit ? demanda-t-elle, peu rassurée.

— Il est seulement 21 heures. Et on est dans un endroit très tranquille. Pas de loups annoncés, ce soir.

— *Quoi ?* Il y a des loups dans cette région ?

Il éclata de rire en lui prenant la main pour la rassurer.

— On n'en a pas vu depuis au moins cent ans !

La pleine lune baignait le paysage de sa lumière dorée.

Gemma soupira et le suivit sur l'étroit sentier.

Tout en marchant, il songeait à la quête de Gemma : retrouver la trace d'un père qu'elle n'avait jamais connu. Elle était arrivée dans le Montana après une rupture sentimentale brutale. Même si son séjour à Maverick Manor avait pour but de lui changer les idées, elle voulait plus que ça.

Elle voulait connaître ses origines.

Il avait quelques pistes en tête pour l'aider à rassembler les pièces manquantes du puzzle. Mais il devait pour cela attendre d'être au Bar H.

D'ici là, il pouvait au moins lui faire découvrir quelques secrets de Rust Creek Falls.

Ils arrivèrent dans une sorte de clairière s'ouvrant sur la vallée. Au centre, sur une couverture écossaise, il y avait un grand panier d'osier qu'éclairait une lanterne.

— Qu'est-ce que c'est ? demanda Gemma.

— Tu avais parlé un jour de dormir à la belle étoile, tu te rappelles ? Ce n'est pas si romantique que ça, de dormir sur la terre dure, crois-moi ! Mais faire un pique-nique une nuit de pleine lune peut être agréable.

— Hank, c'est magique !

— Tout le mérite revient à l'équipe de Maverick Manor. Je leur ai juste demandé de préparer un pique-nique.

— C'est toi qui as eu l'idée, Hank ! Et je suis sûre que tu as aussi choisi le menu.

— Oui ! Chocolat chaud et marshmallows !

Tandis que Gemma s'installait sur le plaid, Hank sortit une thermos et le sac de confiseries. En voyant la belle vaisselle de l'hôtel, il ne put s'empêcher de penser au dîner romantique qui avait été livré à Gemma le premier soir.

— Évidemment, cela n'a rien à voir avec des huîtres

et une bouteille de champagne, fit-il remarquer avec un clin d'œil.

Gemma sourit en sortant des gobelets d'argent et des serviettes de table blanches du panier.

— Heureusement, car je déteste les huîtres !

Hank fit un feu pour y rôtir les marshmallows au bout d'une pique. Et bientôt, le parfum sucré de la guimauve se mêla à l'arôme plus puissant du chocolat chaud.

Hank n'aurait jamais pensé que des choses aussi simples puissent être aussi romantiques !

Quand Gemma, les mains serrées autour de son gobelet, contempla le feu en souriant, il fixa son visage, attentif à en capter les moindres émotions.

Il lui mit une friandise moelleuse dans la bouche, et frissonna de plaisir quand elle lécha ses doigts où restait de la pâte.

Son regard vert sombre lui disait qu'elle était tout à fait consciente du sens de son geste. Il prit alors son visage entre ses mains en coupe et, à son tour, voulut goûter la guimauve, sur les lèvres de Gemma.

Elle ouvrit la bouche pour y accueillir sa langue avec volupté et s'allongea, l'entraînant avec lui.

Il sentait sous lui le corps souple de Gemma, ses seins pressés contre son torse. Quand elle ouvrit les jambes pour accueillir ses hanches, il retint un grognement de plaisir.

Puis il roula sur le dos. Gemma était sur lui, légère et chaude, ses longs cheveux l'enveloppant de leur mystérieuse douceur, aussi noirs que la nuit.

Elle murmura son nom quand il saisit ses seins

dans ses mains puissantes sous l'étoffe légère de son chemisier. Il y avait trop de choses entre eux ! Il mourait d'envie d'arracher tous ses vêtements, de l'avoir nue contre lui. Rien alors ne les séparerait. Rien.

Hélas, si la clairière était à l'écart de l'hôtel, elle n'était pas protégée du regard des autres clients. Aussi repoussa-t-il doucement le corps de Gemma sur le côté tout en gardant les lèvres sur les siennes.

Jamais encore il n'avait désiré une femme à ce point ! Mais il voulait faire l'amour avec elle dans la plus parfaite intimité et dans le luxe. Ce qu'offrait la suite lune de miel de Maverick Manor…

— On quitte l'hôtel demain, Janie et moi, dit-il. Anne et Dan viendront chercher Janie le matin.

Sa voix était rauque de désir. Un désir auquel se mêlait autre chose qu'il se refusait à définir. La semaine était passée tellement vite ! Et maintenant, il appréhendait le compte à rebours, les jours avant le départ définitif de Gemma.

— Il est temps de revenir à la vraie vie, murmura-t-elle.

Mais la vraie vie n'était-elle pas tout ce temps passé avec Gemma, ces moments où, pour la première fois depuis si longtemps, il se sentait *vivant* ?

— Tu vas retourner au Bar H, je suppose, ajouta-t-elle doucement.

Une fraction de seconde, il songea que c'était là le moyen le plus facile de mettre fin à son histoire avec Gemma.

Avant qu'il soit trop tard.

Avant que son attachement pour elle devienne trop profond.

Il fut sur le point d'acquiescer et de se réfugier dès le lendemain au Bar H, mais quand il croisa le regard de Gemma, empli de désir, il y vit l'écho de ses propres émotions et renonça à fuir.

Il éprouvait le besoin de passer le plus de temps possible avec elle. Il voulait la posséder tout entière. Sans se demander pendant combien de temps.

— Non, je ne rentre pas tout de suite au Bar H, répondit-il sourdement. Je veux que l'on passe la journée ensemble, tous les deux.

- 9 -

— Je ne veux pas rentrer à la maison !

Entourée de ses bagages, Janie se tenait dans le hall de l'hôtel, les bras croisés, farouchement déterminée à ne pas bouger.

En dépit de l'adolescence qui approchait, Janie avait encore des accès de résistance très puérils.

Hank s'arma de patience.

— Une partie des vacances est terminée, ma grande, c'est comme ça. Anne et Dan vont venir te chercher, et ils ont prévu des tas de choses à faire avec toi.

Le regard fixé au loin, Janie ne broncha pas.

Hank avança un nouvel argument.

— Et deux adorables chiots t'attendent chez Anne. Tu as reçu les photos.

— Oui, ils sont trop craquants ! s'exclama Janie dont le visage se dérida. Mais toi, tu n'es pas obligé de partir, papa. Gemma reste ici encore une semaine.

Une semaine avec Gemma… Un rêve !

Après leurs baisers sous les étoiles, il n'attendait qu'une chose : être seul avec elle, la prendre dans ses bras, la déposer sur le grand lit à baldaquin de sa chambre…

Mais il voulait que Gemma soit sûre de sa décision. Car sous ses airs crânes, elle cachait un cœur vulnérable. Sous son extérieur sophistiqué de parfaite New-Yorkaise, il devinait une femme solitaire, perdue.

Une femme qui était venue à Rust Creek Falls pour retrouver les traces d'un père qu'elle n'avait jamais connu.

Une femme qui cherchait ses racines de cow-girl.

— Ah, voilà Gemma, justement ! s'écria Janie en se ruant vers l'autre bout du hall.

Gemma serra Janie dans ses bras avec tendresse.

— J'ai passé les meilleures vacances de ma vie ! s'exclama Janie.

— Moi aussi, ma charmante ! Mais n'oublie pas, ce n'est qu'un « au revoir » ! Tu as mon numéro de téléphone et on va se parler en vidéo quand je serai de retour chez moi. On ne se quitte pas vraiment !

Hank ne douta pas un instant de la sincérité de Gemma. Mais il se doutait bien qu'une fois rentrée à New York, de retour à sa vie réelle, Gemma aurait des choses plus passionnantes à faire que de bavarder avec une adolescente vivant au fin fond du Montana…

Quant à lui, communiquer par téléphone avec Gemma ? Pas question ! Ce ne serait jamais assez pour lui qui désirait la posséder entièrement.

Gemma agita la main tandis que la voiture de Dan s'éloignait du parking de Maverick Manor.

— Ta fille est une merveille, Hank, murmura-t-elle, la gorge nouée.

L'enthousiasme et la spontanéité de Janie l'avaient séduite dès leur première rencontre. Et si elle était au bord des larmes en la quittant, dans quel état serait-elle quand viendrait le moment de se séparer de Hank ?

Seigneur, mieux valait ne pas y penser…

Dans l'immédiat, ils étaient ensemble et elle comptait profiter à fond de cette journée.

— Qu'as-tu prévu pour cet après-midi ? demanda-t-elle en se tournant vers lui.

— Je voudrais te faire rencontrer quelqu'un, répondit-il. Tu viens ?

— Oui !

Tout en le suivant vers le parking, elle attendit qu'il lui fournisse des informations supplémentaires. Ce qu'il ne tarda pas à faire.

— J'ai pensé à ta liste de vacances, dit-il. À toutes les choses que tu aurais aimé faire si tu avais grandi ici, si tu avais été élevée comme une cow-girl.

« Si tu avais connu ton père. »

Hank ne prononça pas cette phrase mais elle la devina à son regard empli de compassion. Elle soupira, pensive.

— Toute ma vie, j'ai vécu avec cette question : que se serait-il passé si…, murmura-t-elle. Si mon père n'était pas mort quand j'étais enfant, s'il n'était pas parti quand ma mère était enceinte. Jusqu'au jour où j'ai découvert que ma mère m'avait menti. Mon père a fait réellement partie de ma vie pendant mes premières années. Mais j'étais trop jeune pour garder des souvenirs de lui.

— Gem, je suis désolé.

— Lorsque j'ai su qu'il était né à Rust Creek Falls,

j'ai voulu y venir. Pour essayer d'imaginer sa vie, autrefois.

Du sommet de la colline, Rust Creek Falls ressemblait à un village de carte postale, avec ses maisons basses nichées au creux de la vallée verdoyante surmontée par les imposantes montagnes aux cimes enneigées. C'était l'image qui avait nourri son imagination depuis qu'elle avait appris le lieu de naissance de son père.

Maintenant, elle savait que Rust Creek Falls n'était pas un village parfait. Mais il était réel, il existait, avec ses habitants, leur sens aigu de la communauté, son charme particulier.

— Il m'est impossible de te donner des souvenirs illusoires, Gem, mais je peux faire autre chose.

— Quoi donc ?

— J'ai passé quelques coups de téléphone. Tu te souviens de Melba Strickland ?

— La vieille dame qui a cru me reconnaître ?

— Oui. Cela fait des décennies que son mari et elle vivent ici, et ils connaissent tout le monde.

Gemma pâlit.

— Est-ce qu'ils ont connu mon père ? demanda-t-elle dans un souffle.

— Ils se rappellent son nom, et ils sont quasiment sûrs que ton grand-père et ton père travaillaient au ranch des Traub, le Triple T, qui appartient maintenant à Ellie et Bob Traub.

Gemma fronça les sourcils en secouant la tête.

— Tu n'aurais pas dû faire ça, Hank. Je ne t'avais rien demandé !

À la perspective soudaine de découvrir sur son

père plus de détails que des photos jaunies vieilles de trente ans, la panique s'empara d'elle. Elle eut envie de partir en courant, d'être à New York, de ne rien savoir.

— Tu n'avais pas le droit de faire ça, Hank ! cria-t-elle.

— Gemma !

Il posa la main sur son bras mais elle se débattit et le repoussa.

— De quoi as-tu peur, Gem ? demanda-t-il avec douceur.

— Moi ? Je n'ai pas peur !

Mais alors, pourquoi la terreur l'envahissait-elle, lui coupant le souffle ? Et si les photos étaient mensongères ? Si sa mère lui avait dit la vérité ? Si son père était juste parti, sans se préoccuper d'elle, s'il l'avait tout simplement oubliée ?

Toutes les éventualités lui passaient par la tête.

La voix ferme de Hank la ramena à l'instant présent.

— La femme qui était prête à monter à cheval alors que c'était la première fois, celle qui s'est moquée du qu'en-dira-t-on et qui est partie en voyage de noces toute seule, c'est toi, Gemma ! Tu n'as peur de rien !

— Et si je ne suis pas cette femme, en fin de compte, chuchota-t-elle tandis que des larmes lui brûlaient les yeux.

Quand Hank ouvrit les bras, elle s'y précipita et pressa la joue contre son large torse. Le visage enfoui dans la fraîche chemise de coton, au rythme des battements réguliers du cœur de Hank, elle se calma peu à peu.

C'était comme si, par ce simple contact, il lui avait

transmis un peu de son assurance et de sa conviction de savoir qui il était et où était sa place.

— Gem, crois-moi, tu es cette femme. De l'extérieur, tu es peut-être une citadine, mais tu as le cœur d'une cow-girl. Ne doute pas de ton courage, mon ange. Et garde à l'esprit que ce que tu découvriras chez les Traub ne changera rien à ce que tu es ni à ce que tu peux devenir.

Tandis que le pick-up de Hank rebondissait sur le chemin troué d'ornières qui menait au ranch des Traub, Gemma se répétait la phrase de Hank et s'y accrochait comme à une bouée de secours.

Comme s'il lisait dans ses pensées, il lui prit la main et la posa sur sa cuisse, entrelaçant leurs doigts.

— Ça se passera très bien, tu verras, dit-il.

Et il lui parla du clan Traub, avec ses six fils et leurs femmes et enfants, une grande famille de ranchers.

— Tu crois qu'ils se souviendront de lui ? murmura-t-elle.

— Dans les petites villes, les gens se souviennent, et leur mémoire est étonnante. Et si ton grand-père travaillait déjà pour eux, cela signifie que ton père a probablement grandi au Triple T.

Plusieurs bâtiments apparurent bientôt et Hank se gara devant le porche de la demeure.

Une femme d'une soixantaine d'années les accueillit avec un large sourire.

— Hank ! Quelle bonne surprise ! s'exclama-t-elle.

— Bonjour, Ellie ! J'espère que je ne vous dérange pas.

— Pas du tout. Notre porte est toujours ouverte à nos amis et nos voisins.

Ellie jeta un coup d'œil interrogateur en direction de Gemma.

— Je te présente Gemma Chapman, dit aussitôt Hank. Gemma est en vacances à Rust Creek Falls, mais il semblerait qu'elle ait un lien plus ancien avec votre ranch.

— Hum, c'est bien mystérieux, tout ça, fit remarquer Ellie. Entrez donc ! Mon mari se fera un plaisir de répondre à toutes vos questions.

Ellie les fit entrer dans le salon et ajouta :

— Je file chercher Bob. Il est en train de préparer le barbecue. Auquel vous êtes cordialement invités, bien sûr !

— Ellie, vraiment, on ne veut pas t'importuner…, commença Hank.

— On a prévu un déjeuner pour tout un régiment ! l'interrompit joyeusement Ellie. Tu sais, on a l'habitude des amis qui arrivent à l'improviste.

Malgré la présence rassurante de Hank et l'amabilité d'Ellie, Gemma avait les jambes flageolantes. Elle s'assit sur le gros canapé de cuir.

— Détends-toi, Gem.

— J'essaye.

— Tu es une femme remarquable.

Une femme qui vivait à New York dans un magnifique appartement, qui avait une belle carrière dans la banque, qui avait été trahie par son fiancé. C'était ça, une femme remarquable ?

Quelle autre femme pouvait-elle devenir ?

Un homme d'un certain âge entra à ce moment dans la pièce, Ellie à ses côtés. Il serra la main de Hank avant de se tourner vers Gemma et de toucher le bord de son Stetson pour la saluer.

— Bob, je te présente Gemma Chapman, dit Ellie. Hank pense que quelqu'un de sa famille a un lien avec notre ranch.

— Vraiment ? dit Bob. Notre ranch a une très longue histoire et… tout est possible !

Gemma était torturée entre le besoin de savoir et la peur d'être déçue. Peut-être était-il encore temps de faire machine arrière ? Peut-être valait-il mieux ne pas soulever le voile qui couvrait son passé ?

Mais être venue jusqu'ici et tout abandonner ? Non, impossible. Elle avait besoin de connaître la vérité. Et d'affronter son passé, quel qu'il soit.

— Mon père s'appelait Daryl Reems, dit-elle d'une voix posée. Mme Strickland pense qu'il a travaillé au Triple T il y a longtemps.

— Daryl Reems, répéta Bob lentement.

Le cœur de Gemma battait à tout rompre tandis qu'elle attendait la réponse, déjà découragée.

« Désolé, ce nom ne me rappelle rien. »

« Reems ? Ça me dit vaguement quelque chose mais je n'arrive pas à me souvenir… »

Bob prit une grande inspiration avant de répondre, visiblement ému :

— Je n'ai pas entendu ce nom depuis trente ans.

— Vous… vous connaissez mon père ? demanda Gemma, la gorge nouée.

— Si je le connais ? On a pratiquement grandi ensemble, lui et moi ! Daryl était comme mon frère !

Ses yeux se plissèrent quand il la regarda.

— Alors comme ça, vous êtes sa fille… Sa pierre précieuse.

— Sa *quoi* ? Je ne comprends pas.

— C'était ainsi que Daryl vous appelait, sa « pierre précieuse ».

Quelques heures plus tard, Hank se rendit compte à quel point ces moments avaient été intenses sur le plan émotionnel pour Gemma.

La tribu Traub avait été adorable avec elle, et Bob avait raconté de nombreuses anecdotes de sa vie au ranch avec Daryl. Gemma buvait ses paroles.

Ses longs cils battaient souvent plus vite. Hank l'avait parfois sentie au bord des larmes, mais elle avait tenu bon !

Même quand Bob l'avait serrée dans ses bras en disant d'une voix rauque d'émotion :

— Ton père serait fier de savoir que sa fille est devenue une femme aussi belle et intelligente !

Gemma avait souri, les yeux brillant de larmes contenues.

Mais quand elle s'installa dans la voiture, elle laissa échapper un gros sanglot et mit la main sur sa bouche. Elle tremblait de la tête aux pieds.

Aussitôt, Hank la prit dans ses bras, déposa un baiser sur son front et la berça comme une enfant.

— Gemma, mon ange, murmura-t-il avec tendresse. Ne pleure pas. Je suis désolé, j'ai peut-être eu une mauvaise idée. Je ne pensais pas que ce serait aussi éprouvant pour toi. Ce doit être très douloureux d'apprendre tout ce que tu as perdu.

— Perdu ? Oh, Hank !

Elle se recula un peu et plongea ses yeux brillants dans les siens. Des larmes coulaient doucement sur ses joues.

— Je ne pleure pas parce que je suis triste. Toutes ces histoires que l'on m'a racontées sur mon père… c'était merveilleux ! Et ces gens qui l'ont bien connu et aimé, ils m'ont accueillie avec tellement de bonté… Si tu savais ce que cela signifie pour moi ! Tout ça, c'est grâce à toi, Hank, conclut-elle dans un souffle.

Il voulut répondre mais elle l'en empêcha en mettant un doigt sur sa bouche.

— Tu as eu confiance en moi et c'est ça qui m'a donné le courage d'affronter mon passé et de croire en moi, avoua-t-elle.

Quand elle posa ses lèvres sur les siennes, Hank aurait juré que son baiser était différent. Gemma n'était plus la New-Yorkaise cherchant un dérivatif à l'annulation de son mariage, ni une aspirante cow-girl à la recherche de ses racines.

C'était une nouvelle femme, forte, qui avait pris pleinement conscience qu'elle pouvait choisir sa vie.

Une vie plus grande, plus éclatante, plus authentique.

Il l'étreignit avec passion, remerciant sa bonne étoile de les avoir réunis.

Hank avait accompli un miracle, songeait Gemma.

La petite phrase tournait dans son esprit tandis qu'ils reprenaient la route de Maverick Manor.

Le soleil s'enfonçait lentement derrière les montagnes et teintait le ciel encore bleu de couleurs pourpres, roses et orangées. Une brise fraîche pleine de senteurs de pin entrait par la vitre ouverte de la voiture.

Elle frissonna.

— Veux-tu que je remonte la vitre ? proposa aussitôt Hank.

— Non, non, ça va très bien.

C'était Hank qui provoquait ça, sa présence près d'elle, sa bienveillance, le soin qu'il prenait d'elle.

Elle regarda son profil éclairé par le soleil couchant. Sa beauté la bouleversa. Tout en lui la bouleversait.

Il lui avait offert le plus précieux des cadeaux, quelque chose qui lui avait manqué toute sa vie : des souvenirs de son père. Et des souvenirs transmis par des gens qui l'avaient bien connu et aimé.

Tout d'un coup, elle découvrait qu'elle avait des liens véritables et profonds avec Rust Creek Falls. Des racines.

Et elle ne voulait pas que cela s'arrête là.

Elle désirait aller jusqu'au bout.

Quand elle croisa le regard de Hank, elle comprit qu'il avait le même désir.

Une fois arrivés à Maverick Manor, ils se dirigèrent vers la suite de Gemma, enlacés, s'embrassant à chaque pas, dans la lueur dorée des candélabres anciens éclairant le couloir.

Hank eut le plus grand mal à glisser la carte magnétique dans la porte pendant que Gemma suivait de ses lèvres avides la ligne de sa mâchoire.

Il étouffa un juron, ce qui provoqua le rire léger de Gemma.

— Ah ! tu trouves ça drôle ! grommela-t-il. Attends un peu !

Quand le battant s'ouvrit d'un coup, il saisit Gemma par la taille, la fit basculer sur son épaule et traversa la pièce.

Une fois arrivé au pied du lit à baldaquin, il la jeta sur le matelas où elle rebondit, riant aux éclats. Mais quand il s'allongea à ses côtés et la fixa de son regard intense, son rire s'évanouit.

Avec une tendresse infinie, il écarta de sa joue une mèche égarée, puis il se glissa souplement sur elle. Émue, elle sentit son long corps musclé sur le sien, ses épaules contre les siennes, son torse contre sa poitrine, ses cuisses puissantes…

Le cœur battant à tout rompre, elle eut un éclair de lucidité.

Était-il possible… qu'elle soit amoureuse de Hank ?

Bien sûr qu'elle était amoureuse de lui ! Comment en douter quand tout son être aspirait à lui appartenir ?

— Gemma, es-tu sûre de ce que tu veux ?

Jamais de sa vie elle n'avait été aussi certaine de son désir !

Retrouver les photos de son père avait comblé les vides de son passé. Aimer Hank lui redonnait un cœur.

Des mots se pressèrent dans sa gorge mais elle ne les prononça pas. C'était trop tôt, trop fort…

Hank attendait sa réponse.

Il l'attendait. De même qu'elle l'avait attendu, lui, toute sa vie.

— Oh ! Hank, oui !

Sa réponse fut immédiate : il ouvrit d'un coup sa chemise de cow-boy fermée par des pressions. Elle posa aussitôt les mains sur son torse nu dont elle explora les muscles durs sous la peau délicieusement douce.

Elle dégagea ses épaules de la chemise tandis qu'il déboutonnait son chemisier de lin avec une lenteur calculée. Chaque fois qu'il l'effleurait, elle frémissait de désir.

Enfin, il révéla son fin soutien-gorge de dentelle noire et sourit.

— Hum. Tu es peut-être une pure cow-girl, mais *ça*…

Il s'interrompit pour suivre du doigt le tracé de la dentelle noire sur la peau nacrée.

— … ça ne peut appartenir qu'à une New-Yorkaise ! murmura-t-il.

— Eh ! Pas de provocation, cow-boy !

Avec une vigueur qu'elle ne se connaissait pas, elle le força à se mettre sur le dos et le chevaucha avec un sourire de triomphe.

— J'ai appris pas mal de choses, dans le Montana !

Quand elle se pencha sur lui pour l'embrasser, il enfouit les mains dans ses longues boucles brunes et glissa la langue dans sa bouche pour l'explorer avec volupté.

D'un geste vif, il enleva le soutien-gorge et prit ses seins à pleines mains. Elle sentit son corps fondre et un gémissement de plaisir lui échappa.

— Hank… Maintenant !

Il la renversa sur le dos et elle ouvrit les jambes pour l'accueillir.

D'un geste rapide, il mit le préservatif qu'il avait posé sur la table de nuit puis se cambra au-dessus d'elle, plongeant son regard brûlant de désir dans le sien.

Quand il la pénétra enfin, ce fut une explosion de plaisir comme elle n'en avait jamais connu.

— Gemma, Gemma…

Elle s'empara de ses lèvres pour un baiser sans fin.

Elle eut peur soudain de le perdre et le serra contre elle encore plus fort tandis qu'une nouvelle vague de plaisir la traversait.

Hank gémit, avant de reprendre ses lèvres avec une soif que rien ne semblait pouvoir satisfaire.

Quand Gemma se réveilla le lendemain matin, elle s'aperçut qu'elle était seule dans son lit.

Seule dans la suite lune de miel.

Seule, sans Hank.

Elle se força à la raison. Hank n'était plus en vacances. Il avait dû rentrer au ranch pour reprendre son travail. C'était logique. Seulement son cœur était d'un autre avis…

La nuit précédente l'avait émerveillée. Mais en même temps, elle se sentait plus vulnérable. Et si Hank n'éprouvait pas la même sensation de miracle qu'elle ?

Sa confiance en lui était telle qu'elle s'était endormie dans ses bras sans s'en rendre compte. Comme elle aurait aimé se réveiller… toujours dans ses bras !

Elle décida de chasser ces pensées maussades, se leva et enfila un peignoir.

À cet instant, le son assourdi d'une sonnerie de téléphone résonna. Elle fouilla fébrilement dans son sac pour saisir l'appareil.

C'était sa mère.

— Bonjour, maman.

— Ah, enfin ! J'ai vraiment cru qu'il n'y avait pas de réseau, dans ton hôtel !

— C'est pour ça que tu m'appelles, maman ? répliqua Gemma, glaciale. Pour vérifier la qualité du réseau téléphonique dans le Montana ?

Hier, elle avait appris que son père l'aimait, qu'il l'avait chérie, qu'il était honnête, respectable et respecté. Et que sa mère lui avait menti pendant trente ans.

— Bien sûr que non ! Je voudrais que tu redescendes sur terre, Gemma. Cela fait une semaine que tu es partie. Tu dois rentrer à New York. Ce n'est pas le bon moment pour s'absenter aussi longtemps, surtout quand tu as une promotion en perspective.

— Rien de concret n'a été décidé pour cette promotion, maman. Je reste encore une semaine dans le Montana, comme prévu.

— Pardon ?

— Je reste jusqu'à la fin de ma réservation à l'hôtel.

— Mais pourquoi donc es-tu allée dans ce coin perdu ? Je n'ai jamais compris cette idée !

— Tu ne m'as jamais demandé où j'allais.

— Tu m'as parlé d'un… manoir, un hôtel luxueux, quelque chose comme ça.

— Je suis à Maverick Manor, à Rust Creek Falls. Dans le Montana.

Un silence suivit sa phrase. Gemma percevait le souffle saccadé de sa mère.

— Rust Creek Falls. Mais… pourquoi ? Qu'espères-tu y trouver ? balbutia Diane, manifestement déstabilisée.

— Des réponses à des questions qui m'ont hantée toute ma vie ! Une part de moi-même qui m'a été volée !

— Ta vie est à New York. Il n'y a rien pour toi, à Rust Creek Falls.

— Pourquoi es-tu si sûre que cet endroit n'est pas pour moi ?

— Parce que, moi, je l'ai détesté !

Elle avait presque crié.

Les jambes tremblantes, Gemma s'assit sur son lit.

Ainsi, Melba Strickland ne s'était pas trompée en la reconnaissant : sa mère et elle se ressemblaient comme deux gouttes d'eau.

— Donc, tu es venue à Rust Creek Falls, c'est ça ? murmura-t-elle. Et tu habitais à la pension Strickland ?

Après un long silence, Diane soupira.

— Je suis descendue dans une vieille auberge dont j'ai oublié le nom.

— Quand était-ce ?

— Au moment où j'ai su que j'étais enceinte. Je cherchais ton père et il m'a fallu un bon moment avant d'apprendre qu'il travaillait dans un ranch perdu dans la campagne.

— Et tu as vécu à Rust Creek Falls ?

— Pendant quatre mois, oui. C'était une erreur, j'étais jeune et naïve.

— Mais pourquoi ne m'as-tu jamais rien dit ?

Pourquoi m'as-tu laissée croire que mon père était parti ? Qu'il t'avait abandonnée avant ma naissance ?

Elle avait de la peine à contenir son indignation.

— Daryl est mort peu avant tes quatre ans et j'avais rencontré Gregory. Il allait t'adopter et donc être le seul père dont tu te souviendrais. Pourquoi raviver le passé ?

— Pourquoi ? répéta Gemma en élevant la voix. Parce que j'aurais su que mon père ne m'avait pas abandonnée et qu'il m'aimait !

— Gemma, je pensais que tu avais compris que l'amour n'est pas ce qui compte le plus, dans la vie.

Après une absence d'une semaine, Hank avait pensé qu'il retrouverait son ranch avec joie. Enfin chez lui !

Il aurait rangé sa valise dans le grenier avec un soupir de soulagement, mis son linge sale dans la machine à laver, retrouvé le travail qu'il aimait.

Au lieu de quoi, le ranch lui sembla trop grand, vide. Pour la première fois, il éprouva un curieux sentiment de solitude. Alors que le Bar H avait toujours été son refuge !

Tout son être aspirait… à retourner auprès de Gemma.

Il s'étonnait encore d'avoir eu la force de la quitter, ce matin, alors qu'elle dormait, allongée sur le côté, les mains sous la joue, ses longs cheveux déployés autour de son visage paisible.

Il avait eu envie de tout oublier, le ranch et son travail, pour rester auprès d'elle.

Son sens des responsabilités l'avait obligé à tourner la tête et à s'arracher à elle.

Depuis longtemps le ranch représentait tout ce qu'il possédait. Il avait accepté cette semaine de vacances à Maverick Manor avec Janie car il voulait faire plaisir à sa fille à tout prix.

Et il voulait aussi rendre Gemma heureuse.

Mais à aucun moment, Gemma ne lui avait demandé de rester avec elle. Ce qui l'avait aussi poussé à quitter sa chambre avant son réveil.

Quand il avait fait le point avec Carl, le contremaître, il avait été rassuré de constater que le ranch avait parfaitement fonctionné sans lui, grâce à ses employés. Il aurait très bien pu s'absenter quelques jours de plus…

— Eh, patron !

Les bottes de Carl crissèrent sur le gravier.

— Il faut réparer les clôtures des pâturages côté est, dit-il. Prêt à remonter en selle ?

Hank ajusta son Stetson, acquiesça d'un signe de tête et se dirigea vers les écuries.

— Il est temps de se remettre au travail, déclara-t-il.

Et il était temps aussi de revenir à la vraie vie, la sienne, celle du rancher qu'il était.

- 10 -

Gemma aperçut Natalie Crawford qui, assise à une table au fond du pub Golden Rush Diner, agitait la main dans sa direction. Une bonne odeur de frites et de volailles grillées venait des cuisines et la cloche sonnait joyeusement à chaque commande. L'atmosphère du pub était animée et chaleureuse.

Ce déjeuner avec Natalie tombait bien, après la conversation pénible qu'elle avait eue avec sa mère. Elle avait pris une douche rapide, enfilé un jean et une chemise à carreaux puis avait vite quitté sa chambre, pressée de se changer les idées.

Pourtant, tandis qu'elle se dirigeait vers Rust Creek Falls, elle pensait aux paroles de sa mère.

« Ta vie est à New York. »

Celle de sa mère, oui, certainement ! Impossible de l'imaginer autre part que dans une grande ville cosmopolite. Mais elle ?

Elle avait suivi sagement le chemin que lui avaient tracé sa mère et son beau-père. École privée, université, travail dans la banque. L'itinéraire parfait de la jeune fille de bonne famille.

Mais était-ce vivre de travailler sans arrêt, aller à des réceptions, avoir des relations superficielles avec les gens ?

Hank estimait qu'elle méritait mieux et était capable de vivre plus pleinement. Il croyait en elle ! Cette pensée suffit à dissiper ses doutes et à lui remonter le moral.

Elle se glissa en souriant sur la banquette de Skaï en face de Natalie.

— Merci d'être venue, dit cette dernière.

— Je suis contente que tu aies pu te libérer, Nat !

— Je travaille toute la semaine au magasin. Je remplace même ma sœur Nina à l'occasion. Et pas de chance, ma voiture est encore en panne !

Natalie poussa un long soupir et précisa :

— Compte tenu de l'état catastrophique de mes finances, je vais devoir attendre un bon moment avant de la faire réparer. Quant à m'acheter une nouvelle voiture, n'y pensons pas !

En regardant les comptes de Natalie, Gemma avait vite compris que la jeune femme avait de grands rêves mais aucun plan pour savoir comment les concrétiser.

— Si je comprends bien, tu n'as pas de compte d'épargne, dit-elle.

Natalie prit une mine confuse.

— Hélas, j'ai plus tendance à dépenser qu'à économiser, avoua-t-elle.

— Dans ce cas, je peux t'aider à établir un budget qui te permettra à la fois de dépenser et aussi de mettre de l'argent de côté pour des dépenses imprévues, comme l'achat d'une nouvelle voiture.

— Je ne sais pas… Je suis fâchée avec les chiffres, en fait, et je suis incapable de gérer correctement mon compte en banque.

Gemma réprima un geste de surprise et répondit d'une voix calme :

— Tu sais, ce n'est pas très compliqué. Le moyen le plus simple est d'établir une liste des dépenses indispensables et une autre de celles que tu peux éviter. L'argent économisé sera mis sur un compte à part. Ne te dis pas que c'est un plan d'épargne, mais que c'est un compte pour t'acheter… une BMW, par exemple ! C'est plus motivant d'économiser dans un but précis !

Natalie eut un petit sourire ironique.

— Ouais, mais je ne me vois pas en train de conduire une BMW à Rust Creek Falls ! Je préférerais une bonne grosse jeep bien solide !

— Parfait ! s'exclama Gemma en riant. Donc on crée le poste « la jeep de Natalie », d'accord ?

Pendant une bonne heure, elle expliqua à Natalie comment fonctionnait ce système. Tout en mangeant un délicieux poulet rôti accompagné de frites, les meilleures qu'elle ait jamais mangées.

— Merci pour tout, Gemma. Et c'est moi qui t'invite, bien sûr ! Car hélas, c'est sans doute la dernière fois que l'on a l'occasion de déjeuner ensemble puisque tu pars bientôt.

La gorge de Gemma se noua à cette pensée.

— Oui, c'est vrai. Il ne me reste plus qu'une semaine à peine de vacances.

Natalie tendit sa carte de crédit à la serveuse.

— Ah, je voulais aussi te parler des cartes bancaires, ajouta Gemma.

— Oh non ! Assez parlé de moi, décréta Natalie

en prenant son reçu. Il y a un sujet beaucoup plus important à aborder, maintenant : Hank Harlow ! Parle-moi de lui.

— Il est incroyable, murmura Gemma dont les joues s'empourprèrent.

Elle lui raconta comment Hank lui avait fait rencontrer les Traub qui avaient très bien connu son père.

— Alors tu as des racines à Rust Creek Falls ! conclut Natalie avec un grand sourire. C'est sans doute pour ça qu'on a sympathisé dès le début, toutes les deux !

Elle fit tinter son verre contre celui de Gemma puis reprit :

— Il y a une chose qui m'étonne. C'est adorable de m'aider dans mes finances, mais... pourquoi n'es-tu pas avec Hank à profiter des plaisirs de Maverick Manor ?

Gemma remua les glaçons dans son verre avec sa paille et but lentement une gorgée de thé glacé en évitant avec soin le regard inquisiteur de Natalie.

— Hank est rentré au Bar H, il reprenait son travail aujourd'hui, répondit-elle d'une voix neutre.

— Mais toi, tu es encore en vacances !

Natalie prit le stylo que la serveuse avait oublié sur la table et griffonna quelque chose au dos du reçu de sa carte de crédit. Puis elle le tendit à Gemma.

— Qu'est-ce que c'est ?

— L'itinéraire pour aller au Bar H, répondit Natalie avec un grand sourire. Et ne me dis pas que tu ne comprends rien à mon écriture ou que je dessine mal !

Les mains de Gemma étaient crispées sur le volant tandis qu'elle suivait les indications de Natalie pour sortir de la ville. Les nerfs à fleur de peau, elle tâchait de se concentrer au maximum sur les gribouillis au dos du minuscule reçu de la carte de crédit.

La dernière fois qu'elle avait voulu faire une surprise à un homme en allant chez lui sans le prévenir, ça s'était terminé en cauchemar ! Elle avait trouvé Chad et Mélanie ensemble !

L'angoisse la saisit à ce souvenir. Certes, elle ne pensait pas que Hank soit dans son lit avec une autre femme, il avait trop de travail pour ça, songea-t-elle avec un certain soulagement. Mais… que se passerait-il si la nuit dernière ne représentait pour lui qu'un moment passager de plaisir ?

N'avaient-ils pas tous deux passé une sorte de contrat ?

Une aventure de quelques jours.

Elle roulait maintenant sur une route passablement défoncée et surveillait son GPS en s'accrochant fermement au volant.

Il y avait quand même de l'indécence à pourchasser un homme après avoir passé une seule nuit avec lui, songea-t-elle soudain, reprise par l'anxiété.

Un homme qui était parti sur la pointe des pieds avant qu'elle se réveille.

À cette pensée, elle s'apprêta à rebrousser chemin. Impossible d'affronter Hank !

Mais à ce moment précis, son GPS la prévint qu'elle était arrivée à destination. Encore une route à droite et elle serait au Bar H.

Après une brève hésitation, elle obliqua brusquement à droite. Heureusement qu'il n'y avait personne en face car elle roulait en pleine gauche !

Elle aperçut alors un grand porche de fer forgé surmonté d'un immense H.

Elle s'engagea résolument dans l'allée de gravier menant à une série de bâtiments. N'ayant aucune idée de ce qu'était le ranch de Hank, elle fut surprise par la vaste étendue de prairies.

À droite de la grande maison de pierre, elle vit une énorme grange rouge sombre que prolongeait un corral clos par une enceinte de bois.

Malgré les indications de Natalie et du GPS, elle pensa s'être trompée. Jusqu'au moment où elle aperçut un cheval dans le corral. C'était Lightning, le cheval qu'elle avait monté !

À mesure qu'elle s'approchait, elle était de plus en plus troublée. Il y avait un énorme garage dont les portes étaient ouvertes. Elle y vit le vieux pick-up de Hank à côté du dernier et luxueux modèle Ford Ranger.

Elle stoppa devant le garage mais laissa tourner le moteur de sa petite Toyota de location. Peut-être avait-elle mal compris ? Hank était peut-être un employé du Bar H ? Et si c'était le cas, sa visite risquait de lui causer des ennuis avec son patron.

Aussitôt, elle actionna la marche arrière, pressée de partir avant que Hank ou le propriétaire du Bar H découvrent sa présence.

La vue de Hank sortant des écuries l'arrêta net. Vêtu d'un vieux jean poussiéreux, il avait l'air d'avoir travaillé dur. Son torse nu ruisselait de sueur.

Quand il aperçut sa voiture, il écarquilla les yeux de surprise et s'avança vers elle.

Une ride soucieuse barra son front quand il se pencha par la portière.

— Gem ? Est-ce que tout va bien ?

Il mit la main sur le toit, et ses muscles puissants jouèrent sous sa peau hâlée.

— Euh… je… oui, bredouilla Gemma, qui perdit toute contenance. Je suis désolée, je ne voudrais pas t'attirer des ennuis.

Il haussa un sourcil interrogateur.

— Quels ennuis ?

— Quand Janie m'a parlé du Bar H, elle… Enfin, je suppose que le ranch ne t'appartient pas ?

Un petit sourire amusé releva le coin de la bouche de Hank.

— Ah bon ? Alors je vais te faire faire le tour du *propriétaire*, si tu veux, proposa-t-il en ouvrant la portière.

— Donc Janie n'exagérait pas quand elle disait que c'était très grand et qu'il y avait beaucoup de vaches ?

— Du *bétail*, rectifia-t-il. Janie connaît le Bar H aussi bien que moi.

Gemma se sentit stupide, tout d'un coup. Comment avait-elle pu se méprendre à ce point ?

Elle suivit Hank le long des divers bâtiments, écoutant ses explications. La maison était magnifique dans son écrin de montagnes, de pâturages et de collines verdoyantes.

— Pourtant, Janie disait que tu n'avais pas pris de vacances depuis des années, fit-elle remarquer.

— C'est vrai, mais c'est surtout parce que je n'avais nulle part où aller.

— Et que tu travaillais quasiment jour et nuit, non ?

— J'ai un métier difficile et exigeant. Même quand on réussit bien, on doit continuer à travailler dur.

Gemma soupira.

— Dire que je t'ai proposé mes services pour examiner tes finances, murmura-t-elle. Tu as dû me prendre pour une idiote totale !

Il la prit par les hanches et l'attira contre lui.

— Mais non ! Je t'ai trouvée au contraire très généreuse et spontanée.

Elle pensa à son réveil dans le grand lit vide, et son anxiété revint.

Hank la fixa avec attention et déclara, comme s'il lisait dans ses pensées :

— Désolé d'être parti si vite ce matin, Gem. Mais les ouvriers m'attendaient depuis hier soir.

— C'est la seule raison ?

Il soupira.

— Je ne savais pas très bien ce que tu voulais, en fait, après une nuit pareille, répondit-il.

— Je serais bien incapable de te donner une réponse précise car je n'ai jamais vécu une nuit semblable, avoua-t-elle en se blottissant contre lui.

Ne pas en dire trop, c'était trop tôt…

Elle se redressa avec un petit sourire et opta pour un ton léger.

— Pourtant, j'aurais bien aimé prendre le petit déjeuner avec toi, dit-elle.

— Alors demain matin, promis ! répondit-il en riant. Petit déjeuner au lit au Bar H !

Une nuit ensemble !

Un bonheur intense l'envahit.

Les rayons du soleil matinal pénétraient à flots dans la chambre. Gemma enfouit la tête dans son oreiller. Sa main chercha à remonter la couverture et elle sentit sous sa paume le contact du denim sur une cuisse musclée.

Elle ouvrit tout de suite les yeux et se rendit compte qu'elle était dans la chambre de Hank. Les souvenirs de la nuit précédente affluèrent à sa mémoire. Elle était heureuse, tout simplement.

— Bonjour, dit Hank, assis au bord du lit.

Gemma se haussa sur un coude et contempla son torse parfait avec délectation.

— Bonjour ! répondit-elle d'une voix joyeuse.

Il se pencha vers elle, repoussa les cheveux égarés sur son front et prit ses lèvres dans un baiser brûlant.

Elle frissonna, se rappelant son corps puissant sur le sien, son désir, leur plaisir, et laissa glisser sa main sur son torse nu.

Hank l'arrêta avant qu'elle descende trop bas et lui lança un regard faussement sévère.

— Hum… Pas le matin, Gem ! J'ai du travail, mais…

Il s'interrompit, se tourna sur le côté et saisit un grand plateau qu'il déposa sur le lit.

— … comme promis, petit déjeuner au lit !

Gemma laissa échapper un petit cri de surprise

quand elle vit des œufs au bacon fumants, des toasts dorés à point, de l'orange pressée, une cafetière.

— Merci, Hank, c'est somptueux !

Pensive, elle trempa les lèvres dans le verre de jus d'orange. Hank était un homme merveilleux. Et elle était folle amoureuse de lui, cela ne faisait plus aucun doute !

— J'adorerais rester avec toi, mais le travail m'attend, murmura-t-il en déposant un baiser sur son front.

Il enfila à la hâte une chemise qu'il rentra dans son jean, boucla son ceinturon et ajouta :

— Il y a encore du café à la cuisine. Fais comme chez toi, Gem !

Phrase magique qui amena un sourire de bonheur sur les lèvres de Gemma.

Le lendemain, et le surlendemain, et le jour suivant, Hank prit le petit déjeuner avec elle.

Elle passait ses journées à observer le fonctionnement du ranch. Elle était frappée par la façon dont Hank travaillait. Il était toujours d'humeur égale, prenait grand soin du bétail et de ses ouvriers, qui lui manifestaient une sincère admiration.

Elle perdit la notion du temps. Pourtant, elle savait que son séjour dans le Montana touchait à sa fin.

Elle était dans la vaste cuisine ensoleillée pendant que Hank s'occupait de diverses factures dans son bureau quand l'alerte de son téléphone sonna.

Quand elle sortit son portable de son sac, elle y découvrit un mail d'un de ses collègues. Une sensation étrange l'envahit : elle avait complètement oublié son travail et sa vie à New York en moins de deux semaines ! Comme si cette vie appartenait à quelqu'un d'autre.

Pendant une fraction de seconde, elle fut tentée d'effacer tout simplement le message. Mais un scrupule l'arrêta et elle ouvrit le mail qu'elle lut en diagonale.

— Tout va bien ? demanda Hank en entrant dans la pièce.

Gemma sursauta en entendant sa voix et remit son téléphone dans son sac.

— Oui, tout va bien, rien d'important, répondit-elle d'une voix neutre.

Soudain, elle se souvint de Chad lui répondant la même chose chaque fois qu'il recevait un message de Mélanie. Il prenait un air vague, souriait… et mentait !

Allait-elle avoir la même attitude à l'égard de Hank ?

Allait-elle tricher, elle aussi ? Non !

— C'était un mail du bureau, précisa-t-elle. Il ne reste plus que deux personnes désignées pour une promotion, dont moi.

Il se raidit à ces mots et inclina légèrement le bord de son Stetson de façon à cacher une partie de son visage.

— Félicitations, Gemma !

Était-ce vraiment un succès ? En termes de carrière, oui, sans aucun doute. Mais elle savait aussi qu'elle devait cette promotion autant aux relations de son beau-père qu'à son travail acharné.

— D'une certaine manière, oui, mais cela représente un surcroît de travail. J'étais déjà débordée. Tu n'es pas le seul à ne jamais prendre de vacances, tu sais, répondit-elle, s'efforçant de garder un ton détaché.

Mais je suis sûre de pouvoir obtenir quelques jours de congé supplémentaires.

Quelques jours seulement ?

Alors qu'elle avait envie de passer sa vie entière avec Hank…

Quand avait-elle commencé à l'aimer ?

La nuit de leur pique-nique à Maverick Manor ? Quand il l'avait embrassée après leur randonnée à cheval ? Quand elle l'avait vu pour la première fois au bord de la piscine de l'hôtel ?

Peu importait. Elle l'aimait.

Et elle s'apprêtait à prendre un avion pour New York et à oublier Rust Creek Falls et Hank Harlow ?

Elle refoula une violente envie de pleurer.

Hank était toujours immobile et silencieux de l'autre côté de la grande table dressée pour le dîner.

Pourquoi ce silence ?

— Gem, murmura-t-il enfin en secouant la tête. Quelques jours de plus…

Comme il s'interrompait, un espoir fou la saisit. Ressentait-il la même chose qu'elle ? Désirait-il beaucoup plus que quelques jours, lui aussi ?

— Quelques jours de plus ne feront aucune différence, conclut-il d'une voix froide.

Elle crut que son cœur aller cesser de battre mais accusa le coup du mieux qu'elle put.

Aucune différence ?

Aucune différence pour lui, apparemment ! Mais pas pour elle ! Car ce seraient les derniers jours qu'elle vivrait avec l'homme qu'elle aimait…

Elle comprit alors qu'elle n'avait pas sa place dans

la vie de Hank. Qu'elle ne comptait pas pour lui. Pas assez en tout cas pour qu'il lui demande de rester avec lui.

— Une promotion t'attend, Gemma. New York t'attend. Ce n'est pas ici que tu trouveras un emploi pareil. Tu as trop de talent et tu ne dois pas le gâcher. La vie à Rust Creek Falls ne t'apportera jamais les plaisirs que tu trouves dans une grande ville.

Ainsi, il l'incitait à partir…

Finalement, il employait les mêmes arguments que sa mère. Elle méritait une carrière brillante parce qu'elle était intelligente et travailleuse.

C'était pour son bien.

Mais pourquoi était-elle aussi malheureuse, alors ? Pourquoi avait-elle le cœur brisé ?

Elle prit une profonde inspiration.

— Tu as raison, Hank, répondit-elle d'une voix glaciale. Je ne peux pas laisser passer une telle occasion. Le mieux est que je parte tout de suite. Cela me permettra d'avoir une bonne nuit de sommeil avant de prendre le premier avion pour New York demain matin.

— Gemma…

— C'est un long voyage, Hank. En route pour New York ! Il est temps que je reprenne ma vraie vie.

Avec fébrilité, elle rassembla ses affaires.

Les larmes lui brûlaient les yeux.

Hank ne s'était-il pas rendu compte qu'il avait bouleversé son existence ? Peut-être était-elle toujours une New-Yorkaise, à ses yeux de rancher, mais au fond d'elle-même, elle était une cow-girl, elle le savait.

Et elle était folle amoureuse d'un homme… qui ne l'aimait pas.

Arrivée dans la cour, elle se retourna.

Hank l'avait suivie et la regardait sans un mot.

— Au revoir, Hank. Ce sera une lune de miel dont je me souviendrai toute ma vie !

Sur ces mots, elle se mit à courir vers sa voiture. Elle entendit Hank crier son nom mais ne s'arrêta pas.

À quoi bon écouter ses explications ?

Il ne lui demanderait jamais de rester avec lui.

Or c'était la seule chose qu'elle espérait lui entendre dire.

Hank était dans l'entrée, chez Anne et Dan. Il attendait que Janie ait fini de faire ses adieux à sa mère. D'un geste devenu machinal, il se frotta les tempes pour essayer de calmer le mal de tête constant qu'il endurait depuis que Gemma l'avait quitté.

Mais ce n'était rien à côté de la douleur qui lui étreignait le cœur.

— Tu n'as rien oublié, ma grande ? demanda-t-il à Janie quand elle le rejoignit, son sac à dos sur l'épaule.

— Non, j'ai tout vérifié ! Je suis prête !

— Janie, tu vas attendre Hank dans la voiture car j'ai quelque chose à lui dire en privé, suggéra Anne.

— Ah non, vous n'allez pas encore parler de moi ! s'exclama la fillette.

— Non, pas cette fois-ci, répondit Anne sans quitter Hank du regard.

— Oh ! Alors…

— Allez, ouste, Janie ! Va dans la voiture, ordonna Anne.

Janie partit en courant et ils entendirent la portière claquer.

— Qu'y a-t-il, Anne ? demanda Hank, les sourcils froncés.

— C'est plutôt à moi de te poser cette question. Tu as une mine de déterré !

Depuis que Gemma était partie, trois semaines auparavant, il avait travaillé sans arrêt.

Quand il avait perdu le ranch familial, puis quand Anne l'avait quitté, le Bar H avait été son refuge, le seul lieu qui lui appartenait et où il se sentait en sécurité. Prendre soin du bétail, réparer les clôtures, s'occuper des veaux, tout cela l'avait sauvé.

Mais cette fois-ci, il avait l'impression que c'était une punition. Le Bar H n'avait pas réussi à lui apporter le réconfort habituel.

— Ça va bien, rien de spécial, répondit-il d'un air vague.

— « Être bien » ne signifie pas « être heureux ». C'est ce que disait ta mère en parlant de notre mariage.

— Oui, je me rappelle. Mais Dan et toi, vous êtes heureux maintenant, donc tout va bien.

— D'après ce que m'a dit Janie, Gemma et toi étiez assez… proches. Je me trompe ?

Pour rien au monde, Hank ne voulait parler de Gemma, de la maison trop grande et si vide sans sa présence. Et il n'avait pas non plus envie d'aborder ce sujet avec son ex-femme !

Il se dirigea vers la porte ouverte, réfléchit une seconde et s'arrêta net.

— Je te dois des excuses, dit-il brusquement en se tournant vers Anne.

— Et pourquoi donc ? demanda-t-elle, surprise.

— Quand on était mariés, pendant toutes ces années, je ne comprenais pas pourquoi tu ne voulais pas juste… laisser tomber. Ne plus penser à Dan et passer à autre chose.

Les doigts de Hank se crispèrent sur le montant de la porte quand il avoua dans un souffle :

— Maintenant je comprends. Je sais ce que c'est.

Il avait fini par comprendre, oui, mais… trop tard. Il y avait des moments où on ne pouvait pas simplement tourner la page.

— Oh ! Hank…

La voix d'Anne était emplie de compassion et Hank sentit sa résistance faiblir. Même dévasté, il avait toujours dissimulé sa souffrance derrière un mur d'impassibilité.

Ce n'était pas le moment de craquer !

— Anne, je t'en prie, épargne-moi tes remarques…

— As-tu parlé à Gemma ? Lui as-tu demandé de rester ?

Il haussa les épaules, désabusé.

— Quel intérêt de lui dire ça ?

— Mais elle serait peut-être restée et tu ne serais pas aussi malheureux. Et seul.

— Merci pour le réconfort !

Sur quoi, il ouvrit plus grand la porte pour sortir.

— Tu ne peux que te blâmer toi-même de l'avoir laissée partir ! lança Anne avec force.

Il se retourna d'un bloc, furieux.

— Donc, tout est ma faute ? Ça suffit, Anne ! Avant que l'on se marie, si tu avais su où était Dan, est-ce que tu serais restée avec moi si je te l'avais demandé ? Si je t'avais même suppliée à genoux ?

Il y eut un silence pendant lequel il reprit son souffle.

— Aujourd'hui, la situation est différente, murmura Anne. Je… je me trompe ? ajouta-t-elle, saisie d'un doute.

— Gemma est venue à Maverick Manor pour y passer sa lune de miel. Toute seule. Juste après avoir rompu ses fiançailles et annulé son mariage.

— T'a-t-elle dit pourquoi ?

— Oui.

Il préféra ne pas donner de détails, par respect pour Gemma.

— Elle m'a dit que tout était terminé mais…

— Mais tu ne la crois pas, n'est-ce pas ? l'interrompit Anne, les bras croisés.

— Anne, comprends-moi, elle était *fiancée* ! Je l'ai rencontrée le lendemain du jour où elle aurait dû se marier !

— Et tu as eu peur.

— *Quoi ?* Mais pas du tout !

Il foudroya Anne du regard. Comment pouvait-elle en arriver à de telles conclusions ?

— Tu as eu peur, Hank. On s'est rencontrés peu de temps après le départ de Dan. Tu voulais faire ta vie avec quelqu'un, j'étais là mais j'étais enceinte de Janie.

— Cela ne m'a jamais posé de problème, tu le sais !

— Oui, mais même si je n'avais pas été enceinte, j'aimais un autre homme.

À cette pensée, le cœur de Hank se serra. Pas parce que Anne n'avait jamais cessé d'aimer Dan Stockton, non. Mais à l'idée que Gemma puisse encore aimer son ex-fiancé. Ça le rendait fou.

— Tu as peur que la même histoire se répète, conclut Anne.

Il préféra contourner le sujet.

— Il n'y a pas seulement son ex. Il y a aussi sa vie, son travail, sa carrière, New York.

En repensant à son passé avec Anne, il se rendit compte qu'il avait insisté pour qu'elle l'épouse. Ayant dix ans de plus qu'elle, il avait estimé qu'il était plus sage et plus expérimenté qu'elle. Et il était persuadé que s'il aimait Anne et la respectait, un jour, peut-être, elle l'aimerait.

Seulement, il avait sous-estimé la force de l'amour. Anne était très jeune, mais elle aimait Dan du plus profond de son être.

Cette fois-ci, il ne voulait pas exercer la moindre pression sur Gemma. D'autant qu'elle avait retrouvé sa vie brillante et trépidante à New York, une promotion stimulante, ses amis… Rust Creek Falls et leur aventure ne seraient bientôt plus qu'un vague souvenir dans son esprit.

Il soupira.

— C'est mieux ainsi, Anne, crois-moi. Gemma est retournée à sa vraie vie, et il est temps pour moi de faire la même chose.

— Tu te trompes, Hank. Tu te racontes une histoire qui t'arrange. Il serait dommage qu'un jour tu finisses par y croire *pour de bon*, à cette histoire.

Hank sortit de sa douche ce soir-là passablement affamé. Il avait eu une très longue journée de travail mais était arrivé au bout de toutes ses tâches.

La cuisine sentait bon le ragoût que la cuisinière avait mis à réchauffer dans la cocotte.

— Janie, c'est l'heure de dîner ! cria-t-il en se dirigeant vers la chambre de sa fille.

Comme elle avait souvent ses écouteurs sur les oreilles, elle ne l'entendait pas toujours. Il allait frapper à sa porte quand il entendit un rire familier. Trop familier.

Gemma.

Il savait que Janie et Gemma communiquaient souvent par vidéo. Et il était au courant de nombreux détails de la vie de Gemma par sa fille, toujours ravie de parler de sa grande amie.

Gemma avait vu telle exposition, avait été dans tel restaurant, était allée au théâtre… Il en avait conclu qu'elle était très occupée et avait sans doute oublié leurs nuits à Maverick Manor et au ranch.

Il n'avait pas sa place dans l'existence de Gemma. Il ne lui manquait pas. Lui qui passait ses nuits les yeux grands ouverts, incapable de dormir tant elle lui manquait.

Il laissa retomber son bras et retourna dans la cuisine.

Mais il n'avait plus très faim.

Après le dîner, il s'étendit dans le profond canapé pendant que Janie préparait du pop-corn dans la cuisine.

Soudain, son téléphone, posé sur une table basse à côté de lui, vibra. Il jeta un coup d'œil distrait sur l'écran et crut que son cœur allait s'arrêter de battre.

C'était Gemma !

Il bondit pour saisir l'appareil, mais dans sa hâte le fit tomber par terre. Le portable glissa sous le canapé. Étouffant un juron, il essaya de le récupérer, en vain. Quand enfin il y parvint, la sonnerie avait cessé.

Il regarda l'écran noir d'un air hébété et attendit. Mais rien ne vint. Ni message ni second appel. Seule la mention « appel manqué » s'afficha.

Combien de temps resta-t-il ainsi à attendre ? Il ne se décidait pas à rappeler. Après trois semaines de silence, que voulait-elle lui dire ?

L'appareil vibra de nouveau et il sursauta. C'était un message

Parle avec Janie.

Il était particulièrement peu doué pour taper sur un clavier mais là, ses doigts volèrent tandis qu'il répondait.

Lui parler… de quoi ?

Il retint sa respiration.

Parle-lui, Hank.

Il n'eut pas le temps de demander plus d'explications car Janie fit irruption dans la pièce avec un bol de pop-corn.

— Alors, quel film tu as choisi, papa ? demanda-t-elle en s'installant sur le canapé.

— Je crois que l'on devrait discuter, d'abord.

— De quoi ? demanda-t-elle en fronçant le nez.

— Eh bien, par exemple, quoi de neuf en ce moment ?

Sa fille leva les yeux au ciel en plongeant la main dans le bol.

— Papa, ce sont les vacances d'été ! Il ne se passe rien, absolument rien !

Il se rappela que Janie n'était plus une petite fille, que l'adolescence était proche…

— Y a-t-il de nouveaux venus à Rust Creek Falls ? Un nouveau garçon ? précisa-t-il d'un ton qu'il voulait désinvolte.

— Papa, enfin ! Quelle idée !

Mauvaise question, se dit-il, rassuré tout de même.

Il y eut un petit silence puis Janie soupira.

— Kristen Roarke met en scène une pièce de théâtre, dit-elle.

— Ah ! mais c'est intéressant, ça !

Janie haussa les épaules d'un air désabusé.

— Ouais, si on veut… C'est une comédie musicale, précisa-t-elle.

— Encore mieux ! Tu adores chanter !

— Mais tu sais bien que je chante comme une casserole !

— Rappelle-toi ce que je t'ai toujours dit : quand on veut être bon dans un domaine…

— … il faut travailler dur et s'entraîner, compléta Janie d'une voix morne.

— As-tu déjà pris des leçons de chant ?

— Non. Elles commencent *après* les auditions.

Après avoir posé le bol de pop-corn sur la table d'appoint, Janie se laissa aller contre le dossier et croisa les bras.

— Je n'ai pas la moindre intention de passer une audition, je te préviens, annonça-t-elle, péremptoire.

Il aurait pu se lancer dans une tirade qu'il connaissait bien pour l'avoir entendue pendant toute son enfance de la bouche de son père.

« Je ne t'ai pas élevé pour être un froussard. »

Cela avait marché pour lui, mais ce n'était pas la bonne méthode, avec Janie.

— Pourquoi ne veux-tu pas faire un essai ? demanda-t-il d'un ton posé.

— Je ne suis pas bonne, voilà ! Et je n'aurai jamais le rôle qui m'intéresse.

— Alors, tu renonces sans avoir au moins tenté ta chance ? Tu vas…

Tu vas laisser partir la femme que tu aimes parce que tu as trop peur de lui demander de rester avec toi ?

Allait-il donner cette leçon de vie à Janie ?

Allait-il laisser Janie renoncer à ce qu'elle voulait sans même avoir essayé ?

— Je vais… quoi, papa ?

Il se renversa en arrière, pensif.

— Dans la vie, Janie, parfois tu dois prendre des risques, reprit-il. Tu seras peut-être ridicule ou tu te casseras la figure pour quelque chose que tu veux vraiment.

— Perso, je n'ai pas envie de me casser la figure !

Il se mit à rire.

— Cela ne t'arrivera pas, ma grande ! Je parlais de moi, en fait.

Cette fois, Janie le regarda avec perplexité.

— Euh… je ne crois pas qu'il y ait un rôle pour toi dans une comédie musicale pour enfants, papa !

Il sourit.

— Bien sûr ! Mais j'ai un rôle plus important en tête.

Le rôle de sa vie.

- 11 -

Un violent coup de klaxon fit sursauter Gemma, qui marchait dans la rue. Les gens autour d'elle avaient les yeux fixés sur leur portable ou parlaient, indifférents au vacarme ambiant.

Elle était rentrée à New York depuis trois semaines, le bruit la fatiguait et la foule l'oppressait. L'air était irrespirable. Il faisait une chaleur insupportable qui rendait les gens agressifs. Comme elle regrettait la brise fraîche et les vastes espaces du Montana…

Mais comment ce pays pouvait-il lui manquer à ce point alors qu'elle n'y était restée que deux semaines ? Elle s'était arrachée à ces montagnes et à ces plaines, comme si cela avait été une part de son être !

Au fond d'elle-même, elle savait que si le Montana lui manquait il y avait une autre raison à son désespoir : Hank Harlow. L'homme qui était resté à Rust Creek Falls.

L'homme qui ne lui avait pas proposé de rester avec lui.

Elle était partie pour l'aventure du Far West, les grands espaces, les chevaux, pour trouver ses racines… Tomber amoureuse de Hank Harlow rendait ce séjour impossible à oublier.

Elle avait parlé plusieurs fois avec Janie, mais Hank était resté muet et totalement absent.

La seule fois où elle lui avait téléphoné, il n'avait pas répondu. Seul son message au sujet de Janie avait reçu une réponse.

Elle avait le cœur brisé. N'avait-il que ça à lui offrir ? Le silence ?

Aucune nouvelle de Janie non plus. S'était-elle présentée à l'audition pour la comédie musicale ? Hank seul avait le pouvoir d'aider sa fille à surmonter sa peur.

S'il n'avait pas été là, jamais Gemma n'aurait eu le courage de monter sur un cheval. Ni d'apprendre la danse à deux temps.

Elle ne serait pas non plus tombée désespérément amoureuse…

Pourtant, même si elle souffrait, elle ne regrettait pas une seconde son séjour dans le Montana. Hank avait fait plus que lui restituer la part manquante de son passé. Il lui avait aussi donné le courage de prendre son avenir en main.

Quand elle avait présenté sa démission à la banque, son patron avait été stupéfait. Il avait mis en avant sa promotion.

« Vous allez travailler pour des clients de haut vol qui ont les plus gros portefeuilles du marché. »

Raison de plus pour fuir ! Elle n'appartenait plus à ce monde.

Partir ne serait pas facile, elle en avait conscience, il lui faudrait faire des sacrifices, quitter son bel appartement, renoncer à la vie trépidante de New York, sans doute.

Mais l'idée de travailler de chez elle, pieds nus et en jean, l'enchantait. Peut-être aussi aurait-elle un chien !

Bien sûr, un chien serait tellement plus heureux dans un vaste espace sans clôtures, encadré de montagnes et parcouru de ruisseaux chantants…

Elle laissa échapper un petit rire. Et pourquoi ne pas s'acheter un ranch ? Hélas, ce n'était pas le ranch qui lui manquait, mais le rancher !

« La vie à Rust Creek Falls ne t'apportera jamais les plaisirs que tu trouves dans une grande ville. »

Telles étaient les dernières paroles de Hank avant leur séparation.

Comment pouvait-il penser cela d'elle ?

Elle éprouvait toujours un profond sentiment d'injustice ; c'était comme si rien ne s'était passé entre eux !

Et que savait-il de sa vie à New York ? Rien, s'il jugeait qu'elle y serait plus heureuse sans lui.

Finalement, elle n'était à ses yeux qu'une New-Yorkaise superficielle…

Elle pressa le pas et se faufila à travers la foule pour traverser la rue, soudain furieuse. Hank était si sûr de bien la connaître ! Il ignorait de quoi elle était capable !

Toute sa vie, elle avait suivi sagement le chemin que les autres avaient tracé pour elle. C'était fini ! Telle était la leçon qu'elle avait tirée de ces dernières semaines !

Désormais, elle agirait selon ses propres désirs.

Et elle retournerait à Rust Creek Falls.

En formulant cette pensée, elle manqua de trébucher.

Était-elle capable de passer à l'acte ? Quitter son appartement ne serait pas difficile, mais passer de l'énergie vibrante de New York à la nature sauvage du Montana ?

« Gemma, tu as plus de courage et de détermination qu'aucune femme que j'aie jamais rencontrée. »

La voix amusée de Hank résonna dans sa tête. Et pour la première fois depuis qu'elle avait quitté le Bar H, elle sourit.

Hank Harlow, tu n'imagines pas à quel point je suis déterminée !

Quelque chose en elle se libéra d'un coup et elle se sentit soudain libre, totalement libre ! Elle eut l'impression d'être sur le dos de Lightning, l'herbe verte filait sous les jambes du cheval, le vent soulevait ses cheveux, tout juste si elle n'entendait pas le choc des sabots sur le sol !

Si ce n'est qu'au lieu d'entendre la terre du Montana résonner sourdement, elle perçut un cliquetis métallique venant de l'asphalte de la rue.

Son imagination lui jouait des tours ! Mais le bruit s'amplifia et prit un rythme plus lent, comme si on passait du petit trot au pas.

Le cœur battant à tout rompre, elle s'arrêta sur le trottoir.

C'était la police montée, se dit-elle en se retournant. Ou bien une calèche qui venait de Central Park.

Mais cela ne pouvait pas être…

Hank !

Elle n'en crut pas ses yeux. Un cow-boy montant un alezan s'approchait d'elle tandis que la foule s'écartait sur son passage. *Son* cow-boy de Rust Creek Falls !

Indifférent aux piétons ébahis qui le regardaient,

Hank s'arrêta à sa hauteur, descendit de cheval et accrocha les rênes à un parcmètre aussi naturellement que si c'était un poteau devant The Ace in the Hole.

Une vieille dame fit un commentaire où figurait le nom de « John Wayne », des adolescents sortirent leur portable pour prendre des photos et Hank, en parfait cow-boy, toucha le bord de son Stetson pour les saluer.

C'était un rêve, forcément ! Hank arrivant à cheval dans une rue de New York, c'était trop extraordinaire, inconcevable, trop parfait… Même dans ses fantasmes les plus fous, elle n'aurait pu imaginer une telle scène.

Et pourtant…

Hank était là, devant elle.

— Hank ! Mais… Qu'est-ce que tu fais là ?

— Tu as oublié quelque chose, répondit-il en lui tendant un sac de papier brun.

Son Stetson !

— Oh ! Hank !

Des larmes montèrent à ses yeux quand elle prit le chapeau et très vite ruisselèrent sur ses joues.

— Gem, mon ange, ne pleure pas, murmura-t-il en effaçant ses larmes d'un geste tendre.

Ses doigts étaient comme une caresse sur sa peau.

— Que fais-tu là, Hank ?

— Quand j'ai vu ton Stetson, j'ai pensé que tu ne l'avais pas emporté parce qu'il serait déplacé dans les rues de New York et que tu ne le porterais pas.

— J'adore ce chapeau.

Elle était si bouleversée, le jour où elle avait brusquement quitté le Bar H, qu'elle l'avait oublié. Elle s'efforçait surtout de mettre un pied devant l'autre afin d'atteindre sa voiture et fuir au plus vite.

En réalité, c'était elle qui était déplacée à New York, où elle ne trouvait plus sa place !

Ils étaient debout au coin d'une rue en train de parler de chapeaux, au milieu d'un attroupement de curieux, cela n'avait aucun sens ! Soudain, Gemma se rappela pourquoi elle était si secouée le jour de son départ, et la colère l'envahit. Elle le frappa au torse de ses poings fermés en criant :

— Et j'aime, *j'adore* le stupide cow-boy entêté qui me l'a offert et m'a ensuite dit de partir !

Il l'attrapa par les poignets et l'attira dans ses bras.

— Je ne t'ai pas dit de partir, je t'ai dit de rentrer chez toi.

— Mais j'étais chez moi, justement, au Bar H, avec toi !

Hank plongea son regard dans le sien.

— Il fallait que tu rentres à New York, pour être sûre de ce que tu voulais, dit-il d'une voix grave. Pour être sûre de ne pas changer d'avis dans deux ans ou dans vingt ans.

— Je t'aime, Hank Harlow ! Et je t'aimerai encore dans un an, deux ans, vingt ans !

Il jeta un coup d'œil circulaire autour de lui. La rue était encombrée de voitures, et de hautes tours s'élevaient dans le ciel.

— Es-tu sûre de pouvoir renoncer à tout ça pour devenir une cow-girl du Montana ?

— Il faudrait d'abord que j'apprenne à monter à cheval avant de devenir la femme d'un cow-boy !

Hank haussa les sourcils en murmurant :

— Dois-je comprendre que c'est… une demande en mariage ?

Pendant une fraction de seconde, Gemma craignit d'en avoir trop dit ! Mais quand elle vit l'étincelle joyeuse pétiller dans les yeux de Hank, elle fut rassurée.

— Hank, tu es bien vieux jeu, il me semble ! répliqua-t-elle en souriant. Et tu as une fille de bientôt treize ans. Je ne vais pas abandonner ma vie ici et traverser la moitié du pays pour juste… *m'installer* avec toi au Bar H !

— C'est vrai. Les cow-boys sont plutôt traditionnels. D'ailleurs…

Il s'interrompit pour mettre un genou à terre devant elle.

Elle cligna des yeux pour chasser les larmes qui montaient ; elle ne voulait pas perdre un détail de ce qui serait le souvenir le plus précieux de sa vie.

Il sortit un écrin de velours rouge de sa poche, l'ouvrit, et un bel anneau de platine apparut sur le satin blanc.

— Je ne croyais pas que mon cœur se réveillerait un jour, dit-il en mettant la main gauche sur sa poitrine. Je ne pensais pas tomber amoureux mais je t'ai rencontrée. Tu as pris mon cœur, Gemma Chapman, et je ne peux pas vivre sans toi. Veux-tu devenir ma femme ?

— Oui, oui, oui !

Il se releva, la prit par la taille, et ils se mirent à tourner, tourner, tourner tandis qu'elle riait aux éclats.

Autour d'eux, c'était un concert de coups de klaxon auquel se mêlaient les applaudissements et les sifflets d'un cercle de New-Yorkais ravis de voir un vrai cow-boy faire une demande en mariage sur un trottoir de New York.

Les pieds de Gemma touchèrent enfin le sol et ils reprirent leur souffle.

— Promets-moi seulement que l'on ne va pas rentrer à Rust Creek Falls sur le dos de ce cheval, dit-elle.

Hank sourit.

— Cette belle bête restera bien sagement ici pendant que l'on prendra l'avion pour rentrer à la maison.

À la maison…

Le cœur de Gemma se gonfla de joie. Elle ignorait si elle réussirait à devenir une parfaite cow-girl, mais elle deviendrait qui elle voudrait ! Une épouse, une mère, une amante…

— Alors, il ne reste plus qu'à décider où on passera notre lune de miel, ajouta Hank.

Les yeux verts de Gemma brillèrent.

— À Maverick Manor, bien sûr ! répondit-elle. Quelle question !

Où commencer sa nouvelle vie avec Hank ?

Quel meilleur endroit que l'hôtel où elle était venue passer deux semaines de lune de miel en solitaire et qui avait vu naître un amour partagé qui durerait toute la vie !

Retrouvez prochainement, dans votre collection

PASSIONS

Mariage de façade, de Barbara Dunlop - N°1019

La dernière chose dont Adeline ait envie, c'est bien de se marier ! Or, après une merveilleuse nuit avec le politicien Joe Breckenbridge, elle se découvre enceinte. Afin d'éviter un scandale qui pourrait entacher la réputation de Joe et la sienne, Adeline se résout à contracter avec lui une union de façade. Une mascarade qu'elle sait éphémère – à moins que son cœur en décide autrement…

Une idylle inattendue, de Rachael Johns

Chelsea a un métier hors du commun : elle est experte en rupture. Lorsqu'elle vient annoncer à Callum McKinnel que sa fiancée le quitte, elle ne s'attend pas à tomber sous son charme. Mais la situation empire encore quand il lui demande de jouer quelque temps le rôle de sa petite amie. Loin d'être innocente, cette comédie bouleverse Chelsea au point qu'elle se prend à rêver d'un avenir avec Callum…

Miracle à Noël, de Carrie Nichols - N°1020

Après une douloureuse rupture, Desmond vit en ermite dans une ferme du Vermont, où il réalise des vitraux. Quand l'exubérante Natalie lui demande de fabriquer des décorations de Noël destinées à une vente en enchères, il refuse d'abord catégoriquement : Desmond *déteste* les fêtes de fin d'année ! Puis il finit par céder… Depuis que Natalie et son fils ont fait irruption dans sa vie, en effet, son monde est comme illuminé. Serait-il prêt à lui ouvrir son cœur ?

Une famille pour le play-boy, de Nadine Gonzalez

Si Eve se trouve aujourd'hui à Royal, c'est pour retrouver le père de son neveu dont elle a la garde. Et certainement pas pour tomber amoureuse ! Pourtant, lorsqu'elle rencontre l'irrésistible Rafael Wentworth, elle perd la raison et s'abandonne dans ses bras, le temps d'une nuit. Dès le lendemain, pourtant, Eve sait qu'elle doit renouer avec ses responsabilités – et refuser la proposition de Rafael de poursuivre leur liaison… En effet, quel avenir pourrait-elle bien avoir auprès de cet éternel play-boy ?

Arrogant et viril, de Joss Wood - N°1021

SÉRIE : SCANDALES À PORTLAND 3/4

Trop viril, trop arrogant. Garrett est l'incarnation même du genre d'hommes que Julia cherche à éviter. Mais parce qu'elle a besoin de lui pour sauver l'entreprise d'une amie, elle est aujourd'hui obligée de le supporter ! En dépit de tout ce qui les sépare, Garrett se révèle très attirant, et bientôt, Julia succombe à la tentation entre ses bras…

Cette incontrôlable attirance, de Joss Wood

SÉRIE : SCANDALES À PORTLAND 4/4

Depuis que Lowrie a été trahie par le père de son enfant, elle s'est promis de fuir l'espèce masculine et mène une vie paisible dans l'auberge où elle travaille, avec son fils d'un an. Jusqu'à ce que Sutton Marchant, un célèbre écrivain, s'y installe pour deux mois. Dès son arrivée, sa présence la trouble bien plus que de raison, remettant en cause tous ses principes sur l'amour…

Troublée par son ennemi, de Joanne Rock - N°1022

SÉRIE : DE RETOUR À CATAMOUNT 1/3

Fleur est de retour à Catamount : ses sœurs et elle ont hérité du ranch de leur grand-mère. Mais à peine arrivée en ville, elle tombe nez à nez avec Drake Alexander, son ennemi de toujours, qui a l'audace de vouloir acheter leur domaine ! Bien qu'elle ait besoin de cet argent, Fleur se jure de n'accepter aucune offre de sa part. C'est compter sans le pouvoir de persuasion de Drake et le désir qu'il fait bientôt monter en elle…

Une leçon de séduction, de Sophia Singh Sasson

Caitlyn en a plus qu'assez de son image de fille sage et introvertie ! Pressée de s'en débarrasser, elle est résolue à apprendre l'art de la séduction. Or, quel meilleur professeur pourrait-elle trouver que le charmant Dev Mallik, qu'elle vient de rencontrer ? Si celui-ci accepte de l'aider, Caitlyn comprend vite que son plan a une faille : le trouble qu'elle ressent pour Dev…

Un brûlant face-à-face, de Maureen Child - N°1023

Lorsqu'elle pense à Sean Ryan, Kate est submergée par des sentiments contradictoires. Certes, son patron est l'homme le plus charismatique et séduisant qu'elle ait jamais rencontré. Mais c'est aussi l'homme le plus désagréable et agaçant qu'elle connaisse ! Quand une tempête de neige la contraint à trouver refuge dans un chalet isolé, avec Ryan pour seule compagnie, elle est prise de doute : parviendra-t-elle à dissimuler son trouble face à lui ?

Précieux héritage, de Jules Bennett

Pour sauver l'agence d'assistantes maternelles fondée par sa grand-mère, Darcy est prête à tout. Alors, quand un contrat intéressant s'offre à elle, hors de question de le refuser. Tant pis si le père de la petite Iris est d'une beauté à lui faire oublier tout professionnalisme. Elle sera la parfaite nounou ! Sauf que chaque jour passé auprès de Colin rend leur torride huis clos plus oppressant. Et Darcy s'aperçoit bientôt que Colin lui cache aussi sa véritable identité…

L'amoureuse sans passé, de Merline Lovelace - N°1024

SÉRIE : LE JOURNAL INTIME D'UNE HÉRITIÈRE 3/4

Quand Natalie se réveille dans un appartement avec vue sur le Danube, son cœur cesse un instant de battre : elle ne se souvient plus de rien, pas même de son propre nom ! Plus étrange encore, l'homme qui se tient à côté d'elle, et dit s'appeler Dominic St. Sebastian, affirme la connaître et pouvoir l'aider. Plongée malgré elle dans le regard profond de ce bel étranger, Natalie sent un trouble puissant s'emparer d'elle. Peut-elle vraiment faire confiance à Dominic ?

La saveur d'un baiser, de Merline Lovelace

SÉRIE : LE JOURNAL INTIME D'UNE HÉRITIÈRE 4/4

Le parfum des vacances, les vagues du golfe du Mexique, un dîner romantique… Il n'a pas fallu longtemps à Zia St. Sebastian pour tomber dans les bras de Mike Brennan, le beau Texan aux yeux verts qui a le pouvoir de lui faire perdre la tête. Hélas, si Mike semble éprouver les mêmes émotions, Zia sait qu'un avenir ensemble leur est interdit. Car il a envie de fonder une famille : tout ce qu'elle ne peut lui donner…

AZUR

GLAMOUR. INTENSE. IRRÉSISTIBLE.

Poussez les portes d'un monde fait de luxe, de glamour et de passions. Ici, les hommes sont beaux, riches et arrogants ; les femmes impétueuses, fières et flamboyantes. Entre eux, le désir est immédiat… et l'amour impossible.

11 romances à découvrir tous les mois.